D1652489

Perros y lobos

Perros y lobos

Hervé Le Corre

Traducción de
María Serna

ROJA Y NEGRA

Era una época irrazonable
Sentábamos a los muertos a la mesa
Hacíamos castillos de arena
Creíamos que los lobos eran perros
Todo cambiaba de mano y de hermano
La pieza tenía gracia o desgracia
Yo, si aguantaba mal el tipo
Era porque no entendía nada.

Louis Aragon,
Le Roman inachevé

LOS PERROS

1

Lo habían soltado una hora antes de lo previsto y como estaba lloviendo había tenido que esperar bajo una especie de marquesina instalada en la rotonda, la entrada de la cárcel a su espalda y un campo de maíz como único paisaje, al otro lado de la carretera, y el aparcamiento, sus barreras y sus rejas y las idas y venidas de los visitantes, mujeres, niños, ancianos, el ruido sordo de las puertas. Se había asomado y había visto los muros altos que se extendían unos cuatrocientos metros y un desagradable escalofrío le había recorrido la espalda, se había sentado en el banco de madera, hundido bajo este refugio para ver lo menos posible a pesar de que llevaba todos estos años soñando con abarcar el horizonte entero sin el menor obstáculo. Había dejado su gran bolsa de viaje a sus pies, hinchada y deformada, que pesaba como un muerto por los libros que había pedido durante su detención y que se preocupaba de sacar como si fueran animales de compañía dóciles y fieles.

Le dio tiempo a fumarse tres cigarrillos mientras oía cómo el chapoteo de la lluvia cesaba y se alejaba hacia el sur con rugidos sordos de tormenta. La luz surgió con violencia, apartando las nubes de golpe, iluminando de pronto una bisutería barata sobre todas las cosas y temblando con sonidos bucales. Él parpadeaba por el deslumbramiento y contemplaba esas capas centelleantes con el asombro de un niño ante un árbol de Navidad.

Cuando vio aquel coche ralentizar la marcha y entrar lentamente en el aparcamiento, miró su reloj: llevaba más de una hora esperando y no había sentido pasar un solo minuto. El tiempo como agua que tratamos de guardar en las manos. Se escurre y se pierde. En la cárcel, sin embargo, cada cuarto de hora se pegaba a la piel, humedad asfixiante, sudor malsano. Siguió con la mirada el pequeño Renault rojo que ahora volvía a salir del aparcamiento y se detenía. Lo conducía una mujer cuyos rasgos no distinguía tras los reflejos del parabrisas. No necesitaba esa señal de las luces para saber que venía a buscarlo. Le dirigió un gesto con la mano y se levantó mientras el coche cruzaba la carretera para situarse delante.

Se agachó al mismo tiempo que bajaba la ventanilla, dijo «Hola» a un par de ojos azules muy claros, o grises. Muy claros. No vio nada más que una especie de fosforescencia diluida en la sombra del habitáculo. Ella sonreía inclinada hacia él. Menos de treinta años.

–¿Qué tal?

–Ahora mejor.

Con un amplio movimiento dibujó el cielo, los árboles amontonados a lo lejos, bordeando la carretera, los campos resecos. La luz, y el calor que empezaba a pegar otra vez. Abrió la puerta de atrás y dejó caer la bolsa encima del asiento. Se sentó junto a la joven y le dio la mano, pero ella se acercó y le plantó dos besos rápidos en las mejillas. Le gustó la frescura de sus labios en la piel. Algo lo atravesó, profundo, rápido. Despertó en él conexiones ocultas, infinitesimales, ramificaciones secretas. Era casi doloroso. Una plenitud opresiva.

–¿No ha venido Fabien?

La mujer volvió a ponerse las gafas de sol y arrancó.

–Yo soy Jessica.

–Ah, sí, perdona. Franck.

–Ya lo sé.

–Fabien me hablaba todo el tiempo de ti en sus cartas, yo...

No siguió. Era mejor así. Tal vez tendría que volver a acostumbrarse. Hablar con la gente con normalidad. Prestar atención a lo que se dice. No como con los policías, o con los otros presos, no. Solo por no herir, dejar de ir a contrapelo.

–Fabien está en España desde hace tres semanas. No pudo aplazarlo, era urgente. Ya te contaré. Y podría alargarse dos o tres semanas; con él, nunca se sabe.

–¿Qué coño hace en España?

–Negocios. Ya te lo explicaré. Si no fuera por eso habría venido él, créeme. Eres su hermanito, así es como te llama siempre: «Mi hermanito».

Encendió la radio del coche, una emisora que ponía cantantes franceses, y tarareó sus melodías sentimentales como si estuviera sola en el coche. En cuanto se metieron en la autopista, dirección Burdeos, quitó el aire acondicionado, apagó la radio y bajó la ventanilla, y el aire se precipitó dentro del coche, violento y tibio, ensordecedor. No volvió a decir nada durante un rato. Franck esperaba que le hiciera preguntas sobre la cárcel, la gran mierda que hay dentro, y se preparaba para contar lo mínimo porque nunca se dice todo lo que pasa en la cárcel. Lo que uno ha tenido que ver y vivir. Le hubiera gustado que le hablara porque le habría dado un buen motivo para girarse hacia ella y dejar de mirarla por el rabillo del ojo como estaba haciendo en ese momento.

Iba vestida con una camisa de hombre remangada por los antebrazos, demasiado grande para ella, que le llegaba por la parte superior de los muslos encima de unos viejos vaqueros cortados. Tenía las piernas morenas, le brillaba la piel, y pensó que se habría echado crema hidratante, y que él habría puesto la mano de buena gana sobre esa suavidad si no hubiera sido la mujer de Fabien, aunque le cayera un bofetón. Se montó una escena porno tan realista con esa chica sentada a pocos centímetros de él que los vaqueros empezaron a apretarle demasiado y tuvo que cambiar de posición varias veces para aliviar la presión de la entrepierna.

–¿Quieres que paremos? Allí hay una gasolinera.

Se estremeció porque una parte de él lo tomó como una invitación a prolongar la fantasía que lo asaltaba. Un desvío, la sombra de un árbol, la chica que se pasa al asiento de atrás, unas bragas que bajan, una mano que sube.

–Sí. Me parece bien.

Voz ronca. Avergonzada. Se aclaró la garganta, la boca seca.

Puso el intermitente, una sonrisilla en su preciosa boca. Irónica o burlona. O simplemente tranquila, relajada. No lo sabía. Hacía tiempo que no pensaba en la sonrisa de las mujeres. En los significados que sugieren, en los contrasentidos que provocan.

–Necesito un café y un cigarrillo –dijo ella.

Se puso las gafas de sol en el pelo para buscar una plaza de aparcamiento, entrecerrando los párpados, ligeramente inclinada hacia delante. Aparcó el coche cerca de una mesa de picnic donde estaban instalados una pareja y tres niños, todos sentados delante de platos de cartón que la madre llenaba de ensalada de tomate mientras el padre manejaba un teléfono. La mesa estaba abarrotada de sacos y bolsas, de latas de refresco, de paquetes envueltos en papel de aluminio, y los niños metían las manos en ese desorden y agarraban un trozo de pan o un vaso que le tendían a su madre para que les diera de beber.

Franck observaba al hombre indiferente a toda esa agitación que se ponía a hablar por teléfono y luego se alejaba para seguir con la conversación y no se le veía más que la espalda, la nuca doblada, los hombros que se encogían de vez en cuando y la mano libre agitando el aire frente a él.

–¿Nos vamos? ¿Te trae recuerdos?

Sí, vagamente, la ruta de vacaciones a España cuando tenía nueve o diez años, cuando todo iba bien, antes del naufragio; los bocadillos riquísimos de las tiendas de la autopista que devoraba apresuradamente de pie junto al coche porque a su padre no le gustaba parar, las partidas a la consola que se echaba con Fabien en el asiento de atrás. Fabien, el hermano mayor. Cuatro años más. Que le enseñaba trucos y artimañas, siempre paciente. Y que más tarde se las cargaba todas cuando hacían tonterías. La responsabilidad y las palizas. Y las lágrimas, también, que se secaba con el borde de la mano jadeando, sin una palabra, el padre encima de él, eructando, el puño levantado. Fabien, que murmuraba palabrotas por la noche en su habitación, envuelto en las sábanas, maldiciendo a papá en voz baja, jurando con palabras terribles que lo vengaría algún día.

Entre hermanos nunca se habían pegado. Apenas habían reñido. Se necesitaban el uno al otro como si se agarraran a alguien o a algo en la corriente de un río embravecido o en la tempestad que arranca los árboles. Había pocos hermanos como ellos en el mundo. Se lo dijeron una vez en una de esas noches que no acababa nunca. Gritos, gemidos, insultos groseros. Mamá.

Y también estaba aquel día, el día en que ocurrió, sobre las cuatro de la tarde. Fabien, que había corrido por el aparcamiento del supermercado sin mirar atrás, la bolsa llena de dinero mientras Franck había rebotado contra el capó de un coche que pasaba por allí, la pierna rota, los vigilantes encima.

No había hablado a pesar de la presión de los polis, sus chantajes, los consejos de la abogada de oficio.

Sin antecedentes penales. Arma falsa. Réplica de SIG Sauer. Pistola de fogueo. Pero el contable tetrapléjico al caerse por las escaleras. Padre de tres hijos. Juzgados de lo penal de la Gironde. Seis años de cárcel.

No había hablado.

Bajó del coche sin decir nada y al instante los portazos, las llamadas, las idas y venidas de la gente, tanto desparpajo de piernas desnudas y mangas cortas y gafas oscuras lo aturdió y agachó la cabeza bajo la luz deslumbrante y brutal que el sol arrojaba sobre todo aquello.

Jessica caminaba delante sin preocuparse por él, la bandolera del bolso tiraba del cuello de la camisa y dejaba al descubierto un hombro que no cortaba ninguna tira de sujetador. Franck la alcanzó para no seguir viendo las redondeces de su culo contorneado por el pantalón corto, la curva de su nuca que sobresalía del cuello separado de la camisa, esa desnudez que la ropa desvelaba o dejaba adivinar. Entraron en el inmenso vestíbulo, ahogados en el rumor de los clientes y la música ambiente, refrescados hasta el escalofrío por el aire acondicionado, y zigzaguearon en dirección a los aseos entre la gente amontonada delante de la máquina de café y los individuos plantados allí en medio, esperando a alguien o contemplando un mapa de carreteras de la región pegado a la pared o, de nuevo, llamando por teléfono.

Franck se encerró en una cabina con el suelo mojado y la taza todavía llena de orina y de papel higiénico y se le volvió a bajar la excitación ante esta porquería saturada por el olor de las pastillas desinfectantes. Meó, se abrochó sin prisa, aliviado, casi calmado, y vio cómo se vaciaba el inodoro con el estruendo de la cisterna, la mente en blanco, sin saber dónde estaba ni por qué se encontraba allí. En los lavabos había tíos que se lavaban las manos, se rociaban la cara con agua mirándose al espejo sin verse o tal vez sin reconocerse. Algunos parecían aturdidos por las horas de carretera, otros sacaban pecho con pinta de bestia. El estrépito del secamanos se desencadenaba, ensordecedor, y la puerta batiente rechinaba cada vez que alguien entraba o salía. Franck se lavó con agua tibia mirando hacia abajo, sin prestar atención a nada a su alrededor, espantado por todo aquel ruido, y abandonó el lugar sin mirar atrás porque aquel olor de hombre, aquella confusión le recordaba a la cárcel, pero sin las voces y los chirridos de las suelas que arrastraban tíos que iban de que no tenían otra puta cosa que hacer.

Se dirigió a las cámaras frigoríficas y se puso a mirar los envases triangulares de los sándwiches y empezó a salivar al descubrir las rebanadas de pan de molde y el relleno y se le encogía el estómago, su garganta tragaba con dificultad ante lo que para él valía más que cualquier plato casero o cualquier pastel relleno de crema o de fruta. Eligió uno, cogió una botella de agua y fue a pagar tratando de divisar a Jessica entre la multitud. Buscó en su cartera para dar el dinero justo, pero no conseguía encontrar las monedas que necesitaba y la cajera esperaba mirando hacia otro lado, como un palo en su asiento, suspirando de impaciencia, y se sintió idiota y torpe e intimidado como cuando era un niño, y cogió un billete de diez que la cajera insertó en su caja registradora sin una palabra y le devolvió el cambio con el mismo gesto casi brusco. Vio a Jessica a través de la puerta acristalada delante de la entrada, fumándose un cigarrillo con un vaso de café en la mano.

–¿Dónde te habías metido?

–He ido a comprar algo.

Le enseñó sus sándwiches y desenvolvió uno que se zampó en tres bocados. Lo empujó con un trago de agua fría y sintió una punzada en un diente del fondo. Jessica miró el reloj y dijo que tenían que irse, que aún les quedaba un buen trecho, y se alejó en dirección al coche sin preocuparse de él, como si estuviera sola. La siguió a distancia mientras terminaba de ingerir su tentempié sin apenas masticar, feliz de hincharse los carrillos y tragar con ayuda de un poco de agua. Era una glotonería de niño avaricioso, una especie de plenitud animal que lo devolvía como si nada a este lado del mundo, bajo la luz cegadora que lo inundaba todo, entre el rumor de las voces y la agitación de la multitud de humanos yendo a todas partes como moscas pegadas a un cristal cuya infranqueable transparencia nunca comprenderían. No sabía poner palabras a los contornos y a los muros invisibles de esta cárcel. Solo sentía que la libertad le aligeraba los hombros y le suavizaba la espalda, liberado por fin del peso de las miradas como de un saco lleno de cuchillos, y le parecía que caminaba con una ligereza, una gracia tal vez, que no había sentido nunca. Le daba la impresión de ser un bailarín surcando ese pavimento recalentado tras el culo sublime de una estrella. Terminó de comer cerca del coche mientras ella se fumaba otro cigarrillo. No decía nada, apoyada en la puerta, parecía absorta en la contemplación de un grupo de turistas bastante mayores bajando de un enorme autobús rojo, vestidos con gorras y bermudas ridículas y zapatillas de deporte nuevas, estirándose, poniendo a prueba su flexibilidad mientras caminaban rígidos hacia los aseos y las tiendas.

En una esquina de su campo visual percibía el movimiento de las piernas de Jessica mientras maniobraba para incorporarse a la autopista, controlando los pedales con un juego suave de tijera, y le entraron de nuevo ganas de deslizar la mano por el medio, o incluso de posar los dedos encima de la piel morena, lo que le obligó a quedarse con los brazos cruzados y a tratar de concentrarse en el paisaje o en el tráfico, mirando de reojo los grandes sedanes, los potentes 4 × 4 que les adelantaban a ciento cincuenta, o dándose la vuelta hacia las caravanas o las casas rodantes que se arrastraban a cien maldiciendo en voz baja. Pero ella no decía nada. El semblante se le había endurecido de pronto, impasible, un rictus amargo en las comisuras de los labios, y tras las gafas de sol los ojos fijos estaban clavados delante, sin pestañear, como si fuera una de esas estatuas de cera que perturban tanto a los visitantes de ciertos museos. Podría haberse dormido, hipnotizada por el desfile de las cintas de asfalto, la blancura intermitente de las bandas de señalización.

Se preguntó un momento qué habría podido hacer o decir para que ella se replegase en ese silencio hostil y luego regresó a sus ensoñaciones mirando el paisaje, imaginándose cómo sería vivir en esa granja de ladrillo que vislumbraba colina abajo o en esa otra de la ladera, inventándose paseos al amanecer en medio de las viñas o en la hierba mojada por el rocío al borde de un camino desierto. Se puso a soñar con el invierno, en mitad de ese paisaje amarillo y seco y aburrido, sin relieve ni profundidad porque la sombra perseguida había huido y seguía sin aparecer. Se sentó en un sofá profundo, delante de una hoguera, con un libro en las rodillas mientras se extinguía contra las ventanas la luz azul y helada del final del día. Anduvo a primera hora de la mañana sobre la tierra endurecida por la helada. En el talego se imaginaba ese tipo de estampas cuando veía desde su jergón el alba por el tragaluz. Ver amanecer. Asistir a ese milagro que se reproducía cada día sin nada entre uno mismo y el clamor mudo de todo lo que sale de la sombra. Ni pared, ni ventana.

Después, ella se volvió hacia él, echó una mirada atrás.

–¿Me puedes pasar el tabaco? En mi bolso.

Parecía que había cobrado vida de pronto. Sus dedos se movían encima del volante, sus labios se entreabrían como si volviera a respirar. Le pasó un cigarrillo.

–Coge uno si quieres.

Ella bajó un poco la ventanilla de su lado, él hizo lo mismo, y fumaron con el estrépito de aire caliente que se lanzaba sobre ellos. Franck aprovechó para hablar porque le parecía que lo que iba a decir se ahogaría en el enorme temblor.

–¿Qué tipo de negocios ha ido a hacer Fabien a España? No me dijo nada en su última carta.

–Se decidió en el último momento, la semana pasada. Ya lo conoces, eres su hermano... Es bastante reservado, nada fácil... Una noche me dijo que se iba al día siguiente por la mañana a ver a una gente en Valencia. Y como quería aprovechar un poco, me dijo que se quedaría por lo menos tres semanas con unos amigos allí. No conseguí saber nada más, no merecía la pena discutir. Quería airear vuestra pasta, que llevaba todo este tiempo aparcada. Le salió un plan por Serge, un gitano que conoce bien mi padre. No me dijo nada más. Me imagino que a estas alturas debe de estar ligando con chicas en la playa, yo no me preocuparía por él...

–¿Se le ocurre poner en circulación el dinero cinco años después? Ya era hora. ¿Qué coño ha estado haciendo todos estos años?

–Un poco de todo. Estuvo echándole una mano a un chatarrero, el gitano que te digo, después encontró curro en Langon de vigilante en un almacén logístico, o como se llame. Tres noches a la semana pagadas como la mierda. De todas formas, en este momento no encuentras nada. Él es cocinero, pero no puede con los jefes, y los sueldos miserables a final de mes con horarios asquerosos ya no le interesan.

No les había dado tiempo a contar. Había unos cincuenta o sesenta mil euros en metálico en el maletín. Los ingresos del lunes, un día tranquilo, en el que el escolta venía solo en un coche camuflado. Franck se había enterado a la larga, después de diez meses transportando palés en un carro, y se había hecho amigo de un guarda de seguridad, Amine, un negro inmenso que juraba que se llevaría la caja un sábado por la noche con sus colegas. Franck lo había dejado hablar mientras se fumaban un porro una noche después de cerrar. Otras veces, también, Amine le había dado todos los detalles e incluso le había propuesto montar el golpe juntos. Negaba con la cabeza después de cada calada como si la droga le nublase las neuronas o la vista, y expulsaba fuerte y lejos todo lo que sus pulmones no habían podido absorber y cerraba los ojos y se reía en silencio. Franck se limitaba a sonreír y a asentir a los planes que se montaba el otro estremeciéndose y pataleando con sus largas piernas como un deportista antes de la salida de una carrera o de su entrada al terreno. Desconfiaba de ese tipo charlatán y cariñoso y de sus porros liados y cargados hasta arriba de un chocolate que según él venía directamente de Sierra Leona.

Después de salir de la autopista en Langon, circularon por un camino rural en medio de un apagado bosque de pinos cuyas copas verde roto resplandecían al sol. A ratos, algunas parcelas desnudas mostraban la arena negruzca, como calcinada, invadida aquí y allá por aulagas color cardenillo. El calor era más fuerte aquí, seco y polvoriento, y un olor agrio a tierra quemada y a resina inundaba el coche. Franck se preguntaba cómo se podía vivir aquí, lejos de todo, y tuvo miedo de ese desierto puntiagudo de troncos negros en el que aparecía de vez en cuando un bosquecillo redondo y tupido de robles amontonados unos contra otros, supervivientes de un campo fúnebre ensartado de alabardas después de una batalla.

Tenía ganas de una ciudad, del ruido, de la gente, de las chicas, sobre todo, con falda corta y camiseta de tirantes ondeando sobre el pecho, las habría mirado a todas, de arriba abajo, en plan mirón desvergonzado, para acariciar y palpar con la mirada esa piel cálida, esa suavidad redondeada, sin saber cómo se resistiría al deseo de tocarlas de verdad, de remangarlas y deslizar los dedos entre sus muslos y meter dentro la lengua y lo demás. Se había pajeado tantas veces en su colchón maloliente, atormentado por esas imágenes y las fantasías que se montaba, la celda invadida de pronto por hologramas con falditas de flores echándose el pelo hacia atrás como saben hacer todas con ese gesto rápido y flexible, tantas veces había suspirado, embestido por las sacudidas de su miserable placer, por el hueco de un hombro caliente y moreno para encontrarse resoplando con la boca abierta en el tejido dudoso de su almohada.

Jessica dio un giro brusco por un camino polvoriento con las rodadas llenas de guijarros y esquirlas de teja que bordeaba primero un bosquecillo de robles y después un campo reseco abarrotado de chatarra de coches, remolques oxidados y material agrícola: un tractor anticuado, el capó desteñido tostándose al sol con quemaduras lamentables, un rastrillo de púas largas colonizadas por enredaderas, en cuyo centro prosperaban malas hierbas y acacias jóvenes. Neumáticos reventados o apilados en medio de las zarzas. El cielo era blanco, cegador, metal ardiente pulverizado sobre ese amasijo de chatarra.

Cuando el coche aparcó delante de la casa, algo surgió por el ángulo de la pared. Franck tardó un segundo en darse cuenta de que era un perro. Un perro como no había visto nunca, ni siquiera en películas o videojuegos. Negro, pelo raso, musculoso, la cabeza cuadrada coronada por orejas afiladas como dos puntas de lanza. Erguido sobre sus cuatro patas apretaba ahora el hocico contra la ventanilla medio bajada y Franck oía su respiración y el profundo gruñido que resonaba en su morro levantado hacia atrás y veía de cerca los ojos clavados en él, desorbitados, engastados en un círculo blancuzco donde brillaba la locura. No se movía, se limitaba a mirar fijamente al hombre. Esperaba. Temblaba con una rabia que recorría su piel como una electricidad maligna.

–No abras –dijo Jessica–. Sube la ventanilla. Ya me encargo yo.

Dio la vuelta al coche y cogió al perro por el collar y tiró hacia ella con fuerza gritando «¡Goliath, calma!» y golpeándole la cabeza con la palma de la mano. Cuando lo soltó un poco más lejos, el animal se sentó, la enorme cabeza a la altura del estómago de Jessica levantada hacia ella, las orejas caídas, parpadeando como si le tuviera miedo.

–Puedes salir, no te hará nada. Siempre es así con la gente que no conoce.

Franck se precipitó fuera del habitáculo como si quemara y le recorrió la espalda un sudor que se enjuagó con la tela de la camisa. Jessica ordenó al perro tumbarse debajo de un viejo banco que flanqueaba la puerta de la entrada a la casa, y el animal obedeció suspirando pero sin bajar la cabeza ni perder de vista a Franck un momento.

–Cuando se acostumbre a ti, ya verás, es un perro bastante tranquilo. Y es un buen guardián. Con él estamos a salvo.

Entró y Franck la siguió después de comprobar que el perro no se movía. Su pesada bolsa le tiraba del brazo y le golpeteaba la pierna, y sus andares eran de lisiado, sinuosos y titubeantes.

–¡Ya estoy aquí! –gritó Jessica.

Se había quedado quieta al pie de una escalera y escuchaba con atención. Se oía el parloteo de una tele en alguna parte de la casa pero no respondía nadie, no parecía que hubiera nadie.

–¿Qué coño están haciendo esos idiotas?

Se quedó esperando unos segundos más y al final se encogió de hombros.

–Qué se le va a hacer. Luego los verás. Ven. Vamos a meternos aquí.

Abrió la puerta de una cocina sumida en la penumbra de los postigos entrecerrados donde no se había recogido la mesa del desayuno. El fregadero estaba lleno de platos sucios y de bandejas grasientas, las encimeras estaban abarrotadas de latas, de bolsas vacías, de botellas de vino y de cerveza.

–No hagas caso del desorden. Mi madre hoy no está de buen humor. Después lo recojo.

Cogió dos cervezas de la nevera, apiló unos platos esparcidos por la mesa y dejó las latas en una esquina del hule. Se sentó con un suspiro, casi volcada en la silla, las piernas estiradas. Se quitó las sandalias deslizándolas por los pies y movió los deditos mientras abría la lata.

–Joder, qué calor hace –dijo–. No te quedes ahí, siéntate. A tu salud.

Franck se sentó al otro lado de la mesa. Solo alcanzaba a ver sus hombros morenos, el escote de la camisa, la sombra húmeda y brillante de sudor que se hundía entre sus pechos. Ella bebió un trago largo y se pasó la lata de aluminio por la cara interior de los muslos, lentamente, cerrando los ojos. Él también bebió la cerveza helada a grandes tragos, sentía la frescura que le bajaba hasta el estómago y se propagaba por todo su cuerpo y poco a poco el abatimiento del calor dejaba paso a una lucidez amarga que no llegaba a comprender: ya no sabía qué hacía allí, en el caos de esa cocina mugrienta, al alcance de la mano del cuerpo perfecto de esa chica abandonada en su silla refrescándose los muslos con una lata de cerveza. Entre el tufo dulzón de la suciedad que los rodeaba le parecía percibir también el olor íntimo de Jessica, en el que se mezclaba el perfume de su piel y los aromas de sus pliegues secretos.

Desde hacía casi cinco años, ¿cuántas veces, casi enloquecido por este deseo desesperante, había soñado con un cuerpo de mujer cerca y abierto hasta ese punto? Él la observaba mientras ella encendía un cigarrillo y echaba el humo hacia delante, la mirada perdida en la ventana encima del fregadero rebosante de vajilla. Podría haber estado sola, sujetando la cerveza entre sus piernas estiradas, los ojos cerrados, fumando lentamente y tirando la ceniza al suelo. Él no se atrevía a moverse, temiendo de pronto atraer su atención, como un niño que se queda quieto después de una dura reprimenda. Entonces algo se movió a su derecha, en una esquina de su campo visual, y se estremeció al distinguir en el marco de la puerta a la niña que acababa de aparecer y que lo miraba con aire serio interrogándole con sus ojos negros, una raqueta de plástico en la mano.

Franck le dijo «Hola» en voz baja tratando de sonreír pero la cría no reaccionó y su rostro seguía impasible, los ojos todavía muy abiertos por la curiosidad o la inquietud, tal vez, y Franck pensó que no sabía cómo tratar a los niños, cómo hablarles o sonreírles, de hecho, ¿sabía relacionarse mejor con los adultos, con la gente en general?

La voz de Jessica le sacó de sus preguntas sin respuesta.

–Rachel, cariño mío, ¿no estás con la abuela?

La niña negó con la cabeza y empezó a retorcerse el pelo negro con el dedo, un pie detrás de ella balanceándose sobre la punta como si no se atreviera a entrar en la cocina. Jessica tiró la colilla en la lata de cerveza y abrió los brazos a la chiquilla, que corrió hacia ella y se tiró a sus piernas para apretarse contra su vientre mientras seguía sin bajar la vista de Franck. Jessica le acariciaba la frente y le besaba el pelo susurrando que tenía calor, que podría haberse pegado un baño pero la pequeña parecía no escucharle, absorta en examinar al hombre que la miraba incómodo desde el otro lado de la mesa con una sonrisa forzada.

–¿Quieres beber algo?

Rachel se soltó de las rodillas de su madre y abrió la nevera para sacar una botella grande de refresco y se encontró cargada con el peso en medio de la cocina buscando con los ojos un vaso disponible. Jessica se levantó suspirando, de mala gana, y abrió un armario demasiado alto para la chiquilla y cogió un vaso que miró a la luz de la ventana.

–Toma, señorita. Este está limpio.

La pequeña posó el vaso en una esquina de la mesa y lo llenó y bebió lentamente, vuelta hacia la ventana. Cuando terminó, guardó la botella en la nevera y fue a enjuagar el vaso en el fregadero, de puntillas para llegar al grifo y colocarlo en el escurridor en medio de todo lo que había, después volvió a coger su raqueta y salió sin decir nada. Una puerta chirrió ligeramente al cerrarse.

Jessica se había vuelto a sentar y había encendido otro cigarrillo. Volvió a suspirar, echando el humo por la nariz.

–Las cosas siempre tienen que estar limpias. Nunca come después de alguien, ni siquiera de mí, o del plato de otra persona, ni siquiera para probar, o con un tenedor que se haya usado para servir. Los vasos los mira siempre a través para ver si están limpios. Y siempre tiene que estar ordenando todo constantemente. Si vieras su cuarto... Yo no sé de dónde saca todas esas manías. No la he educado así, como una princesa, quiero decir. Y su padre no era de lo más delicado. Yo, bueno, soy limpia y ya, quiero decir que no me gusta vivir en la mierda, como aquí... Pero, vamos, que no creo que cojamos una puta enfermedad por beber del vaso de alguien, sobre todo si es de la familia, ¿no?

Se volvió hacia Franck. Pegaba caladas nerviosas a su cigarrillo, movía las manos delante de ella.

–¿Cuántos años tiene?

–Ocho años. Va a cumplir nueve en septiembre.

–Parece tranquila. Se parece a ti.

Jessica soltó una risita.

–¿Se parece a mí porque es tranquila? Eso tampoco sé de quién lo ha sacado. Porque somos más bien nerviosos en la familia... O bueno, sí. De su abuelo. No ha sido siempre así, pero ahora está muy tranquilo.

Aplastó el cigarrillo en un plato.

–En fin... Mejor para todos.

Se levantó. De pronto parecía impaciente.

–Venga, vamos, te enseñaré tus aposentos.

Franck la siguió fuera. Iba otra vez varios metros por delante de él, sin esperarlo. Debajo de la estructura tosca de un cobertizo antiguo distinguió una caravana apoyada sobre bloques de hormigón, coronada por una antena parabólica. Jessica entró y él apresuró el paso para alcanzarla. Estaba apoyada contra el pequeño fregadero de acero inoxidable y con la luz rasante que entraba por las ventanas de plexiglás, todas abiertas, no veía más que sus piernas y el brillo de sus ojos, que le recordaban a esos lagos que se ven en las fotos, más luminosos que el cielo. Dejó su bolsa en una banqueta y la vio airear los armarios, abrir el agua, enseñarle dónde estaban las sábanas limpias, explicarle que en la planta baja de la casa había un pequeño cuarto de baño que podía usar. Con ese techo bajo, su voz amortiguada le llegaba como si le hablara al oído y le parecía que este espacio cerrado los empujaba a una intimidad que casi le molestaba y esperaba verla desnudarse de un momento a otro como si estuviera poniéndose cómoda y no se dejara nada más que las bragas, por ejemplo, y se deslizara descalza por el linóleo para ordenar sus cosas y después se pegara a él y le metiera la lengua en la boca mientras le desabrochaba los vaqueros ansiosamente.

Cuando salió de la caravana diciéndole que se tomara su tiempo y que viniera luego a reunirse con ellos detrás de la casa porque sus padres estaban allí, estarían sobados ese par de imbéciles, y se suponía que tenían que vigilar a la pequeña al borde de la piscina, se sintió aliviado y se precipitó bajo el grifo del lavabo y se mojó la cara con un agua tibia al principio y cada vez más fresca a medida que iba corriendo, tanto que bebió a grandes tragos hasta que se quedó sin aliento.

Metió los cuatro trapos que tenía en los baúles doblándolos con cuidado y colocó sus artículos de aseo en el pequeño cuarto de baño y se quedó un momento mirando su cepillo de dientes, su maquinilla desechable, encima de la balda de plástico, el jabón en el borde del lavabo minúsculo, la toalla colgada de una barra cromada como tantos signos tangibles de una libertad tranquila: para empezar, el silencio que solo interrumpía el ronroneo de un tractor al fondo, sin duda lo acogía en una especie de burbuja que se ajustaba poco a poco a él como una prenda nueva que se va volviendo cómoda con el uso. Ya no tenía que cuidarse las espaldas en el espejo por miedo a ver aparecer a un cabecilla en celo o a un perturbado que podía esconder una cuchilla en la toalla. Ya no tenía que esperar ni darse prisa en medio de aquella confusión, los roces, los golpes con el hombro, el desafío perpetuo de esos cuerpos amenazadores o tiesos de miedo.

Salió del cuarto de baño y sintió en el pecho una punzada de bienestar. Era pequeño, de techo bajo, parecía una casa de muñecas con el fregadero en miniatura, los dos fuegos del hornillo de gas para jugar a las comiditas en un camping, pero sentía la misma tranquilidad que en su cuarto cuando era pequeño, hacía tanto tiempo, cuando cerraba la puerta y dejaba atrás, dependiendo de la noche, las voces de su padre o los gritos y los portazos o los sollozos de su madre sentada en los escalones de la entrada. Su hermano y él esperaban a que todo estuviera tranquilo, acechando los murmullos y los gemidos en un silencio sepulcral, para entrar en el cuarto del otro y meterse en su cama y maquinar huidas, venganzas, escenarios de otra vida, lejos de aquí, lejos de todo.

Se tumbó en la cama con olor a ropa limpia y cerró los ojos pensando en Fabien y en la juerga que se iban a pegar cuando volviera antes de largarse de aquí y empezar a vivir de verdad. Porque esta chabola, con ese perro monstruoso, esa chica que tenía pinta de calentorra y esa pequeña casi muda tenía algo raro, mermado. Algo en el aire, como un tufo, los restos de un antiguo hedor que impedía a veces respirar hondo. Nada que ver con la cárcel. No habría sabido decir realmente lo que sentía.

Pero aquí, en este cuartucho, se sentía un poco como en casa, solo, solo de verdad, y muy tranquilo.

2

Cuando Franck se presentó, el padre y la madre no se molestaron en ser amables. Era la primera vez que lo veían pero no le dedicaron ni una sonrisa ni una palabra de bienvenida. Podría haber venido a saludar de pasada, como si no lo fueran a volver a ver. Sin embargo, sabían perfectamente que había salido de la cárcel, que era el hermano de Fabien. Iba a vivir en su casa algún tiempo, iban a compartir mesa. Iban a cruzarse con él a la puerta del baño. No se movieron de las tumbonas en las que estaban instalados, el perro tumbado entre los dos, la cabeza entre las patas, que se alzó gruñendo y que el padre mandó callar de un golpetazo en el morro con la alpargata.

Saludaron a Franck con un seco «Hola, Roland, Maryse», le tendieron las manos blandas y húmedas parpadeando porque estaba de pie ante ellos contra el cielo deslumbrante, y luego el hombre simuló retomar su siesta interrumpida apoyando otra vez sobre su barriga hinchada sus brazos huesudos y la mujer cogió en la hierba a su lado un paquete de tabaco y se levantó con dificultad y se encendió uno y se quedó inmóvil fumando, mirando a la niña en la piscina desmontable que estaba un poco más lejos.

Cuando la mujer se puso de pie, Franck vio que era alta y ancha de hombros, la cara redonda con el pelo rojizo recogido en un moño flojo. Tendrían unos setenta años. Tal vez menos. Pero Franck los veía cascados, agotados, carcomidos por dentro, estropeados como un par de frutas olvidadas en un cesto. Viejos. Para él, serían los Viejos. Por la diferencia de edad que había entre ellos y él y, sobre todo, por la impresión que daban de estar en las últimas.

Franck buscaba en los rasgos cansados de la mujer, en esa piel rugosa, un parecido con Jessica pero no lo encontraba, aparte del azul diluido de los ojos que los privaba de cualquier expresión, la pupila fija en esa transparencia como un clavo en agua fría. Dos pechos grandes colgaban blandos debajo de una especie de camiseta de tirantes fucsia. Aplastó su cigarrillo en un tiesto de resina que servía de cenicero, echó un vistazo a la chiquilla que flotaba en la piscina sentada en el agujero de un gran flotador, y se alejó arrastrando los pies, con las piernas gruesas y morenas y los muslos abotargados por la celulitis embutidos en un pantalón corto blanco.

Más allá de la piscina, el campo amarillo de hierba seca descendía en una suave pendiente hacia el bosque, a unos cincuenta metros, que levantaba como un muro su masa confusa y oscura. Parecía que la luz se anulaba en cuanto descendía por la copa de los árboles y que allí triunfaban en silencio las tinieblas permanentes. En la piscina elevada, la cara de la niña bañándose tenía destellos de agua y cuando saltaba agitando los brazos su pelo esparcía a su alrededor pedrería que resbalaba por los hombros. En medio de un decorado sumido en la tristeza, vagamente amenazador, era la única expresión de un poco de vida y de gracia y Franck no conseguía quitarle los ojos de encima, sin comprender el reconfortante placer que sentía al mirarla.

Oyó a su espalda el restallido de una lata al abrirse y al darse la vuelta vio al padre en su tumbona con una cerveza en la mano mirando en su dirección, el ceño fruncido, los ojos hundidos por las arrugas y los pliegues de la cara gastada. Parecía más viejo que la madre, más agotado, solo quedaba un pequeño resto de sonrisa muy antiguo grabado alrededor de los ojos.

–¿Cómo dices que te llamas?

–Franck.

–Yo soy Roland. Eres el hermano de Fabien, ¿no es así?

–Así es.

Franck se acercó a él. El hombre bebió un gran trago de cerveza cerrando los ojos y suspiró sonoramente, el aliento corto, la mano vagando por la espalda del perro, los dedos hurgando el pelaje raso.

–Siento haber venido a meterme así en su casa. Gracias por acogerme. No va a ser para largo. Hasta que vuelva Fabien, ya lo hablaré con él, no quiero ser un parásito.

El hombre lo observó parpadeando como si tratara de adivinar en sus palabras un sentido oculto, y después eructó suavemente frotándose la barriga.

–No te preocupes. Jessica está encantada, y como eres el hermano de Fabien...

–Claro, pero...

–¿Qué hora es?

–Casi las seis.

El Viejo se puso de pie con dificultad, los brazos delgados temblando para levantarlo de la tumbona. Una vez de pie, señaló con la barbilla a la niña, que seguía en la piscina.

–Vigílala un poco, no se vaya a ahogar. Su madre nunca lo superaría.

Caminó hacia la casa a paso lento, un poco encorvado al principio, masajeándose la espalda, y después se fue enderezando poco a poco y sus piernas torcidas, con los pies trabados por las alpargatas que llevaba como si fueran zapatillas, vacilaban y parecía que iban a fallarle en cualquier momento y tirarlo al suelo.

Franck se acercó a la piscina donde la pequeña, que seguía sentada en el agujero de su gran flotador, daba vueltas en redondo ayudándose con las manos como si fueran ramitas minúsculas. El perro lo siguió y se tumbó cerca de una silla de jardín donde había una toalla de playa, observando, las orejas levantadas, la linde del bosque.

–¿No tienes un poquito de frío?

Ella negó con la cabeza sin mirarlo. Ya no remaba y el agua se quedó quieta a su alrededor y formaba un espejo blando en el que ondulaba el cielo blanqueado por el calor. Franck trataba de encontrar algo que decir pero no se le ocurría nada. No sabía si la niña inmóvil, la mirada baja, hacía como si no existiera o simplemente estaba pensativa.

–Entonces ¿te llamas Rachel? Es un nombre muy bonito.

Por fin lo miró. Sus ojos negros devoraban. Inmensos y profundos.

–¿Estabas en la cárcel?

–Sí, pero ahora ya no.

No estaba muy contento con su respuesta. Ni muy seguro. A veces tenía la sensación, al cabo de seis horas de haber salido, de ser un fugitivo al que iban a venir a buscar en cualquier momento para meterlo en el agujero de su noche mil cuatrocientos ocho en la cárcel. Noche de confusión y de alarmas, vencido por un sueño entrecortado de vigilias y de alertas mientras oía moverse al de la litera de encima que no dormía nunca desde que había llegado hacía diez días, aquejado de mutismo, desconfiado, tenso, gatillo de arma con el percutor levantado. Sentado en su colchón, las manos juntas entre los muslos, la mirada fija. Durante horas. Inmóvil, puesto ahí como un yacente o una bomba.

Franck sentía a su alrededor todo ese espacio libre y vacante, y ese vacío lo angustiaba y le parecía que flotaba como esos astronautas perdidos que se ven en el cine alejándose hacia el infinito del frío absoluto con gestos lentos abrazando la nada, como nadadores impotentes. No sabía qué hacer ni qué decir ante esa niña silenciosa y rara, la encontraba rara porque desde el fondo de su indiferencia muda parecía verlo todo y oírlo todo y entenderlo todo, tal vez, con la sabiduría de una joven maga.

Se acercó al borde y se encaramó por las barandillas de la escalera cromada. Franck dio la vuelta a la piscina porque tenía miedo de que se cayera, le tendió los brazos pero ella despreció su gesto y saltó al suelo sin mirarlo. Recogió la toalla de la silla y el perro alzó hacia ella su enorme cabeza con un chasquido de la mandíbula y después se irguió sobre sus patas y se plantó delante de ella, jadeando, el morro abierto en una especie de sonrisa. La pequeña cogió la lengua del perro entre el pulgar y el índice y tiró suavemente hacia arriba y el animal soltó un gemido quejumbroso y después bufó.

–¿Es bueno contigo?

Ella levantó un hombro, sin dejar de mirar al perro. Se frotó el pelo para secárselo y se puso la toalla sobre los hombros a modo de capa.

Después le dio la mano y fueron caminando hacia la casa.

Nada más entrar, la pequeña salió corriendo por la escalera sin decir nada y dejó a Franck plantado al pie del primer escalón. Oía a las mujeres charlando en la cocina. La voz de pito de Jessica, el tono áspero, ronco, de su madre. Empujó la puerta y se quedó en el umbral. Jessica estaba fregando. La madre fumaba, sentada en una silla, los codos encima de la mesa. Hablaban con vehemencia de un capullo al que tendrían que ir a ver uno de esos días para ajustarle las cuentas. Un hijo de puta. Dejaron de hablar cuando Franck entró en la cocina. Jessica le daba la espalda, empecinada en un plato que chocaba contra el fondo del fregadero removiendo gran cantidad de agua. La madre lo miró de arriba abajo un buen rato, el cigarrillo en la boca, los ojos entrecerrados por el humo.

–¿Buscas un trapo viejo?

Vio cómo se agitaban los hombros de Jessica por una risita silenciosa mientras que la madre se atragantaba de risa y tosía con un ruido cavernoso.

Se sintió tan incómodo como si hubiera estado desnudo delante de ellas y una oleada de calor le subió a la cabeza. Miraba a la madre, volcada en la silla, que no era capaz de retomar el aliento y pensó que si empezaba a ahogarse, a asfixiarse de verdad, allí, en medio de la cocina, no iba a hacer el menor gesto para socorrerla o ayudarla de ninguna manera, la vería morir lentamente, la cara amoratada como ese tío del talego que se colgó en su celda y que había visto en la camilla antes de que lo taparan con una sábana. Este arrebato de odio le dio valor y dijo:

–No, no especialmente... No me gustaría quitarle a usted el trabajo.

Jessica se dio la vuelta y lo miró fijamente, con expresión grave, como si tratara de comprender algo, y después meneó la cabeza.

Su madre se partió de risa, aplastó el cigarrillo en un cenicero lleno y miró a Franck con expresión desafiante. Miró de reojo a su hija, atareada en el fregadero, como si su espalda encorvada hubiera respondido a su pregunta silenciosa. Al cabo de un rato, se levantó y salió de la cocina arrastrando los pies. La escalera rechinó bajo su peso y se le oyó resoplar y toser y añadir una sarta de palabrotas a su ataque de tos antes de dar un portazo.

–Tendría que ir a ver al médico –dijo Jessica–. Cualquier día la va a espichar aquí mismo con esa tos.

–Eso es del tabaco.

Franck se quedaba cerca de Jessica porque le parecía percibir lo que su cuerpo emanaba: calor y olores, pero también porque podía ver la textura de su piel, en sus mejillas, en su nuca, donde se rizaba el pelo que se había recogido y atado en lo alto de la cabeza con un pasador grande, en sus pechos que adivinaba sin dificultad bajo la camiseta negra sin mangas que la cubría tan poco. Ella, bajo su mirada devoradora, fingía lavar y aclarar, los ojos fijos en los platos que fregaba y los remolinos glaucos de agua sucia, él sospechaba que sabía todo lo que él quería, todo lo que ansiaba estando allí, a un metro de ella, ese tipo que salía del talego al que las imágenes de chicas como ella lo habrían vuelto tan loco para manchar unas sábanas asquerosas. Y él atisbaba esa indiferencia fingida, convencido de que no podía ignorar el efecto que provocaba en él, estaba seguro, y esa certeza recíproca tendía entre ellos un lazo magnético que terminaría pegándolos el uno al otro.

Por la noche cenaron fuera, delante de la casa, entre nubes de mosquitos y el vuelo inquietante de algún abejorro excitado por la luz. El padre asó unas costillas en una barbacoa construida con un bidón cortado de través y sujeto por caballetes metálicos. En un momento dado, le pidió a Franck que le trajese un vaso de vino y aprovechó para preguntarle por la cárcel y charlaron tranquilamente mientras las mujeres, que esperaban en la mesa, fumaban bebiendo vino. Franck se informó sobre las posibilidades de trabajo en los alrededores y el otro le dijo que habría que ver, que esto era el campo, que igual había algo en Bazas o Langon. Fabien había sido vigilante en una empresa de transportes en Langon durante seis meses. Tal vez allí.

El Viejo atizaba las brasas y hablaba con una voz sorda y ronca, la cara enrojecida por el fuego, sus delgados brazos extendidos encima como ramas secas a punto de arder.

–Yo también estuve en el trullo, cuando era joven… Diez meses. Todo porque dos colegas y yo habíamos molestado un poco a una chica, a la salida de un baile, en el Médoc, donde vivía yo. Una tía puta que nos había estado calentando toda la noche y que después se fue a llorar a la poli. Una locura de juventud, que se dice. Y como ya había tenido algunos problemas, el juez me inculpó, el cabrón. Y todo por meter el dedo en un coñito...

Negó con la cabeza mientras seguía removiendo en el resplandor rojo del fogón donde brotaban un montón de chispas y saltaban y danzaban llamas fugaces.

–Es igual... No me arrepiento de nada. Era joven, joder, y volvería a hacerlo si todavía fuera joven.

Franck no decía nada, mirando cómo crepitaban y llameaban las brasas en contacto con la grasa que se derramaba de la carne. Sentía el segundo vaso de vino dándole un poco vueltas la cabeza y se acordó de las cogorzas monumentales que se había pillado, la primera con Fabien y sus colegas, cuando tenía quince años, una noche de verano al borde del océano, con la única luz de las linternas de mano y la gran hoguera que habían hecho con madera de deriva y ramas y piñas, y después el terror que había sentido a la vuelta, cuando se adentró en el bosque pensando que encontraría un atajo, perdido de repente bajo la bóveda recortada de los pinos y las estrellas diseminadas, jadeando, con el martillo de la cogorza perforándole el cráneo, un mareo lo tiró de pronto al suelo. Creyó que se moría vomitando, a cuatro patas, chorreando mocos y lágrimas, y así, gimoteando como un cachorro, encontró la pista de asfalto y vio a lo lejos las linternas flotando en las tinieblas como luciérnagas.

Sintió algo contra el muslo y se estremeció porque pensó que era el perro que venía a colocar el morro pero sintió la mano de Rachel buscar la suya y apretarse, cerrada en un pequeño puño frío. Ella observaba los remolinos de chispas que levantaba el atizador y su mirada brillante no pestañeaba y se quedaba inmóvil y muda entre los dos hombres que se habían callado.

–¿Te gusta el fuego? –preguntó Franck.

La pequeña no dijo nada. Solamente sintió que movía la mano cerrada contra su palma.

–No habla mucho –dijo el Viejo–. Siempre ha sido un poco así. ¿Verdad que no te gusta mucho hablar?

Le dio a la chiquilla una palmadita detrás de la cabeza y ella se encogió de hombros y su puño se cerró en la mano de Franck.

–A veces nos preguntamos si no será un poco sorda. Habría que hacérselo mirar, tal vez. Su madre no quiere. Dice que puede oír a un corzo en el bosque a cien metros. Y en el colegio parece que va bien.

Franck bajó los ojos hacia la pequeña.

–Es como un gato. Los gatos oyen lo que quieren. Cuando les pides que vengan, no hacen ni caso, pero como haya un puto pájaro saltando en la hierba, levantan las orejas.

Rachel parpadeó. Se limpió la nariz con el dorso de la mano y se alejó. El perro la siguió, aún más grande de noche, con su sombra como un doble arrastrándose detrás de él. Desaparecieron más allá del círculo de luz que arrojaba una especia de lámpara enganchada a la fachada. Franck los vio alejarse, inquieto. Todavía sentía agitarse en su mano la pequeña vida que había alojado.

Acabaron tarde, después de las doce, atormentados por los mosquitos. Jessica había mandado a la cama a la chiquilla, que se había quedado dormida en una tumbona. Hablaron de dinero. De lo que costaba ganarlo. El Viejo arreglaba coches en un granero transformado en taller contiguo al refugio donde estaba instalada la caravana. De vez en cuando, echaba una mano a un chatarrero cerca de Burdeos para camuflar un gran sedán robado que salía dos semanas después hacia el este pero no les daba para las lentejas. Aparte, Jessica y su madre trabajaban vendimiando cerca de Sauternes, limpiando, haciendo sustituciones para cuidar a los viejos en una residencia en Bazas, o de cajeras en un supermercado. Les daban ganas de tirar del sofá o de la cama a los viejos chochos, amargados, empapados de pis, les daban ganas a veces de ahogar con una almohada a los que habían dejado abandonados como perros y lloraban en silencio o se negaban a abandonar la guardia detrás de la ventana de su cuarto, les daban ganas de lanzarle un paquete de cervezas a un cliente prepotente y tocapelotas, o hacerle tragar la caja registradora a la jefa que opina que no van lo bastante rápido y después ir a destrozar las viñas de todos esos propietarios gilipollas que vienen a supervisar el trabajo disfrazados de campesinos, botas de goma, vaqueros, chaquetón de pana, el toque desaliñado justo para caminar sin mancharse demasiado de barro entre los que se matan a currar agachados en las hileras de vid.

Las dos mujeres se embalaban, hablaban alto, se volvían a servir vino mientras buscaban en la mesa su paquete de tabaco o un mechero. No dejaban títere con cabeza. Los patrones, los jefes, los colegas de trabajo, los vagos, los escaqueados, los rastreros, los sumisos, los hipócritas, todos los que se aprovechaban de la miseria. Oyéndolas se podía pensar que ellas eran las únicas que se habían desvivido, que habían trabajado de verdad y habían comprendido el reverso de las cosas, la avaricia y la pereza, las transigencias cobardes, la asquerosidad del mundo. Con ayuda del alcohol y del tabaco, hablaban casi con la misma voz, cascada y pastosa, y se quitaban la palabra. El padre las miraba, hundido en su sofá hinchable, los ojos al resguardo tras los párpados replegados con una mueca asqueada en la boca, tal vez, o ligeramente despectiva.

Franck observaba a la madre. Maryse. Llevaba un rato tratando de acordarse de su nombre. Se le habían suavizado un poco las arrugas a fuerza de beber. Se reía de buena gana recordando anécdotas, a veces se ahogaba y terminaba tosiendo con los bronquios fuera. Le hacía partícipe de sus historias con una familiaridad que le ponía incómodo, clavando en él una mirada transparente al acecho de una reacción que le pillara desprevenido. En un momento dado, ella fue a buscar cervezas porque tenía sed y no quedaba vino blanco frío. Brindaron los cuatro chocando las latas de aluminio. Ruido sordo, irrisorio.

–Por tu libertad –dijo Jessica.

A Franck le habría gustado responder algo pero la propia palabra –libertad– le parecía excesiva, demasiado abstracta, incluso intimidante, para que la menor respuesta no pareciera ridícula. Entonces pensó en su hermano, del que nadie había hablado, como si nunca hubiese existido.

–Por Fabien.

Se forzó a sonreír pero tenía las mejillas acartonadas, endurecidas, anestesiadas por el alcohol.

El Viejo se limitó a sonreír asintiendo con la cabeza a la vez que emitía una especie de gruñido y la madre no dijo nada y se trincó un vaso lleno de cerveza inclinándose contra el respaldo de la silla.

–Espero que vaya todo bien por allí –añadió Jessica.

Franck sintió un escalofrío helado que le recorrió todo el cuerpo y el estómago le pesó bruscamente con algo repugnante. Pegó un trago de cerveza mientras se levantaba para hacer un brindis, pero las piernas le fallaron y tuvo que sentarse y tomar aire a pleno pulmón para intentar reprimir la náusea que ascendía.

Dijo que no se encontraba bien y se levantó lentamente como si estuviera sujetando un recipiente lleno hasta los bordes de un zumo tóxico. Se quedó de pie unos segundos, miró a los otros tres que le deseaban ya buenas noches y seguían bebiendo sus latas sin prestarle atención. Se alejó esforzándose por caminar recto, la cabeza palpitando de dolor, con la impresión de que una cosa viva se movía débilmente dentro de su abdomen.

Detrás, los otros no decían nada y sin duda lo miraban, sorprendidos, tal vez, o burlones. Al acercarse a la caravana oyó los sonidos de la noche. Grillos, lechuzas, se respondían a lo lejos. El bosque respiraba un poco de frescor y volvió a tiritar de nuevo, empapado en sudor.

3

Había soñado con otra mañana. Con el alba que habría visto palidecer, apagando las estrellas como si nada, retirando en secreto la noche de los rincones y los huecos en los que todavía se escondía. Le hubiera gustado oír un gallo, el paso rápido por la carretera del primer coche. Durante semanas, antes de salir de la cárcel, se había regodeado cada día en la dulzura de ese momento. La primera hora de la mañana. Su luz, su rumor de pájaro.

La imaginación es poderosa. En la celda, a pesar del ajetreo de los otros dos al despertarse o levantarse, los bostezos, los suspiros, los gruñidos, la orina cayendo en cascada en el fondo de la taza, los gases sonoros que nadie se aguanta seguidos de un hedor fermentado y prolongando, a pesar de este despertar de primates enjaulados, a veces se quedaba tumbado en la cama con los ojos cerrados y se imaginaba la película de un amanecer de verano con relieves y colores, el cielo claro por encima de los árboles, el inesperado regalo de un poco de frescura.

El calor lo despertó. Y la jaqueca. Y el latido de su corazón en la garganta. Con la sensación de estar sucio y maloliente. Se acordó de que había tenido que levantarse por la noche para vomitar y creía que se iba a morir en cada espasmo, empapado, asqueado de sí mismo. Se sentó en el borde de la cama y esperó a que el estómago se revolviera o el dolor de cabeza lo tirara al suelo. Controlaba el aliento, por miedo a que una respiración demasiado profunda le removiera las tripas y se le subieran de golpe.

Pero sintió los músculos fortalecerse. La carne recuperar su consistencia. Bajar en su cuerpo el centro de gravedad. Cuando se puso de pie, creyó que le iban a reventar las sienes bajo el martilleo de las arterias y tuvo que cerrar los ojos.

Los volvió a abrir bajo la luz que entraba a chorro por la abertura del granero. «Está bien», murmuró. Se vistió y pilló en la pequeña cabina de aseo algo para lavarse. Cuando salió al sol, se detuvo dos o tres segundos y disfrutó de esa felicidad cegadora.

Rachel estaba sentada en el umbral de la casa y lo miraba, un gran tazón blanco entre las manos. Él dijo buenos días y ella respondió débilmente, desviando la mirada y bebiendo un trago de chocolate. Cuando se acercó, Franck hizo ademán de rozarle el pelo con la punta de los dedos, pero ella evitó su mano moviendo la cabeza. Se levantó y se alejó despacio, caminando casi de puntillas con los pies descalzos. Parecía una pequeña bailarina. Se dio la vuelta y observó a Franck por encima del borde del tazón. En ese momento apareció el perro. El lomo musculoso ondeaba al sol con reflejos azul oscuro. Avanzó hacia la chiquilla y se detuvo a dos metros de ella, la nariz a ras del suelo, las orejas caídas, sin perderla de vista, y esa mirada desde abajo era socarrona, amenazadora, y Franck pensaba que el animal iba a saltar sobre la cría en cualquier momento y empezó a preguntarse cómo se mata a un perro así, y empezó a buscar con los ojos cualquier objeto que pudiera liquidarlo o ahogarlo pero no veía nada y el perro seguía espiando a la pequeña que ya no se movía, sosteniendo el tazón con las dos manos delante de ella. El animal dio un paso, después otro, y el corazón de Franck pegó un vuelco, pero consiguió no moverse ni hablar aunque fuera en susurros por miedo a desencadenar el ataque.

Rachel no se movía. Su cara no expresaba nada. Ni miedo ni sorpresa. En la casa se oía a Jessica llamándola. Una oreja del perro se volvió hacia esa dirección. Entonces la chiquilla se agachó, los brazos extendidos, sosteniendo el tazón, lo dejó en el suelo y luego retrocedió y se acercó a Franck. El perro se abalanzó sobre el tazón. Metió el enorme hocico con ruido de babas, lo vació, lamió, secó, y lo volcó dándole un golpe con el morro.

–¿No has pasado miedo?

La niña negó con la cabeza. El perro levantó el hocico, husmeando el aire a su alrededor, y salió trotando por el camino que llevaba a la carretera y desapareció detrás de los restos de una furgoneta Renault.

Jessica dobló la esquina de la casa con un gran barreño de ropa limpia y aceleró el paso al divisar a su hija. Estaba fumando un porro y llevaba un enorme pantalón de baloncesto, rojo, sin forma, y una especie de camiseta de manga larga y calada que dejaba entrever los pechos. Tenía cara de cansada y parpadeaba por la luz del sol. Un rictus amargo en la comisura de la boca. Franck intentó recordar a la chica guapa que le había conducido hasta allí el día anterior. Pasó por delante de él sin decirle nada. Olía a hachís y a café.

–¡Ah, estás aquí! ¿No puedes responder cuando te llaman?

–Ha sido el perro –dijo Franck.

–¿El perro, qué?

–Se quedó clavado delante de ella y empezó a avanzar, me pareció que iba a atacarla.

–¿Es verdad eso?

Rachel no respondió. Fue a recoger su tazón y entró en la casa sin una palabra. Franck le acarició la cabeza al pasar y ella no hizo nada para zafarse de su gesto.

–Le ha dado su tazón de chocolate para que se lo acabara.

–Eso es lo que quería, seguramente. Es un poco raro, el chucho, a veces, pero no es malo. Ella también es un poco rara, no habla, no responde. ¡Son tal para cual!

–No se puede comparar, es…

–¿Vas a pegarte una ducha? Yo acabo de salir, así que espabila antes de que mi madre se meta en el baño, se tira más de dos horas.

Le dio la espalda bruscamente y se alejó arrastrando los pies en sus alpargatas, el barreño apoyado en una cadera. Franck la miraba tratando de reconocer en esa actitud abatida el cuerpo que le había hecho fantasear y empalmarse el día anterior. Dos mujeres en una. Luz y sombra.

El cuarto de baño olía a jabón mezclado con los efluvios de un perfume más intenso de violeta, mareante y dulzón. Una ventanita abierta dejaba pasar un bloque de luz que chocaba contra la pared, un rombo deslumbrante, y Franck agitó la toalla para intentar airear el espacio. Encima del lavabo observó en el espejo el careto que tenía y se descubrió con pinta de enfermo, la piel pálida, algunas arrugas alrededor de la boca y de los ojos que no había visto nunca pero que allí, bajo esa luz directa, en esa blancura que no perdonaba, le recordaban todo el tiempo pasado y perdido.

Se daba cuenta de que no había tenido ocasión ni ganas, en la cárcel, de mirarse en un espejo cuando veía uno, más preocupado en vigilar lo que podía salir por detrás que en detectar las marcas del cansancio o de la edad. Volvió a tener esa sensación de novedad, aguda, casi desgarradora, como si hiciera por primera vez algunos gestos, experimentaba sensaciones desconocidas para él: el calor del sol, la luz deslumbrante del verano, el canto de los pájaros invisibles hacía un rato al salir del granero, la tranquilidad de un cuarto de baño, el olor a limpio de su toalla…

Empezó a desvestirse y sacó músculo bajo la luz directa y miró de reojo el espejo como hacían casi todos en el talego en cuanto pasaban por delante de uno que no estuviese roto, porque sin duda esta armadura de músculo forjada a golpes de pesa en la cancha alimentaba la ilusión de ser más duros, menos vulnerables. Pero no se paraban en ciertos rincones cuando se anunciaba la llegada de algún cabecilla que se paseaba con su pantalón de chándal escoltado de cerca por el guardia. Un destornillador, una cuchara de café, incluso, afilada pacientemente contra el cemento, desgarra cualquier carne, hinchada o no por la musculación.

Al entrar en la cabina de ducha lo vio enseguida, colgando del grifo por el cordón de algodón negro, y se preguntó qué hacía allí ese triángulo blanco pero no pudo evitar acercárselo a los ojos y examinarlo y buscar dentro los restos de intimidad a la que había estado pegado todo un día, metido entre los pliegues secretos de esa chica, y se puso a olisquear el trozo de tela como un perro tras una pista pero él no era un perro y no olió nada y la lanzó lejos de él porque ya estaba a punto del placer, rígido, con la sangre golpeándole las sienes, el aliento corto, invadido de imágenes e ideas que acabarían en el desagüe, aclaradas con grandes aspersiones de agua ardiendo.

Casi se cae de lo violento que fue, ahogando un gemido, y se preguntó si sentiría un placer tan fuerte dentro de ella y volvió a ver a Jessica alejándose de espaldas con esa vestimenta como si fuera ropa sucia tirada en el respaldo de una silla, hasta tal punto que ya no sabía si el cuerpo junto al que había estado sentado el día anterior más de tres horas no era más que un espejismo de su doloroso deseo de mujer y de sexo. Tembló de despecho y de vergüenza, un boxeador luchando contra su sombra hecho polvo bajo el parpadeo de una bombilla.

Cuando Franck entró en la cocina, la toalla mojada al hombro, el bote de gel de ducha en la mano, el padre estaba allí, sentado a la mesa delante de un tazón vacío, con un chaleco de piel, bermudas y alpargatas. Sonrió al verlo. Le preguntó si había dormido bien y sin esperar respuesta le dijo que el café todavía estaba caliente y que el resto estaba encima de la mesa. Las tazas allí, en el armario. Estaba encendiéndose un cigarrillo y la llama del mechero vacilaba en su mano temblorosa.

Franck se sirvió café, le echó azúcar y se lo bebió a sorbos de pie, apoyado en la encimera. El Viejo fumaba, con la mirada en el vacío, quitándose de vez en cuando con la punta de los dedos las hebras del tabaco que se le quedaban pegadas a los labios.

–Joder, otro día de calor –dijo señalando con la barbilla la luz que se colaba por los postigos entreabiertos–. Puto sol.

Negaba con la cabeza, el escaso pelo desordenado en punta como briznas de estopa. Parecía que acababa de levantarse y que estaba todavía embrutecido por el sueño, esperando que las conexiones de su cuerpo se restablecieran, como las de un viejo ordenador demasiado lento. Franck pensó que seguramente seguiría un buen un rato repitiendo lo mismo mientras tembleaqueaba en la semioscuridad de la cocina, e incorporó su taza a la vajilla que todavía se acumulaba en el fregadero y salió. El calor delante de la casa, a pleno sol en el aire inmóvil, era tan denso que ralentizaba los gestos y cargaba el pecho, y Franck dejó caer los hombros mientras se dirigía a la caravana.

Abrió las ventanas para disipar el olor a animal dormido que había dejado tras de sí. Contó el dinero, seiscientos cincuenta euros de ahorros, ordenó algunos papeles que había amontonado deprisa y corriendo en el fondo de la bolsa, alineó en una balda los libros que había pedido en la cárcel y después se sentó en la cama y miró a su alrededor los tabiques de plástico con el revestimiento desconchado, las fundas de las banquetas agujereadas por quemaduras de cigarrillo, el linóleo abultado con grandes ampollas. Era minúsculo y miserable pero sabía que ningún lugar le parecería nunca más pequeño que la celda, ni siquiera las pocas veces que estuvo solo porque allí ante todo estaba encerrado en sí mismo. Aquí, el aire caliente corría a su alrededor y olía a heno y a resina y a madera, oía en los árboles detrás del granero el clamor de los pájaros, todo eso le rodeaba como una presencia amistosa, una solicitud muda de gestos invisibles, discretos pero palpables.

Se tumbó y cerró los ojos tratando de liberar la mente de los recuerdos del talego. La imagen de Fabien se intercalaba con la jeta de los tíos con los que se cruzaba en los pasillos o en el patio y que paseaban su facha de niños desgraciados, de hijos de puta, o arrastraban su desesperación de marginados patéticos, todo al mismo tiempo y todos sin excepción, incluido él, adoptando gestos agresivos o aires de indiferencia, murmurando entre ellos o hablando alto, las manos en los bolsillos de su pantalón deformado o intercambiando signos oscuros con misteriosos correspondientes bajo la mirada cansada de los carceleros.

Se durmió, incapaz de acordarse de nada más. Su memoria enjaulada. Sus recuerdos encerrados.

Soñaba que estaban llamando a la puerta de la celda y su corazón pegó un vuelco y se encontró sentado en el borde de la cama, sin respiración. La cara huesuda del Viejo apareció por la puerta.

–Necesito que me eches una mano. Se lo puedo pedir a un colega, pero no antes del mediodía.

Franck se levantó enseguida. Dijo por supuesto y se sacudió de la cabeza los restos de sueño.

El Viejo parecía revitalizado, alerta y decidido. Le precedió por un camino que rodeaba la casa y daba a otro granero de ladrillo y estructura metálica. Podría haber sido un garaje de tractores o maquinaria agrícola, pero se usaba de taller donde aguardaban un BMW y un enorme sedán Peugeot resplandecientes, deslumbrantes en medio del caos mugriento de herramientas, piezas sueltas, llantas, neumáticos y elementos de carrocería que un registro salvaje parecía haber desparramado sin cuidado.

–Tenemos una entrega. El BMW.

Franck se acercó. Echó un vistazo al interior del coche a través de las lunas tintadas. Cuero. Madera.

–Toma la llave. Es en Burdeos, vamos, en el extrarradio, tú me sigues. En la autopista, nada de gilipolleces. Ciento treinta, no más. Los papeles son fiables pero no me apetece que los examinen. Y, además, acabas de salir del talego y no parece muy recomendable que te detengan al día siguiente por exceso de velocidad, ¿no?

Franck apenas lo escuchaba. Abrió la puerta y se acomodó en el asiento y cerró la mano alrededor del volante y la deslizó y acarició la tibia redondez de la palanca de cambios.

–Me lo ha pasado Serge Weiss, un gitano. Su mecánico está en Gradignan ahora mismo, en la cárcel, tenía un cliente que no podía esperar. Como nos conocemos desde siempre, lo ha dejado en mis manos.

El Viejo entró en un almacén y volvió a aparecer al volante de un Mercedes coupé 190 azul oscuro con la capota bajada que parecía recién salido de fábrica. Franck se agachó para ver mejor al hombre al volante. Gafas de sol, visera. Entre los cromados y los reflejos del sol en la carrocería, parecía un viejo imbécil cualquiera que todavía se cree que impone respeto pilotando una pieza de museo.

Retomaron hasta la autopista el trayecto que Franck había hecho el día anterior para llegar allí. Con la luz más suave de la mañana, el paisaje parecía menos triste, menos gris, como si la noche hubiera refrescado todos los tonos y un poco de verdor se hubiese mezclado con el marrón y el cardenillo. De vez en cuando, una casa aislada rompía la monotonía con un jardín rebosante de dalias y gladiolos o el flamante color de los postigos. Atravesaron pueblos desiertos en los que de vez en cuando un viejo con chaleco de piel y boina los miraba pasar, las manos en las caderas. A veces salía alguien de una panadería, otras se cruzaban con un coche o con un tractor que tiraba de un remolque cargado de leños.

Por todas partes, el bosque alzado contra el cielo pálido que rayaba con sus millones de agujas verduzcas. Ningún horizonte, siempre obstruido por esos innombrables barrotes que surgían del suelo pobre. Paisaje cerrado.

Franck tenía la impresión de que el coche se deslizaba a pocos milímetros de la calzada con un ronroneo suave, indiferente a los baches que absorbía con desprecio, agarrándose a las curvas con indiferencia. Como si alisara el asfalto y enderezara las curvas, transformando el asfalto sinuoso en una cinta de andar. Por momentos, al salir de una curva, con un simple toque en el acelerador dejaba al Viejo y a su antigualla doscientos metros atrás, y oía cómo lo insultaba porque iba demasiado rápido e iba a estampar la joyita alemana contra un pino.

En la autopista, tenía que vigilar el contador para no pasarse de ciento treinta, con la impresión de circular en una caja acolchada. Cuando ralentizó al llegar al peaje, se le disparó el corazón al distinguir policías en el andén de cada pista mirando de arriba abajo vehículos y conductores. Franck se concentró en el procedimiento de pago con una tarjeta de crédito que le había dado el Viejo. Sentía los ojos del gendarme sobre él, inescrutables detrás de las gafas de sol. Un poco más allá esperaba un coche azul con una luz giratoria, un automóvil de persecución, el piloto acodado en la puerta. Cuando se alejó, Franck vio por el retrovisor al policía que lo miraba marcharse. Vigiló un momento el tráfico a su espalda pero no había ningún destello azul precipitándose hacia él para interceptarlo. En vez de eso, el Viejo le hizo señas con las luces antes de adelantarlo para mostrarle adónde iban. Salieron de la circunvalación para coger la carretera a Lacanau entre los coches de turistas extranjeros, caravanas y autocaravanas que se precipitaban hacia la costa.

Franck se acordaba de algunas excursiones a la playa, la excitación de los últimos kilómetros, la travesía de la duna en la arena ya caliente y la misma emoción, intacta, cuando se abría bajo sus ojos el horizonte del océano y bajaba trotando con Fabien hasta el agua, a veces tan lejos con marea baja, a pesar de que la madre les gritaba que no se mojasen, que los esperaran, al padre y a ella, pero ellos seguían corriendo y se paraban sobre la arena dura y mojada justo en el lugar donde morían las olas, sobrecogidos por la frescura del agua y embriagados por la brisa que batía sus camisetas.

El Viejo torció por una carretera estrecha bordeada de zanjas profundas y casi inmediatamente por un camino pavimentado en el que había dos grandes camiones aparcados. Desembocaron en un amplio terreno de grava en cuyo centro se erigía una enorme casa blanca con postigos verde pálido. Alrededor, a lo largo de la valla, había una docena de caravanas inmensas, algunas de ellas descansaban sobre bloques de hormigón. Delante de una de ellas, tres chicas jóvenes se reían peinándose una a la otra bajo una sombrilla, melenas largas teñidas con henna ondulando por su espalda como finas serpientes. Dos niños encorvados sobre bicicletas se divertían derrapando con la rueda trasera y levantaban nubes de polvo que permanecía mucho tiempo suspendido en el aire inmóvil. Otros, más pequeños, avanzaban penosamente por los guijarros con sus triciclos. Todos medio desnudos, la piel tostada por el sol, oscura y dorada, con temblorosos reflejos azulones en el pelo.

Bajaron del coche y un perro trotó hacia ellos ladrando sin convicción, un chucho de orejas rotas, enflaquecido, la lengua colgando. Olisqueó la rueda del coche del Viejo y, como se disponía a orinar, el Viejo lo ahuyentó con una patada que el animal esquivó de un salto antes de marcharse hacia los niños. Una mujer que estaba bajo el alero de la casa, apoyada en un poste, entró rápidamente y volvió a salir casi de inmediato seguida de un tipo alto de pelo gris muy corto que se dirigió hacia el Viejo. Se dieron la mano y una especie de abrazo mientras intercambiaban sus nombres. El hombre se llamaba Serge. Alto, delgado, de hombros anchos, con chaleco de piel y bermudas. Tatuajes en los brazos: una sirena enlazada con una serpiente en uno y en el otro, motivos maoríes. Señaló a Franck con la barbilla.

–¿Este quién es?

–Nadie. El hermano de Fabien.

–El hermano de Fabien.

Lo repitió mirando a Franck de arriba abajo y al final dirigió la mirada hacia el Viejo. Sus ojos eran verdes, con reflejos de oro, rodeados de pestañas largas y espesas que batía pesadamente, como las de una mujer cansada.

–¿Cómo te llamas, hermano de Fabien?

–Sale del talego. Ayer. Es…

Con un gesto de la mano, el hombre mandó callar al Viejo. Miraba fijamente a Franck esperando una respuesta.

–Me llamo Franck. Salí ayer.

–Esas cosas pasan –dijo Serge.

–Sí, un día hay que salir –dijo el Viejo.

Serge se encogió de hombros y se acercó a Franck y le tendió la mano. Sus ojos de oro vigilaban sus reacciones.

–Bienvenido al mundo de los hombres libres.

Le dio una palmada en la espalda y después se volvió hacia el BMV.

–Bueno, ¿y este cacharro?

Le dio un repaso, agachándose de vez en cuando, rozando la carrocería, pegando una patadita a los neumáticos con la punta del pie, y después se sentó al volante, metió el contacto, examinó el salpicadero y por último abrió el capó. El Viejo se precipitó para levantarlo y se inclinó sobre el motor para escrutarlo con aire inquieto, mordiéndose el labio inferior. Serge se acercó y se agachó a su vez soltando un silbido.

–Podríamos comer aquí dentro. Ojalá mi hija dejara los platos así de limpios.

Chasqueó los dedos para llamar la atención de Franck.

–Arranca.

Franck se sentó y giró la llave. El motor empezó a ronronear. Flotaba en el habitáculo un perfume mareante, como de menta. Desde donde estaba solo veía la mano enorme de Serge que llevaba un anillo grandísimo con una piedra rojo sangre. La mano se levantó de repente.

–¡Vale!

Volvió a incorporarse y cerró el capó.

–¿Cuánto habíamos dicho? ¿Cinco mil?

–No, siete, dijo el Viejo. Siete mil.

–Eres un verdadero chacal. Espera aquí.

Serge hablaba con voz sorda, sin apartar la vista del coche. Suspiró, se encogió de hombros y se alejó hacia la casa. Entró por una puerta de jardín, deslizándose por la estrecha abertura como un ladrón, como si tratara de que no lo oyeran.

El Viejo no se movía, bajo el sol que caía en picado, la mirada fija en la casa, parpadeando bajo la visera de la gorra. Franck sentía a su espalda el sudor que le corría por las sienes. Ni una gota de aire. Las chicas de la sombrilla habían dejado de hablar y miraban en dirección a ellos. Cuando Franck volvió la cabeza hacia ellas estallaron en una risa alborotada, así que desvió la mirada y se acercó al Viejo.

–¿Estará imprimiendo los billetes?

El Viejo escupió en el suelo.

–Es muy capaz, el hijo de puta.

Serge volvió a salir y se detuvo en el umbral y los miró como si los hubiera oído. Llevaba una bolsa de plástico en la mano. Avanzó hacia el Viejo y se la dio.

–Cinco mil. Puedes volver a contarlo si quieres.

El Viejo abrió la bolsa y miró y palpó los billetes amontonados en el fondo y después la cerró y la enrolló alrededor del dinero.

–¿No eran siete mil? –preguntó Franck–. ¿No es lo que habíais dicho?

El Viejo negó con la cabeza y caminó hacia el coche.

–Vamos –dijo–. Déjalo.

Franck sintió posarse sobre su hombro la mano de Serge, que pesaba como una viga bien cargada.

–¡Eh, Roland! ¿Has traído a tu secretaria contable? ¿Me la dejas un ratito para que le enseñe a calcular?

Franck se soltó de un movimiento brusco y encaró al gitano. Percibió a lo lejos a las chicas que se levantaban y salían de su sombrilla para ver mejor. El hombre lo miraba de arriba abajo y su mirada dorada parecía encenderse con un fuego interno. Acercó la cara a la suya.

–Vamos, monada, lárgate antes de que te ponga del revés contra el coche y te enseñe a ganarte tus dos mil euros. Te vendrá mejor que el talego. Venga, zorra, marchando, y cuidado con el ojete.

Había susurrado con una voz monótona, casi dulce. Franck había sentido el calor de su aliento, el olor repulsivo de su perfume penetrante. Subió al coche y el gitano se agachó hacia el Viejo.

–Y no me vuelvas a traer nenazas, Roland. ¡No me creo que haya salido del mismo coño que su hermano!

El Viejo pisó el embrague en el momento en que Franck cerraba la puerta. Las ruedas derraparon por la grava y Serge desapareció tras una nube de polvo. Franck lo vio meterse las manos en los bolsillos, darse la vuelta y dirigirse hacia la casa.

El gitano le había dado miedo. Ya había pasado miedo en la cárcel. Había sentido en la nuca respiraciones entrecortadas, susurros obscenos, había visto en los ojos de tíos que metían en su celda nada más llegar el destello mortal de la locura y aquellas noches no dormía, sujetando el tenedor que había conseguido escamotear, afilado con el tiempo. Siempre pensaba que en la cárcel todo era más violento, más duro, más despiadado por el encierro, la confusión, y había aprendido a protegerse más o menos en esa jungla de cuatro paredes. Pero nunca en la vida cotidiana, fuera, en libertad, había tenido la sensación de que un depredador podía atacarlo en cualquier momento, a pleno sol, en un rincón oscuro o en la negrura de la noche, simplemente por placer, sin limitaciones ni otra necesidad que la de dominar, humillar, disfrutar impunemente. Habría sido incapaz de decir por qué se había inmiscuido en el asunto de los dos mil euros más que para poner a prueba a la bestia como se provoca a un perro malo o a una serpiente. Para meterse en líos como había hecho tantas veces, como sabía hacer tan bien, pero esta vez sin la ayuda o la protección de Fabien, y eso probablemente lo cambiaba todo.

El Viejo condujo nervioso, la mirada en el retrovisor, como si tuviera miedo de que lo siguieran. La mirada alerta tras las gafas de sol, la cara larga, las mandíbulas apretadas. Cuando se incorporaron a la autopista, empezó a mascullar entre dientes y a agitar la cabeza como si un montón de ideas contradictorias chocaran entre sí.

–¿Por qué has tenido que abrir la bocaza? ¿Qué coño te importa? ¿Acabas de salir ayer y ya empiezas a liarla?

–Le estaba estafando dos mil pavos. Y el tío no me daba buen rollo.

–¿Ah, sí? ¿Y después de lo que te ha dicho te da mejor rollo?

–Lo que me ha dicho es asunto mío.

El Viejo volvió a negar con la cabeza. Esbozaba una media sonrisa.

–Todo el mundo sabe lo que le dice y le hace a la gente el Serge. Fuera de su clan, los demás no son más que morralla. Yo también, a pesar de que confía en mí, y me ha ayudado en el pasado. Pero el día en que me meta en un lío con él, más me vale huir del país para que no me encuentre. Lo has humillado, no te perdonará. Es un colega de tu hermano, joder. Hacen negocios juntos, y es raro que Serge entregue su confianza a alguien. Y vas tú y le ofendes y ahora va a desconfiar de nosotros. Puede ser muy chungo, no te haces una idea. Muy retorcido. De los que disfruta oyéndote llorar y pedir clemencia y solo se detiene cuando ya no te mueves. Joder, has ido a tocarle los cojones a ese tipo de tío, imbécil.

–No hace falta que me hable así. He hecho lo que me parecía correcto.

–Te hablo como me da la gana. Si no sabes, te callas, y punto. Te quedas en tu sitio con la boca cerrada hasta que te inviten a abrirla.

No dijeron nada más. Franck veía de nuevo la mirada amarilla del gitano, como la de una fiera. Sobre todo, oía el discurso que había pronunciado tan cerca, helador a pesar del aliento caliente que echaba sobre su piel. En el peaje, el Viejo le pidió la tarjeta de crédito que le había prestado para la ida.

Cuando llegaron al campo, el descapotable se transformó en una bañera de aire caliente que ni siquiera la velocidad conseguía sacar. El sol vertical los clavaba en el fondo de sus asientos y el sudor los pegaba a los respaldos de cuero. Atravesaban de nuevo una región que el mediodía había vaciado de sombras. Cuando atisbaron el bosquecillo de avellanos que bordeaba el camino, Franck se sintió aliviado.

Tenía ganas de encontrarse solo en la caravana, como cuando de pequeño se escondía después de una trastada y se odiaba por haberla hecho o por haberse dejado coger. Pero un enorme 4 × 4 negro apareció y obligó al Viejo a frenar en seco para dejarlo pasar. No se veía a los ocupantes a través de las lunas tintadas y se precipitó hacia la carretera de un bandazo invadiendo el arcén lleno de hierba.

El motor del Mercedes se caló, y el Viejo giraba sin éxito la llave de contacto con una preocupación que no se debía a la mecánica. Echó un vistazo al retrovisor y Franck se dio la vuelta pero la carretera estaba vacía y vibraba a lo lejos con el calor. Cuando arrancaron de nuevo, el Viejo condujo lentamente por el camino donde flotaba todavía el polvo que había levantado el 4 × 4. Como una rabia que no se aplaca.

–¿Quién era?

–Nadie. Si te preguntan, di que no sabes nada.

La casa estaba oscura y casi fresca. Encontraron a Maryse en la cocina en compañía de Rachel, sentadas a la mesa delante de lo que parecía una ensalada de atún.

–Se nos ha hecho tarde. Nos acabamos de sentar.

–Ya veo –gruñó el Viejo–. ¿Han estado mucho?

–No. Media hora.

La madre intentaba cruzar su mirada con él, pero él le dio la espalda para abrir la nevera y cogió una botella de cerveza y luego revolvió en un cajón para buscar un abridor.

–¿Dónde está Jessica?

La madre estiró el índice hacia el techo y luego se encogió de hombros con fatalismo.

–Acaba de subir. No está muy bien, ya sabes... Se ha tomado unas pastillas.

Los dos Viejos intercambiaron una mirada cómplice, apesadumbrada. La madre negó con la cabeza y luego sirvió a Rachel, que desde hacía un rato miraba con insistencia a unos y a otros.

–Es asunto nuestro –le dijo el Viejo a Franck–. No te metas. Ya lo arreglaremos.

La madre le echó a Franck una mirada furtiva, hostil, cargada de desprecio. El Viejo le puso la mano sobre el hombro.

–Venga. Pilla una birra y ven a comer.

–Hay platos en el armario. La pequeña y yo hemos preparado la comida, ¿verdad?

Rachel asintió con la cabeza sin levantar los ojos del plato. Levantó cuatro o cinco granos de arroz con la punta del tenedor. Su abuela seguía sus movimientos con una expresión molesta y luego se volvió hacia el Viejo.

–¿Y qué? ¿Cómo ha ido?

–Pues ha apoquinado, mira la otra. ¿Qué te creías?

–Puto gitano. No haremos más negocios con él.

–Qué fácil es decirlo. ¿No tienes otra solución? Sabes muy bien que el que decide es él.

La Vieja miró hacia el lado de Franck.

–Bueno, ya hablaremos. No es momento. Es igual, tú has hecho tu parte, ¿no?

–Serge a veces se agarra una pataleta, pero es un tío con el que se puede contar.

La mujer negó con la cabeza y no dijo nada más. Franck había encontrado platos y cubiertos y lo colocaba todo encima de la mesa haciendo el menor ruido posible. La pequeña lo observaba picoteando escrupulosamente la ensalada. El Viejo se sentó resoplando que tenía hambre y se acercó la gran ensaladera.

–¿Me puedo levantar? –preguntó Rachel.

Su abuela señaló su plato con el dedo.

–No. Primero termina de comer. Esta niña no come nada. Como su madre cuando era pequeña. Va a ser igual.

La pequeña seguía con la nariz gacha, el tenedor en la mano, después lanzó un profundo suspiro abatido y se puso a comer con parsimonia dejando a un lado los tomates y los pimientos y al otro el arroz y las migas de atún.

–Esta ensalada está muy buena –dijo Franck–. Si la has hecho tú, ahora tienes que comer un poco.

La chiquilla se encogió de hombros.

–¿Has oído lo que ha dicho? Venga, ahora come.

–Quiero ir a ver a mamá.

–Irás cuando hayas terminado. Y, además, mamá, ya lo has visto, no quiere ver a nadie, así que ahora no.

Terminaron de comer en un silencio sombrío. El Viejo no dejaba de servirse vino y de bebérselo a lingotazos chasqueando la lengua y suspirando sonoramente. Se zampó la mitad de un camembert y se levantó bruscamente anunciando que se iba a echar la siesta. Su mujer también se levantó y empezó a recoger la mesa con gestos bruscos. Le recogió el plato a Franck cuando todavía estaba rebañando el fondo con el pan y a Rachel, que acababa de pinchar una rodaja de tomate con el tenedor. La pequeña se levantó, fue a buscar a la nevera un flan de caramelo y se lo comió de pie caminando lentamente alrededor de la mesa.

A Franck le habría gustado tomarse un café pero no tuvo ganas de preguntarle a la madre si quedaba hecho o había que prepararlo. Ella le daba la espalda, chapoteando en el fregadero, pegado a los labios un cigarrillo cuyas volutas veía ascender por encima de ella. Se quedó sentado mirando a esa mujer con su pantalón corto blanco ajustado en su enorme culo y en sus muslos reventados de celulitis y su espalda encorvada y su pelo rojo y se imaginaba el gesto torcido del cigarrillo porque se le metía el humo en los ojos, paralizado sin duda en una mueca que resumía su persona: repugnante y crispada, grotesca y repulsiva. El segundo día que pasaba allí y ya odiaba a esa mujer que no le había dirigido apenas la palabra y no le mostraba más que indiferencia o desprecio, le sorprendía la fuerza y la profundidad de ese sentimiento y pensaba que el odio que sentía respondía a una especie de intuición: algo oscuro residía en esa mujer, algo tóxico o venenoso emanaba de ella.

Rachel salió de la cocina y se la oyó subir la escalera. La madre se detuvo y escuchó los pasos de la pequeña trotando por los escalones y tiró la ceniza de su cigarrillo en el agua de los platos, suspiró y farfulló: «Joder, ¿qué coño hace? Ya se lo he dicho». Pareció dudar algunos segundos, una mano apoyada en el fregadero, la otra sosteniendo el cigarrillo con el hilo de humo alargándose, azul y recto, en el aire inmóvil.

–Ve a ver qué está haciendo y tráela de vuelta –le dijo a Franck–. Jessica no quiere ver a nadie, vamos a tener una gorda.

Franck llegó al pie de la escalera y oyó unos golpecitos en una puerta y la voz de Rachel que llamaba bajito a su madre. Subió lentamente los escalones y nada más llegar arriba vio a la pequeña resbalar contra la puerta susurrando «Mamá, mamá», la oreja pegada a la hoja, tocando suavemente con la palma de la mano y después acariciando la madera. Se acercó a ella y se puso en cuclillas y vio correr las lágrimas por las mejillas de la chiquilla y trataba de encontrar palabras, sin aliento, y no sabía qué decir ni cómo. La pequeña se puso a gimotear y la voz de Jessica resonó en el cuarto, ensordecida, pastosa.

–Ya está bien. Déjame tranquila. Vete a jugar y deja de llorar.

Rachel rompió a llorar, golpeando la puerta y dejando caer la mano con los dedos curvos, ganchudos, como si hubiera conseguido rasgar la madera y agarrarse, derrumbada todavía, las piernas desnudas dobladas bajo el cuerpo.

Cuando Franck se decidió a cogerla en brazos para llevársela, oyó a Jessica decir «¡Deja de darme el coñazo ya!», y la puerta retumbó con un fuerte golpe que sobresaltó a la niña y cortó en seco sus lágrimas, dejándola con la boca abierta, jadeando, los ojos abiertos de par en par. Franck imaginó que Jessica había lanzado contra su hija un zapato o cualquier cosa que hubiera encontrado a mano.

–Ven, Rachel.

La levantó, no pesaba nada, no se movía, abandonaba en él su cuerpo reblandecido, y si no hubiera sido por el calor febril que la hacía temblar, habría tenido la impresión de llevar en los brazos a una pequeña muerta. Cuando pasó por delante de la cocina, Maryse le lanzó una mirada, las manos en el fregadero. Se detuvo, dudó un momento en el umbral, pero la mujer le dio la espalda y se agachó sobre el lavavajillas y removió platos y recipientes armando ruido sin preocuparse de nada más.

Una vez fuera, Rachel empezó a forcejear débilmente en los brazos de Franck, así que la posó en el suelo de la terraza y ella se quedó a su lado un rato en silencio, pensativa, tal vez, o aturdida.

–No hay que estar triste. Mamá está enferma, ya verás cómo se le pasa. Solo hay que dejarla descansar. ¿Vale?

No se movía. Seguía de pie, quieta, tal cual la había dejado, como una estatuilla de tamaño natural.

–¿Quieres que vayamos allí, bajo los árboles? Hará menos calor.

No reaccionó. Franck cogió una tumbona y la puso debajo de dos grandes robles que se erguían delante de los graneros y después se dio la vuelta hacia la chiquilla. Parecía observar algo en dirección al bosque con tal intensidad que Franck también se puso a mirar, pero no vio nada en la linde sombría del bosque, dominada por la masa inmóvil del follaje.

–¿Qué has visto?

Rachel se sobresaltó y movió la cabeza hacia él. Parecía sorprendida de verlo allí y lo observaba con gravedad. De pronto, entró otra vez en la casa, casi corriendo, y volvió a salir en pocos segundos con una gran muñeca de trapo en la mano y se acercó a Franck.

–Es Lola –le dijo tendiéndole la muñeca.

Él la cogió, blanda y caliente, y miró sus ojazos azules y las pecas en las mejillas y la sonrisa enigmática, bondadosa o burlona, que le habían dibujado. El pelo de hebras de lana anaranjada estaba recogido en dos trenzas tiesas.

–¿Es la que más te gusta?

La pequeña asintió y extendió las manos para recuperar a Lola. La apretó contra ella y fue a echarse en la tumbona.

–¿Qué estabas mirando allá en el bosque?

La chiquilla lo examinaba, la muñeca contra su pecho. Él sostuvo la mirada, sondeó las profundidades de esos ojos negros, capaces tal vez de absorberlo por completo.

–¿Por qué me miras así?

Rachel suspiró y volvió la cabeza hacia los graneros, haciendo como que pasaba de él. Le habría gustado acercarse a ella, romper su silencio, arrancarle una sonrisa, pero no se atrevía porque no tenía dentro la suavidad necesaria para no dañarla. Tenía la piel recubierta de escamas, capaz de despellejarla. Brusco y sucio. Indigno.

Volvió a entrar en la casa y le impactó el silencio que reinaba, únicamente perturbado por el zumbido intermitente de moscas invisibles. En la cocina flotaba un olor a agua sucia y vinagre. El lavavajillas ronroneaba. Abrió el grifo del agua, llenó un vaso del escurridor y se bebió el agua a grandes tragos y volvió a llenar el vaso y pensó que no iba a poder dejar de beber. Sin aliento, volvió al pasillo y escuchó con atención preguntándose dónde se habían metido todos, la vieja cabra y su viejo chivo, su hija medio pirada, el tipo de tía que atraía a Fabien, tan claro como que las plantas carnívoras devoran a los insectos. Abierta como una trampa. De todas formas, a Fabien le gustaba eso, venir a quemarse las alas con las chicas que todo el mundo sabía que era mejor no tocar ni acercarse siquiera, pero a él le gustaba eso, el fruto prohibido, como decía él, aunque lo prohibiera una navaja o una pistola.

Al avanzar por el pasillo, Franck percibió la inmensa pantalla de televisión encendida y muda. Salían tipos con corbata y mujeres trajeadas discutiendo muy serios en una oficina acristalada. Polis de una serie americana con pinta de modelos modernos y decididos. Enfrente, desparramado en el sofá, la boca abierta, el chaleco de piel subido por encima de su panza de borracho, el Viejo dormía con estertores de moribundo. Una mano colgaba por encima del reposabrazos de cuero raído, descansando sobre una botella de cerveza que parecía estar a punto de coger.

En ese silencio, el aire era denso, irrespirable. Salió bajo la luz inmóvil y se apresuró hacia su caravana. Allí la penumbra se hacía pasar por frescor. Se sintió aliviado de encontrarse solo en medio de las pocas cosas que había recogido y que sabía que estaban a su alrededor como los límites imaginarios de un territorio íntimo. Se desvistió y se dejó caer boca abajo sobre la cama. Se durmió enseguida. Y en el sueño que tuvo, el 4 × 4 negro se detenía delante de la casa, conducido por Fabien, a quien no conseguía ver a través del cristal ahumado de las ventanas.

Se despertó sobresaltado y se levantó y echó un vistazo por la ventana para comprobar si el 4 × 4 estaba allí o no. Eran ya casi las cinco de la tarde. Franck volvió a entrar en la casa, donde el televisor seguía parloteando en silencio. Se preguntó qué estaría haciendo Jessica, encerrada en su habitación. La visión de un cuerpo desnudo abandonado encima de las sábanas apareció en su mente, pero enseguida recordó a la pequeña desplomada contra la puerta. Subió los primeros escalones lentamente al principio, pero crujían y chirriaban como si fuera un ladrón, así que subió el resto de dos en dos y alcanzó el rellano donde se acumulaba el calor en la penumbra y el silencio se volvía aún más denso.

Se estremeció al ver levantarse la cabeza enorme del perro. Tumbado en medio del rellano, inmóvil, sus largas patas estiradas muy rectas. Las orejas levantadas. Sus ojos sin brillo de una negrura insondable. Franck se quedó quieto durante un minuto tal vez, indeciso. El perro a tres metros de él, tumbado en el suelo como un ídolo maléfico. Pensó en volver a bajar la escalera porque le parecía distinguir bajo el pelaje raso el escalofrío nervioso de los músculos en tensión, pero, en cambio, dio un paso adelante. Que no se dijera que retrocedía ante un perro echado, aunque monstruoso, aunque fuera capaz de hacerle pedacitos.

Al final, el animal se dejó caer sobre el costado con un gran suspiro. Franck miró la puerta azul claro tras la que Jessica dormía, tal vez, y pegó la oreja pero no oyó nada aparte del bombeo de su sangre en las sienes, y se incorporó, sin aliento, sabiendo que a pocos metros ella estaba tirada en la cama, aturdida y abierta, en la oscuridad asfixiante de la habitación. Sentía correr el sudor por la piel con un escalofrío, al pensar de repente en la braguita de esa mañana abandonada en el grifo de la ducha como una señal confusa, una invitación involuntaria o una provocación obscena a la que su cuerpo respondía por instinto cuando toda su alma le decía que escapara.

La puerta se abrió al vuelo justo cuando retrocedía y la vislumbró en la penumbra, en ropa interior, uno de sus pechos al descubierto por la camiseta torcida que caía por el hombro, el pelo despeinado, la piel de los muslos blanca en la claridad gris del rellano. Sus ojos brillaban, tal vez llenos de lágrimas, la pupila desmesurada casi fosforescente. Franck la veía de espaldas en el espejo rajado del armario de la pared opuesta, partida en dos en diagonal como la reina del juego de cartas. Ella se encogió de hombros y se volvió para dirigirse a la cama diciendo: «Ven».

4

Había dormido mal, solo, aunque lo despertó el cuerpo de Jessica. El recuerdo de lo que había hecho con él, de lo que le había dejado hacer. Entregada, desparramada, abierta, abandonada. Muda. O gimiendo, los dientes apretados, lo que parecía placer. Perro y perra enganchados. Garras y dientes. Baba, fluidos, sudor. Ella lo había rechazado a veces de un golpe con el codo, y después lo había agarrado y retenido con la boca. Él había entrado en ella con la sensación de perderse por momentos, como se arroja uno a una hoguera sin la esperanza de salir.

Nunca había hecho eso. No así. Había visto películas, se había follado a algunas tías en plan aquí te pillo aquí te mato, borrachas o resignadas que decían que querían más pero que apenas se mantenían en pie y se dormían entre sacudida y sacudida o se alejaban para vomitar y joder lloriqueando. Había tenido algunos encuentros secretos, clandestinos, robados. Lo que más había hecho era esperar, soñar, siempre decepcionado por la impaciencia de su mano derecha.

El día anterior, al salir de la habitación, había bajado la escalera al caer la tarde con las piernas temblorosas, húmedo y pegajoso, y se había metido de cabeza en la ducha fría, frotándose para despertar otras partes de su cuerpo o deshacerse de una suciedad incrustada.

Una tormenta anunció el alba. Se diría que los rayos habían iluminado el cielo, y la lluvia y el viento habían despertado a la naturaleza. Durante media hora, en la noche desgarrada, Franck había oído la explosión de ese furor y el temblor del armazón del granero sobre él. Después se alejó como huye una banda de pillos chillones que tamborilea en las puertas o hace estallar petardos en los buzones. Regresó un silencio ululante, lleno de cuchicheos húmedos, de goterones sobre la chapa y del ruido de cientos de pequeñas bocas tragando toda esta agua.

Dejó que la tormenta se alejara hacia el norte y que se disiparan las visiones obsesivas de la noche mientras entraba un poco de frescor por las ventanas de la caravana y la luz se derramaba por todas partes. Oyó que abrían los postigos de la casa, encendían el murmullo de la televisión. Tenía hambre. Sabía que en la cocina se encontraría con la madre en la mesa delante de su tazón de café, rodeada ya por el humo de su cigarrillo, pero le daba igual. Se levantó. La frescura que había aportado la tormenta no era más que un recuerdo, y en su lugar un aire tibio traía olor a tierra mojada.

Una vez fuera, distinguió a Jessica en el camino que conducía al bosque de espaldas a él, frente a la masa de árboles. Iba vestida únicamente con una camiseta larga, fumando un cigarrillo. Cuando la llamó para saludarla, ella se estremeció y luego se dio la vuelta y le lanzó una mirada hostil sin responderle. Le preguntó si estaba bien pero ella hizo como que no lo oía, metiendo imperceptiblemente la cabeza entre los hombros. Se quedó mirándola un rato, esperando a que se decidiera a venir hacia él. El bosque no temblaba, todavía lleno de sombra, la copa de los árboles vestía un reflejo rojizo del sol.

Después de beberse tres tazas de café y tomarse unos cereales, fue a pasear por el campo, a la orilla de los árboles, bajo un cielo lechoso y ya abrasador. Las dos mujeres y la pequeña se habían ido a Bazas de compras y se sentía solo y cansado. El Viejo chapuceaba en su almacén. Le llegaban golpes metálicos, el tintineo de herramientas tiradas al suelo. Se acercó y no vio más que las piernas del hombre sobresaliendo por debajo de un coche levantado con borriquetas. El Viejo resoplaba, gruñía confusamente y sus pies se movían al ritmo de su esfuerzo en unas viejas y sucias zapatillas de deporte sin cordones.

–¿Le puedo echar una mano?

–No. Ya está. Acabo ahora. Había que sacar este puto depósito de aceite.

Franck se puso en cuclillas. Distinguía los brazos sarmentosos del hombre levantados sobre su cuerpo, sosteniendo la pieza de acero. Una tuerca se cayó y rodó por el suelo y en un último esfuerzo, la espalda arqueada, el hombre sacó la placa del depósito y la colocó a su lado.

–Pásame ese trapo de ahí.

Franck agarró un trozo de tela, o de una sábana vieja, manchado de aceite,que había junto a una rueda y se lo pasó al Viejo, que se secó las manos y los antebrazos antes de sacar su cuerpo de debajo del coche. Se sentó y respiró a fondo dos o tres veces.

–Joder, ya no estoy para estos trotes. Venga, ayúdame.

Tendía la mano a Franck, que la cogió para ayudarlo a ponerse de nuevo en pie. Estiró la nuca, abombó el torso y se masajeó la zona lumbar con una mueca. Cogió de uno de los bolsillos de su mono de trabajo un paquete de puritos y se encendió uno. Sacó un sobre del mismo bolsillo y se lo dio a Franck.

–Hay cien. Compruébalo.

Franck abrió el sobre atado con una goma. Los billetes de cincuenta estaban nuevos. Metió la nariz al hojearlos. Olor a tinta, a papel. El dinero huele así antes de impregnarse con la grasa de manos sucias.

–Cien más la semana que viene. No he querido sacarlo todo de una vez. Tu hermano nos dijo que te lo diéramos para ayudarte hasta que volviera.

–¿De dónde sale esta pasta?

–No sé muy bien. Antes de irse, solo dijo: «Esto es para mi hermanito, le vendrá bien para empezar. Y decidle que me espere».

–¿Y el resto?

El Viejo echó el humo de su puro en un suspiro.

–¿Qué resto?

–El resto del dinero. Cuando dimos el golpe había unos sesenta mil. No se lo habrá gastado todo en cinco años.

–No tengo ni idea... Puede que tuviera mucha necesidad. O montó timos que no salieron bien, por lo que parece. Por eso se fue a España. Tenía que invertir fondos en un negocio, decía. Un negocio del que le habló Serge, ya sabes, el tío al que has insultado. Él tenía sus planes y nosotros los nuestros, de algo hay que comer. No sé, tu hermano no hablaba mucho.

–¿No dijo cuándo iba a volver?

–A veces desaparecía durante días y volvía sin avisar. Esta vez dijo que estaría fuera casi un mes. Eran como unas vacaciones.

–Es igual, sigue siendo raro. Espero que no se haya metido en líos. Eso se le daba bastante bien. ¿Y a Jessica le habrá contado algo?

El Viejo sonrió, el puro sujeto entre los labios.

–Jessica ahora te cuenta los secretos a ti. Así que pregúntale a ella.

Franck sintió que se ponía rojo y no supo qué decir. Se limitó a esbozar una sonrisilla y se dio la vuelta esperando ver a Fabien de pie en el sendero mirándolo con aire burlón, pero no había nada más que el temblor de las hojas, el revoloteo de un pájaro escondido.

El Viejo echó el humo hacia un lado, torciendo la boca, después tiró el puro y se dio la vuelta para inclinarse sobre el motor, una llave de boca en la mano. Franck se encontró delante de este despojo retorcido y flaco cuyo movimiento parecía acompañado de un ruido metálico como si estuviera a punto de convertirse en un tumor de la máquina. Tenía en la mano el sobre lleno de dinero y se preguntaba qué iba a hacer con él y no tenía ni idea, en ese momento, incómodo, inútil y estúpido al lado de aquel tío que se afanaba con el coche, porque hacía mucho tiempo que no se hacía ese tipo de preguntas, si es que alguna vez se las había hecho.

Se alejó y estuvo dando vueltas por la casa un rato, muerto de ganas de subir a la habitación de Jessica como cuando se vuelve al lugar del crimen que no se sabe si se ha cometido para convencerse de los hechos. No descartaba encontrarse a Fabien a medio vestir o incluso metido entre las sábanas y que le dijera «Mira, so cabronazo, a ti te estaba yo esperando. ¿Qué, te ha gustado Jessica? ¿Te la has follado bien mientras me daba la vuelta?». y que avanzaría hacia él y lo agarraría y lo estamparía contra la pared aplastándole la garganta con el antebrazo y él se sentiría avergonzado de haberse aprovechado de la ausencia de su hermano pero resistiría, y respondería, y los cinco años de talego, y el silencio ante los polis y sus preguntas y sus amenazas, él no había hablado, había aguantado a pesar de los consejos de la abogada, que le recomendaba que dijera lo que sabía, que no agravara su caso echándoselo todo sobre los hombros, hacerse el listillo, ir de duro irritaría a los jueces, piense en eso, se está jugando diez años, dese usted cuenta.

Le dio la espalda a la casa y a la oleada de amargura que le abrumaba, el corazón acelerado, la garganta recubierta de un sabor agrio, y se dirigió hacia el bosque, la masa confusa y sombría de los árboles que venía a su encuentro como una enorme ola. Deslizó el sobre en el bolsillo del pantalón y se metió bajo la bóveda umbría acelerando el paso. La frescura y la oscuridad lo sorprendieron. Miró a través de los huecos de la vegetación el cielo hecho jirones, que le pareció lejano, casi irreal. El bosque cargaba sobre él todo el peso de ramas y hojas y troncos gruesos y aniquilaba cualquier horizonte, y la arena del camino sobrecargaba su paso, hundiéndose a veces bajo sus pies. De vez en cuando se oía el chillido de un ave, el golpeteo lejano de un pájaro carpintero, los insectos que en su recorrido aleatorio zumbaban en sus oídos y que apartaba con la mano y agitando la cabeza. En la bifurcación que encontró enseguida, Franck cogió el camino de la derecha, más amplio, más hollado. La sombra se hacía menos densa porque los pinos remplazaban poco a poco a los robles hasta que el bosque no era más que una hosca plantación de troncos negros y rectos desde cuya altura caía una luz lechosa y caliente.

Se detuvo a la entrada de un círculo de galerías sostenidas por postes de madera, camufladas con helechos y paneles de brezo, agujereadas por pequeñas ventanas. En el centro, un espacio vacío clavado con estacas y rodeado de alambres que gobernaban palancas de madera, poleas. Parecía un lugar sagrado dedicado a sacrificios paganos o aquelarres. Franck avanzó hasta el centro del círculo, y en el silencio, que le resultó de pronto más profundo, tuvo la impresión de que lo observaban ojos de asesinos escondidos en la sombra, de que lo espiaba la mirada vacía de fantasmas.

Había visto antes este tipo de palomeras donde los cazadores venían en otoño al acecho agitando señuelos para atraer a las aves, pero le parecía que este poblado de cabañas infantiles, este círculo mal ensamblado con materiales de aquí y de allá, por imperfecto que fuera, estaba rodeado de no sabía qué magia negra. Se dio la vuelta para salir de allí y pegó un brinco al verlo a unos cien metros en mitad del camino. Sentado, la lengua fuera, jadeando. Los costados elevados por la respiración rápida.

—¿Qué coño haces tú aquí?

El perro se levantó, olisqueando el suelo. Parecía todavía más grande. Estaba plantado en medio del camino y parecía que cubría todo el ancho. Franck silbó suavemente y el perro levantó la cabeza y olfateó el aire para comprobar sin duda que reconocía el olor de aquel hombre.

Cuando Franck dio un paso adelante, el animal se puso en guardia de repente, las patas rígidas, todos los músculos en tensión, voluminosos y abultados debajo del pelaje negro que no despedía ningún reflejo, como si absorbiera el resplandor gris que difundía la bóveda recortada de los pinos. Gruñía ahogadamente, la cabeza baja, sin dejar de mirar a Franck. Nada alrededor que pudiera servir de arma: ni siquiera una rama. Franck pensó en volver a la palomera para buscar algo allí, empezó a caminar despacio hacia atrás, pero el perro avanzaba hacia él y la distancia que los separaba se reducía.

A Franck no lo había atacado nunca un perro. Ni mordido. Había visto en las películas a tíos que sostenían sobre el cuerpo con los brazos extendidos las fauces rabiosas de un moloso y acababan derrotando al monstruo estrangulándolo o reventándole un ojo pero no se acordaba de cómo se las apañaban, cuando tenían todas las fuerzas concentradas en evitar que el animal les degollara. Se quedó inmóvil y el perro lo imitó, siempre en guardia, las patas ligeramente dobladas, muelles tensados a punto de saltar. Sus ojos no emitían ningún destello. Sus órbitas podrían haber estado vacías y quemadas.

Franck sabía que el animal olía su miedo. Puede que oyera, incluso, los latidos desbocados de su corazón. Tenía que intentar algo. Le invadía cierta rabia, y removía su inercia atemorizada. Puto perro. No iba a dejar que se lo merendara esa mala bestia, allí, en medio del bosque, y palmarla solo y desangrado, ni tampoco se iba a dejar intimidar como un crío por su asqueroso hocico.

–Un paso y te destripo, cabronazo.

Giró hacia la derecha y se puso a caminar despacio, al principio, entre los helechos que le llegaban hasta el pecho y escondían al perro de su vista. Describió un gran círculo, pasó por encima de un tronco caído, cruzó una especie de acequia seca. Sentía que recuperaba el valor, el aliento acompasado a su rápida marcha. Conocía el camino de la izquierda y empezó a desviar la trayectoria. El bosque de robles empezaba a tragarse los troncos verticales de los pinos.

Entonces oyó detrás una galopada. El perro estaba en sus talones, las orejas caídas. Adelantó a Franck dándole un golpe en la pierna con su enorme cabeza y luego desapareció en la hierba alta y seca, que se cerró sobre él y lo absorbió en su silencio.

La luz se espolvoreaba por el campo y el corazón de Franck latió más fuerte cuando apareció la casa gris con los postigos echados. Se paró a mirar, contento de ver sin ser visto. La madre tendía la ropa. Rachel le pasaba las camisetas, la ropa interior, las pinzas. El perro tumbado cerca de ellas, la cabeza vuelta hacia Franck, la nariz en el aire, husmeando. Franck decidió salir del bosque y aplastó la hierba amarilla y rasa que crujía bajo sus pies.

–¿Qué tal? Hace calor, ¿eh?

La pequeña cogió una camisa del barreño y enseguida se detuvo y lo miró acercarse.

–Bueno, ¿me pasas la camisa o no? ¿Qué miras? Venga, muévete un poco. Siempre estás en las nubes.

La mujer arrancó la camisa de las manos de la chiquilla, que se apresuró a darle otra pinza de la ropa.

Franck estaba a cuatro o cinco metros de la cuerda. La mirada de la madre pasaba por él sin detenerse como si fuera un árbol muerto o un espantapájaros que llevara años allí. La pequeña, en cambio, lo miraba a hurtadillas y bajaba los ojos hacia el gran barreño en cuanto la mujer se volvía para recoger ropa. Cuando se disponía a caminar hacia la casa, oyó la voz de la mujer:

–¿Qué has ido a hacer al bosque?

Ya no se movía, las dos manos encima de la cuerda de tender, y lo miraba fijamente.

–Nada. He ido a pasear.

Ella echó un vistazo en dirección a los árboles.

–¿Por qué me lo preguntas?

–Por nada... No tienes pinta de ser de los que merodean por el bosque.

–¿Y de qué tengo pinta, según tú?

Respondió bravucón, la barbilla hacia delante, con más viveza de lo que le habría gustado. En las manos y los brazos le hormigueaba el deseo de pegar, de borrar esa cara de asco, pero le habría gustado comprender antes por qué le profesaba ese odio y ese desprecio. Saber qué pintaba Fabien en todo aquello. La mujer se tensó, los labios apretados. Iba a decir algo, la boca abierta, pero se lo pensó mejor y le dirigió a la pequeña un gesto impaciente para que le pasara la siguiente prenda que tenía que colgar. Antes de alejarse, se dio la vuelta hacia el bosque, donde no se movía ni una hoja con ese sol de justicia. La madre había retomado su tarea y ya no le prestaba atención. El perro se había tumbado cuan largo era, como muerto, los costados convulsionados por su respiración jadeante. Por encima de él colgaba una sábana que ningún soplo de aire hacía temblar, inmóvil y plana y blanca como un tabique.

Al caminar hacia la casa sintió el peso de la mirada de la madre entre sus omoplatos y bajó la cabeza y redondeó la espalda para deshacerse de esta punta de acero dispuesta a clavarse. En cuanto cerró la puerta, agradeció la penumbra de los postigos cerrados y la sensación de frescor. Jessica lavaba tomates en el fregadero. Le dirigió una mirada indiferente. Llevaba una camisa de hombre muy abierta y escotada, que le caía por los hombros y le llegaba hasta los muslos, y Franck se divirtió imaginando que debajo no llevaba nada más.

–¿Dónde estabas?

–He ido a dar una vuelta por el bosque.

–¿Ha estado bien?

–Sí. Hasta que ha llegado el perro.

–¿Qué ha pasado?

–He tenido la impresión de que me iba a saltar encima. Estaba ahí, enfrente, mirándome de soslayo, te juro que… joder, gruñía y todo…

Jessica se encogió de hombros y empezó a cortar los tomates encima del aceite caliente de una sartén. Sonrió con ironía.

–Que un hombretón como tú tenga miedo a los perros…

–No, a los perros, no. A este perro. Estoy seguro de que es peligroso. Acuérdate de ayer por la mañana, con la cría.

–Nunca le haría nada. Hace un año que lo tenemos y nunca le ha gruñido a ella ni a nadie, así que no te pases.

Se quedaron en silencio. Jessica removía los tomates, que chisporroteaban. Rachel entró, vino a estrecharse contra su madre, rodeando los muslos con sus brazos. Jessica le dijo que la dejara y que pusiera mejor la mesa, así que la pequeña se dirigió a un armario suspendido y acercó una silla para poder llegar, se subió encima, cogió los platos y se arqueó por el peso y Franck tuvo miedo de que se cayera y corrió hacia ella.

–Dame eso. Baja de ahí.

La pequeña bajó con cuidado, rehusando darle la mano. Volvió a colocar la silla donde la había cogido, fue a buscar los cubiertos en un cajón y los puso encima de la mesa. Se comportaba con tranquilidad, muy seria, concentrada en lo que estaba haciendo como si tuviera miedo de olvidarse de algo. Jessica se dio la vuelta. Miró a su hija atareada en poner los vasos con cuidado y enrollar las servilletas junto a los cuchillos.

–Hay que dejar que se las arregle un poco. Si no, nunca será autónoma, esta cría.

–Casi se cae de la silla. Todavía es pequeña.

–No, hombre, no se iba a caer. ¿Eh, ratita, a que no?

La pequeña levantó los ojos hacia su madre y le respondió con un pestañeo.

–Te quiero, corazón. Ya eres toda una mujercita.

Jessica se agachó y tendió los brazos hacia la niña, que corrió a acurrucarse, la cabeza gacha, y se dejó acariciar, besar, los brazos colgando. Desde donde estaba, Franck vislumbraba un pecho bajo la camisa demasiado grande. Y Jessica lo sabía. Ella lo miró detenidamente y él no desvió la mirada del escote entreabierto. Le dijo a Rachel que fuese a lavarse las manos y cuando la chiquilla se acercó al fregadero, le dijo:

–No, aquí no. Al cuarto de baño.

Rachel obedeció. Salió de la cocina con los brazos alejados del cuerpo, las manos abiertas con los dedos separados como si se hubiera manchado de repente. Cuando llegó al pasillo, Jessica se acercó a Franck, una mano entre los muslos.

–Me muero de ganas. Toca.

Y tocó. Ella guio su mano, y empezó a frotar la suavidad húmeda y caliente que sentía bajo sus dedos. Lo miraba directamente a los ojos con una intensidad casi amenazadora, con las piernas abiertas, y él la sentía contra él, dura y estática como un gran maniquí de escaparate. Estaba preocupado por si volvía la niña, pero siguió deslizando los dedos por el triángulo de tela. Jessica, presionando los labios, exhalaba en su cuello un jadeo que le anudaba la garganta.

Se separaron de un salto al oír a la madre entrar suspirando, mascullando y quejándose del calor. Franck se acercó a la mesa y simuló colocar los cubiertos y Jessica se puso a romper huevos encima de los tomates que había freído. La madre se detuvo en la entrada y arrastró su mirada cansada sobre uno y sobre el otro, que fingían no hacerle caso, y después acabó de poner los cubiertos.

Roland entró a su vez. Bermuda de lona, chaleco de piel, alpargatas. Manchas de aceite en la tripa, aureolas amarillentas bajo las axilas. Regueros negros en la cara como los tíos de las fuerzas especiales que salen a veces por la televisión.

Jessica le preguntó si había visto a Rachel.

–Se está peinando.

–¿Cómo que peinando?

–Yo qué sé. Tiene un cepillo en la mano, se lo pasa por el pelo. Eso se llama peinar, ¿no?

–Joder, Rachel, ven a la mesa ya. ¿Qué haces ahí?

Se oyó una puerta cerrarse. La pequeña apareció en la entrada de la cocina, el pelo largo suelto bien arreglado sobre los hombros. En la mano una muñeca rubia con traje de baño.

–¿Qué andabas haciendo? Llevas una hora.

La niña se sentó. Sentó a la muñeca frente a ella, muy cerca de su plato. Dobló la servilleta en un rectángulo alargado que hacía de colchón y acostó a la muñeca encima. Le pasó la punta de los dedos por los ojos, como para cerrarlos, pero se quedaron abiertos, inmensos y azules y vacíos. Entonces le puso el pelo alrededor de la cabeza, sobre el pecho. Después se quedó quieta y en silencio, las palmas boca abajo encima del hule. El padre se acomodó suspirando, pasó su enorme mano con las uñas negras por el pelo bien peinado de la chiquilla, que se apartó y volvió a colocarse el peinado en orden.

Estaban todos alrededor de la mesa bebiendo pastís y cortando rodajas de salchichón, sirviéndose los huevos fritos con tomate y partiendo trozos grandes de pan con las manos sudorosas, intercambiando alguna que otra palabra al pasarse la sal o el agua o las rodajas de melón que la pequeña fue a buscar a la nevera.

Franck los observaba con disimulo, imitando sus gestos como si estudiara desde dentro a una tribu de monos. La madre bebía a sorbitos el aperitivo con un gesto obstinado o preocupado, los ojos fijos, perdidos sin duda en pensamientos amargos. El padre suspiraba de placer entre trago y trago, llenándose el plato y sirviéndose con avidez la comida que pasaba delante de él. Jessica apenas comía, mordisqueaba un pedacito de pan moviendo el tenedor por la yema esparcida de un huevo roto. No le quitaba de encima los ojos a la pequeña, que le pasaba miguitas a su muñeca y después las posaba cuidadosamente al lado de esa especie de colchón que le había fabricado.

Las moscas revoloteaban a su alrededor, las apartaban con un gesto perezoso de la mano. Franck se sirvió un vaso lleno de agua fresca y le entraron ganas de tirárselo encima, para que la sensación helada le arrancara la torpeza que lo abrumaba y para ver cómo reaccionarían los otros y la cara que pondría la madre, que en ese momento se había puesto a zamparse los huevos, la barbilla casi dentro del plato empujando pan. Jessica lo miró de repente con una sonrisilla, los ojos brillantes, de un verde luminoso como los de los gatos, que parecían alumbrados desde dentro, pero como la madre se volvió hacia su lado para hablarle ella se inclinó hacia Rachel para, en voz baja, ordenarle que comiese en vez de picotear en el plato.

Se levantó con brusquedad. La silla se arrastró por el suelo y la madre se quedó quieta, el tenedor lleno, para dedicarle una mirada hostil antes de sacudir la cabeza con irritación o desprecio y ponerse a comer otra vez. Se levantó de la mesa con la cabeza llena de los pequeños ruidos de la comida y en el momento de salir de la cocina vio a los cuatro inclinados y silenciosos, reunidos y sostenidos por la penumbra como un único organismo indiferente a los gestos esporádicos, un monstruo tranquilo capaz de digerir a su presa antes de engullirla. Una criatura que era mejor no mirar a los ojos, un monstruo de caricias venenosas a las que no había que abandonarse, por muchas ganas que se tuvieran.

5

El que vendía el coche era un fontanero instalador al que el Viejo había hecho algunos favores hacía un año. Era un tío alto y taciturno, callado, pensativo, que parecía no escuchar nada de lo que le decían y que solo respondía al cabo de unos segundos de reflexión. No se sabía si ponderaba los pros y los contras de cada pregunta o si le costaba entender a su interlocutor. Por el momento, un poco encorvado, abría todas las puertas del pequeño Renault, levantaba el capó, sacaba del maletero un estuche de plástico con los cables de arranque. Explicaba en voz baja, como si hablara consigo mismo, que era el de su mujer, que lo acababa de dejar por un electricista, un tío al que conocía desde hacía quince años. Así que malvendía el coche para que no tuviera la cara de venir a buscarlo algún día, la muy zorra. Maldecía entre dientes y la insultaba y juraba que un día de estos se los iba a pasar, a ella y a ese cabrón, por el soplete. Lo decía entre dientes, golpeando de vez en cuando la carrocería con la palma abierta.

Mientras Roland echaba un vistazo al motor, Franck se deslizó detrás del volante. Echó el asiento hacia atrás, puso los pies sobre los pedales. Estaba todo limpio, como nuevo. El contador marcaba 110.000 kilómetros pero el resto parecía recién salido de fábrica. Se podía comer sobre la alfombrilla del suelo. Del retrovisor pendía un ambientador con forma de abeto que desprendía olor a menta. Se sentía bien allí. Como en casa. Pasó los dedos por encima de la radio, empuñó el pomo de la palanca de cambios. Una alegría profunda y tranquila le embargaba, le ponía un nudo en la garganta. Nunca había tenido un coche propio, le había faltado tiempo, y dinero también, así que tiraba de los que le dejaban prestados unas horas con la sensación de que el propietario del coche iba siempre escondido en el asiento trasero para controlar su forma de conducir y ponerse a gritar en cuanto forzara un poco el motor o hiciera chirriar los neumáticos.

El fontanero cornudo ni siquiera levantó la cabeza cuando tocaron el claxon al marcharse, ocupado en volver a contar, por tercera vez, los quince billetes de cincuenta que le había aportado su acto de represalia. Franck lo vio empequeñecerse por el retrovisor, todavía concentrado en el dinero, y desaparecer al doblar una curva. El coche iba bien. Poco le importaban la marca, el tipo, la cilindrada. Era suyo, los papeles en regla. Ahora se sentía completamente libre. Conduciendo tenía la impresión de dejar el talego atrás de una vez por todas. El Viejo dobló a la izquierda para volver, y él siguió de frente hacia Langon, solo en esa carretera recta por la que empezaba a caer de lo alto de los pinos un poco de sombra de la tarde. Por las ventanas abiertas le llegaba el olor a resina, brezo y arena, esos olores que le gustaban tanto cuando era pequeño y atravesaban el bosque hasta la duna, el rumor del océano que ascendía a veces hasta ellos mucho antes de que lo vieran. Entonces Fabien y él se ponían a correr gritando de alegría como si fuera la primera vez, nunca se cansaban de ese momento en que el infinito se abría ante ellos.

Circuló cerca de una hora en la soledad árida del bosque de pinos que apenas suavizaba los dorados del ocaso. En un momento, se paró a la entrada de un cortafuegos y se bajó del coche simplemente para oír lo que el ruido del motor y el silbido de la velocidad impedían oír: el silencio de ese desierto. El crepitar de los insectos. La sensación de hierba seca y de polvo. Dio algunos pasos por la arena gris, color ceniza. La tierra parecía quemada. Los pinos, los helechos, los matorrales de aulagas parecían a punto de incendiarse. Ahora todo se callaba. Ya no se movía nada. Franck dio una lenta vuelta en redondo para sentirlo mejor.

Yo estoy vivo y el resto está muerto. O al revés.

Entonces se le ocurrió coger el teléfono que había comprado por la mañana. Tecleó el código de la tarjeta de 180 minutos, 60 gratuitos, y después marcó el número de Fabien.

«Hey, soy Fabien. Deja un mensaje después de la señal o vuelve a llamar.»

Se le saltaron las lágrimas cuando oyó la voz de su hermano. Era esa desenvoltura de la que hacía gala, esa insolencia, ese encogerse de hombros con el que mandaba los problemas al carajo, hasta los más gordos, hasta los que no se torean fácilmente, como esas malas bestias que se cruza uno a veces de noche, como si para él no hubiera nada grave ni importante, como si la vida fuera una especie de juego en el que uno se puede permitir apostar fuerte y perder y perder una y otra vez porque al final llegaría un día en el que podría reinventarse.

–Hola, hermanito, soy Franck. Bueno. He salido hace cinco días, no he tenido teléfono hasta hoy. Me gustaría verte... Me han dicho que estás en España. Joder, ¿qué coño haces allí? ¡Podrías haber esperado a que saliera, nos habríamos ido juntos! Porque aquí... bueno, yo qué sé, ya me contarás. Venga, cuelgo ya. ¿Me llamarás? Un beso, hermano.

Odiaba los contestadores. Hablar al vacío. Nunca sabía qué decir a esas máquinas. Cuando cortó la comunicación, se dio cuenta de que estaba sudando, el corazón a mil.

Cogió de su cartera el papelito donde había apuntado algunos números de los colegas *de antes*, de los tres o cuatro que se habían preocupado por él cuando estaba en el trullo, que le habían escrito o le habían mandado saludos a través de la abogada. Los dos primeros números no existían. No había ningún nombre escrito delante del tercero. No. Más tarde. Lo llamaría más tarde.

Marcó el número. Deseó que estuviera comunicando. O que algún mensaje le obligara a cortar la llamada.

–¿Sí?

–Hola, soy Franck. ¿Qué tal?

Se oía la tele vociferando.

–Espera. Voy a bajar el volúmen, no te oigo bien. Sí. ¿Dónde estás?

–He salido. Hace cinco días. Estoy alojado con amigos de Fabien.

–¿Dónde?

–En medio de la nada. Cerca de Saint-Symphorien.

–Bueno, ¿qué tal? ¿Y tu hermano?

–No lo he visto todavía. Está en España, vuelve dentro de tres semanas. ¿Y tú?

–¿Yo qué?

Franck oía la fuerte respiración de su padre. Trataba de imaginar lo que podía estar haciendo mientras hablaba. Si estaba delante de la ventana o si tenía un ojo puesto en la televisión silenciada. Le habría gustado saber si había envejecido, si se había encorvado. Recordaba haberlo visto sentado en los bancos reservados al público el último día del juicio. Recién afeitado, el pelo muy corto, su porte imponente con ese traje antracita que no le había visto nunca. Recordaba esa mirada. La mirada de su padre, ese azul pálido como si el alcohol y las lágrimas lo hubieran aclarado. Esa mirada que no le había abandonado durante toda la audiencia. Trató de retomar:

–Solo quería saber si estabas bien.

–Sí, estoy bien. Metido en faena.

–¿En el jardín?

–Sí, en el jardín. Y en otras cosas. Hay mucho que hacer aquí.

El silencio, otra vez. Brecha y después abismo. Franck se alejó para tomar aliento. Se tragó la bola amarga que le subía por el pecho.

–Bueno. Te dejo. Será hora de ir a recoger los tomates.

–Los recojo por la mañana. Es mejor.

–Bueno, hasta pronto.

–Sí, eso. Hasta pronto…

Cuando alejaba el teléfono de la oreja, oyó:

–Besos a los dos.

Se apresuró a decir sí, para ti también, pero el padre había colgado y Franck escupió el sollozo que le impedía respirar y se secó los ojos y se sentó en el suelo porque las piernas le temblaban. Dejó que se atropellaran y se escaparan imágenes desordenadas de la infancia, voces y risas, sus padres un poco piripis una nochevieja, eufóricos. Era una alegría fácil y tonta. Al cabo de un rato se dio cuenta de que sonreía con los recuerdos, sentado en el suelo, a la misma altura que cuando tenía ocho años.

Se puso de pie y agitó la cabeza como si los recuerdos, colgando del pelo como briznas de paja, fueran a caer a sus pies. Tenía que hablar con alguien. Tenía que escuchar una voz amiga, cálida, sonriente. Las sonrisas se oyen.

Se sorprendió al escuchar una voz, precisamente, que le respondió cortante, hostil, pero que enseguida se deshilachó en un pequeño grito de alegría cuando se presentó. Era Nora, que no podía dejar de expresar la alegría que le daba oírlo:

–¡Joder, después de tanto tiempo, tenemos que celebrarlo, Lucas se va a poner como loco de contento!

Lucas era «su hombre», como lo llamaba ella, que la había literalmente raptado de su casa una noche en que su padre, Hocine, borracho perdido, había amenazado con matarlas a ella, a su madre y a sus hermanas, con una pistola de clavos que se había traído de la obra en la que trabajaba. Lucas lo atizó con una silla y lo dejó sin sentido y con ayuda de Nora lo clavó con los brazos en cruz a una puerta por las mangas de la camisa y las perneras del pantalón y aconsejó a las mujeres que lo dejaran durmiendo la mona allí toda la noche, cosa que hicieron y consiguieron descansar a pesar de sus quejas e imprecaciones y de todas las desgracias que conjuraba. Un mes más tarde, Hocine se cayó del segundo piso de un edificio y se empaló contra los hierros armados cinco metros más abajo. Ni flores ni coronas. Su esposa se apresuró a enviar el cuerpo a Marruecos, junto a su familia de agricultores miserables.

Mientras le hablaba de la cárcel, de Fabien, de la gente que le acogía, Franck reconocía la voz áspera, ronca, de Nora y recordaba el rencor que guardaba contra su padre, del que hablaba a menudo, la boca llena de insultos y palabrotas, lamentándose de no haberle clavado un cuchillo en el bajo vientre cada vez que se acercaba demasiado a ella o a sus hermanas.

–Bueno, ¿cuándo vienes? Tenemos muchas cosas que contarte nosotros también. Hay novedades por aquí. No te digo nada. Ya te enterarás al venir.

Un niño se puso a llorar detrás de ella, no muy mayor, pero Franck no se atrevió a decir nada porque de repente le entraron ganas de colgar, decepcionado sin saber muy bien por qué. Quería que acabara la conversación, que se disipara la ilusión del reencuentro, como uno desiste de correr tras un tren que se ha perdido. Le dijo que tenía unas cuantas cosas que hacer, problemas que solucionar, que le llevarían varios días pero que iría a verlos, a ella y a Lucas, y que tenía muchas ganas de abrazarlos. Ella le mandó un beso muy fuerte, él le prometió que llevaría champán, y colgaron al mismo tiempo.

A Franck le dieron ganas de tirar el teléfono a los helechos porque ese artefacto no le traía más que la ausencia o los puentes derrumbados entre el pasado y él. Nunca había pensado en esas cosas y ahora mismo estaba asediado por sensaciones extrañas que no sabía nombrar, un nudo en la garganta con la tristeza de un niño abandonado.

Se subió al coche, arrancó de un tirón y aceleró, feliz de afirmar su dominio sobre la máquina y la seguridad de sus reflejos. En un momento dado, lanzó un grito por la ventana abierta y no sabía si gritaba de placer o de soledad en ese desierto gris y marrón.

Cuando llegó delante de la casa, el Viejo se levantó del banco en el que estaba sentado, una lata de cerveza en la mano, y se dirigió hacia él arrastrando los pies.

—¿Qué? ¿Va bien, no? Es que el motor es bueno. Sin mucha electrónica, no hace falta tener tres ordenadores para arreglarlo.

Daba vueltas alrededor del coche con aire alegre mientras Franck se bajaba. Alzó la cerveza hacia él.

La piel de su rostro brillaba, tensa, rosácea, y sus ojos con los párpados enrojecidos lagrimeaban. Se agitaba con una jovialidad forzada por el alcohol, fatigada por el calor, y Franck no sabía si en su mirada con bolsas se veía pasar la sombra de una profunda tristeza o el destello de la falsedad. No le sorprendería que en cualquier momento el Viejo se echara al suelo llorando o se pusiera a amenazarlo y a insultarlo.

Volvió a pensar en su padre. Era así en los días malos, es decir, casi siempre. Fabien y él lo observaban a hurtadillas cuando llegaba a casa para saber si había bebido, y sobre todo qué cantidad había ingerido. Más valía que llegara completamente ebrio porque la cogorza era más bien risueña, sonreía tontamente cuando les preguntaba con entusiasmo qué querían comer, tambaleándose en la cocina, titubeando ante la nevera abierta, antes de ir a sentarse delante de la tele explicándoles que necesitaba descansar y quedarse dormido casi al instante.

En cambio, los días que llegaba medio borracho, no hablaba o farfullaba cosas, con las piernas un poco tiesas, y despedía ese aire triste y oscuro e iba y venía por la casa, abriendo y cerrando las puertas de golpe. Nunca lo decía, pero la buscaba a ella. Los dos niños lo habían comprendido enseguida, y lo oían murmurar cosas imprecisas y furiosas y a veces acababa llorando. Entonces, sin decir nada, ponían la mesa, calentaban un plato congelado en el microondas cruzando los dedos para que le pareciera bien y no vieran otra vez la tarrina o el plato estrellándose contra la pared o reventando contra el suelo. Y ellos no movían ni un pelo. Se callaban, sin atreverse a mirar nada, los ojos bajos.

Entró en la cocina y le sorprendió el lugar, de tanto que se había sumergido en el universo subterráneo de sus recuerdos, donde seguía sentado bajo la pantalla amarilla delante de su plato, oyendo la respiración entrecortada de su padre, vigilando sus manos enormes que temblaban, tranquilizado por la presencia de Fabien. La frescura de la nevera abierta, el restallido de la lata de cerveza al abrirse terminaron de traerlo al presente. Penumbra de postigos entrecerrados, tufo de agua estancada subiendo por el fregadero, zumbido de algunas moscas.

No había visto a Jessica ni a su madre desde la mañana. Tenían pensado ir de compras a Burdeos. Se llevarían a Rachel para que cambiara un poco de aires, había dicho Jessica, o a ese paso iba a convertirse en una verdadera salvaje. Salió al pasillo, al pie de la escalera. A través del silencio de la casa oyó sus voces fuera, del otro lado, cerca de la piscina. Dudó de lo que quería hacer y al final se encaminó hacia ellas.

El sol bajo todavía pegaba fuerte encima del bosque. Ni un soplo de aire. Jessica estaba tirada en una tumbona, en traje de baño, y cuando vio a Franck se levantó y se sacó de los oídos los auriculares del teléfono.

—¿Qué tal el coche?

Sonreía, los ojos brillantes. Dejaba los brazos oscilando a lo largo del cuerpo, los hombros hacia atrás, plantada sobre sus piernas ligeramente abiertas, y para Franck no podía haber estado más desnuda, expuesta a su mirada, sabiendo que la miraba. Le pegó un trago a la cerveza asintiendo con la cabeza.

–De lujo –dijo–. He ido a dar una vuelta con él.

–Oye, dame un traguito.

Ella se acercó y alargó la mano hacia la lata. Sus dedos encima de los suyos. El perfume de una crema de sol flotando entre los dos. Bebió mirándolo, una sonrisa en los ojos. Un poco de cerveza se le derramó por la barbilla, y trató de recuperarla con la punta de la lengua. Después, se restregó la lata fría por la barriga y la deslizó dentro de la goma del bañador y la retiró casi al mismo tiempo. No dejaba de mirarlo, mordiéndose ligeramente el labio inferior.

–Toma –le dijo muy bajito al devolverle la cerveza–. Estoy segura de que ahora está caliente.

–¿A qué juegas?

Ella dejó de sonreír y levantó la cabeza, apuntándole con la barbilla.

–Yo no juego.

Su voz temblaba un poco. Durante dos o tres segundos no volvió a moverse, la mirada fija y vaga clavada en él pero sin duda incapaz de verlo. Franck creyó que se iba a poner a llorar. Y de repente pareció que volvía en sí.

–¿Te apetece salir un poco?

–¿Cuándo? ¿Esta noche?

–Sí, esta noche. Por Biscarosse. Te presentaré a gente. ¡Tienes que ver mundo!

–¿Está a dos horas en coche, no?

–No, no tanto... Si nos vamos pronto, nos da tiempo a picar algo antes de salir a bailar, dormimos en la playa y nos volvemos mañana después de desayunar. ¿Qué te parece?

Se balanceaba delante de él, las manos en las caderas. Él se estremeció al oír de repente la voz áspera de la madre llamando a Rachel. Le hablaba mejor al perro. Jessica se encogió de hombros.

–No es nada. Ella es así. No sabe ser amable. No es fácil. Pero en el fondo quiere a la gente. Le cuesta demostrarlo. Se tiraría al fuego por la pequeña.

Franck prefirió no responder nada. No conseguía pensar en otra cosa que en las dos horas que pasarían solos en el coche. En la parada que tendrían que hacer en algún momento, en medio de ninguna parte. Él tenía la impresión de que ella se contenía a duras penas para no abalanzarse sobre él. Le parecía sentir ese olor, ese deseo, por encima del perfume dulzón de la crema bronceadora. Y se preguntaba si habría resistido tal asalto, a pesar de la presencia de la madre y de Rachel.

–Voy a prepararme.

Al darle la espalda le rozó a propósito el muslo con la punta del índice y se desprendió de una confusión que casi le hacía daño.

Circulaban bajo la sombra alargada de los pinos por carreteras rectas y desiertas, y el aire todavía caliente zumbaba a su alrededor. Solo se hablaban cuando Jessica le indicaba a Franck la dirección que debía tomar. Estaba hundida en su asiento, los auriculares puestos, deslizando con frecuencia el dedo por el teléfono para elegir una canción que nunca parecía satisfacerla. Un pie encima del salpicadero, una cadenita dorada en el tobillo. Franck le había preguntado si era de oro y ella le había contestado sin mirarlo «¿Tú qué crees?», y él no había sabido qué decir después de eso porque ella ya movía la cabeza al ritmo de lo que estaba escuchando y se limitó, manos al volante, a mirar de reojo sus piernas enfundadas en el pantalón blanco, el pecho dibujado en una especie de torera negra, el gesto enfurruñado de su boca. De vez en cuando echaba un vistazo a los caminos tranquilos, a los cortafuegos aislados donde podrían haber parado y haberse arrojado el uno sobre el otro, pero ella apenas lo había mirado desde que habían salido, y la tensión eléctrica que había recorrido el cuerpo de Jessica poco antes había decaído y había apagado hasta el brillo de sus ojos. El perfume que se había puesto cubría su piel con un velo artificial y tapaba los efluvios del deseo y del sexo que le había parecido adivinar poco antes, cuando habían estado tan cerca.

Cuando llegaron a Biscarosse, el sol se teñía de rojo en el océano sobre bandas de nubes malva. Aparcaron delante del mar, frente a la duna, y a Franck le dio pena no ver el mar, escondido detrás de la extensión de arena. La gente volvía de la playa por un pasadizo, toalla al hombro, sombrilla o neverita en la mano. Franck los miró con envidia. Se imaginaba la marea baja, los últimos bañistas mecidos suavemente por el oleaje tranquilo. La brisa lo refrescaba y anulaba su cansancio. Le hubiera gustado correr hasta el agua y tirarse de golpe, vestido y todo, para sentir el choque del agua fría y gritar y mover los pies y debatirse como cuando eran pequeños, pero sabía que Jessica estaba detrás impaciente, las sandalias rechinaban contra la arena que salpicaba el pavimento. Se dio la vuelta y al mismo tiempo ella se puso a caminar hacia el centro diciendo que tenía hambre.

El calor seguía adherido a las casas, ascendía por la calzada, emanaba de las paredes. Las tiendas habían encendido los escaparates, los restaurantes sus rótulos y sus lámparas. Había jóvenes repartiendo menús, invitaciones, ofertas. Entre la multitud de veraneantes, Franck se mareaba al cruzar o rozar esos cuerpos de mujer casi desnudos, a veces admirables, siempre libres, y sentía la arrogancia de ese desparpajo de senos, de hombros, de vientres, de muslos, y se sentía como un hambriento ante un bufé que no podía tocar. Caras morenas, melenas desbocadas. Labios entreabiertos, sonrisas claras. Miradas despectivas o descaradas. La llegada de la noche resquebrajaba los pudores, reducía las distancias. Le parecía que todo aquello pronto empezaría a tocarse, a amontonarse, a confundirse, y contraía los hombros para impedir que las manos se lanzaran ciegas hacia la multitud.

Jessica se aferró a su brazo de repente.

–Joder, ¿adónde vas?

Su cara contra la suya, tensa, cérea, bajo la luz azul de la terraza de un restaurante abarrotado.

–Cenamos aquí. Lo conozco. Dentro está más tranquilo.

Una chica muy joven los colocó en un rincón, debajo de un aplique que imitaba un farol de barco. Franck iba a sentarse de cara a la sala, para seguir viendo toda esta agitación y tal vez calmar un poco el vértigo, pero Jessica lo frenó en seco.

–No. Yo aquí. Quiero ver quién entra.

Dejó su minúsculo bolso colgado en el respaldo de la silla y luego se sentó y empezó a leer la carta directamente. Detrás de ella, en la pared, colgaba una red de pesca donde había atrapados estrellas de mar y peces de plástico. Franck miraba a los clientes en las mesas a su alrededor, las idas y venidas de las camareras, los cubos llenos de hielo en los que sobresalían botellas de vino blanco, las bandejas de marisco, y trataba de recordar la última vez que había comido en un restaurante, en uno de verdad, no en uno de comida rápida, y se acordó de una excursión a la costa vasca con Fabien, en cuanto arrancaron aquel viejo Peugeot se habían precipitado hacia el sur y habían parado en Ciboure, un poco al azar, una noche de tormenta, y habían devorado unos pimientos del piquillo rellenos mientras veían las olas romper al pie del fuerte de Socoa. Habían bebido demasiado, también, y habían salido atontados y tambaleándose en medio de la borrasca echándole la culpa al viento de no poder tenerse en pie. Franck se acordaba de la vuelta a Burdeos, su lucha por no quedarse dormido, la radio casi a tope, de gasolinera en gasolinera, el silencio con el que habían escuchado una canción de Serge Reggiani, su voz quejumbrosa, «C'est moi c'est l'Italien / Est-ce qu'il y a quelqu'un / Est-ce qu'il y a quelqu'une», el cantante favorito de su padre, el que solía escuchar en su melopea, desplomado en un sofá, con lágrimas en los ojos, despachándolos con un gesto vago de la mano cuando venían a buscarlo para sentarse a comer. Fabien había apagado la emisora al terminar la canción y durante un rato no había habido nada más que la noche inundada de lluvia y el ronroneo del motor al ritmo del deslizamiento sordo del limpiaparabrisas.

Jessica volvió a dejar la carta y se levantó bruscamente.

–Tengo que llamar. Tomaré un tartar con patatas fritas y una Coca-Cola.

Se fue a toda prisa hacia la salida con la cabeza agachada, manipulando el teléfono. Franck pudo distinguirla en la acera, de espaldas, con el móvil pegado a la oreja. Encendió un cigarrillo y arqueó los hombros y se alejó unos pasos para hablar. Franck se puso a leer la carta de arriba abajo, pero no conseguía decidirse. Tenía hambre y le apetecía todo. Moluscos y crustáceos. Pescado.

Una camarera se acercó y pidió el tartar de Jessica y para él gambas a la plancha y mejillones y vino blanco de la casa porque las botellas le parecían demasiado caras.

–¿Es bueno el vino de la casa?

La chica se encogió de hombros. Era una chica guapa de pelo castaño y ojos grises. Llevaba un delantal de tela negro encima de un pantalón rojo. Sonreía con aire condescendiente.

–No le puedo decir, no bebo vino. De todas formas, nadie se ha quejado.

–Bueno, si no se ha muerto nadie, no debe de ser tan malo. Ah, sí, y una Coca-Cola para mi acompañante.

–Una Coca-Cola –repitió la castaña guapa garabateando en su cuaderno–. Muy bien.

La sala hervía a su alrededor. Volvió a mirar otra vez a toda esa gente, que parecía muy contenta de estar allí. En una mesa, al otro lado del estrecho pasillo por el que circulaban las camareras, un niño pequeño acorralaba, muy serio, un bígaro en el fondo de su concha mientras los cuatro adultos que lo rodeaban hablaban alto y comían ostras. Cuando capturó el bicho, lo examinó de cerca con una mueca y lo dejó en el borde del plato. Repitió lo mismo dos veces hasta que el hombre sentado a su derecha le preguntó si no le gustaba. El chaval negó con la cabeza, las manos entre los muslos, la nariz a ras de la mesa. Oye, mira, dijo el hombre, y pinchó con el tenedor el trozo de carne marrón y se lo tragó abriendo mucho los ojos. Está buenísimo, deberías probarlo.

La camarera trajo una jarra de vino blanco empapada de vaho. Franck la empuñó y mantuvo unos segundos la mano sobre el frío del vaso y se sirvió. El primer trago le hizo saltar las lágrimas de lo bueno que estaba. Vació el vaso ávidamente, como si fuera agua. Se dio cuenta de que tenía calor. El sudor le mojaba la camisa en la parte baja de la espalda. Tenía la cabeza pesada, como si estuviera bebido. El rumor del restaurante, los estallidos de voces que le llegaban, los fragmentos de conversación que escuchaba le pesaban y se sentía aplastado por todas esas presencias, por esa agitación, ese tiovivo caótico.

Se volvió a servir vino, bebió un poco más, y se dio la vuelta para ver qué hacía Jessica. Solo vio a transeúntes por la acera, a gente de pie delante del cartel donde habían colocado la carta. La camarera puso delante de él media docena de gambas y un gran vaso de Coca-Cola. Frente a él, la silla vacía le molestaba. Le pareció patético estar sentado solo en esa sala abarrotada y ruidosa.

Cuando se levantó, la camarera lo miró desde lejos con aire sorprendido.

–Por ahí –dijo mostrando la puerta de los servicios.

–No, voy a buscarla y ahora vuelvo.

La chica asintió con la cabeza, le dio la espalda, los brazos cargados de platos y bandejas, y atravesó la puerta abatible de las cocinas.

Fuera, había caído la noche, y no quedaba más del día que una palidez azulona al fondo de la calle, hacia el océano. Vio a Jessica enseguida, a veinte metros de él, sentada en el bordillo de la acera delante de una tienda de ropa. Las piernas dobladas, la cabeza echada sobre los brazos cruzados. En su mano derecha sostenía el teléfono. Cuando le preguntó si estaba bien, no reaccionó. Se agachó y le acarició la cabeza, pero ella se zafó con un movimiento suave. La gente pasaba cerca, indiferente. Franck les veía las piernas, oía los pasos arrastrados, el golpeteo de las sandalias bajo los pies desnudos. Pensó que estaban allí tirados como perros, habían caído muy bajo, porque no sabía qué hacer, perdido en ese bosque cambiante. Seguía con la mano encima del pelo de Jessica sin atreverse a tocarlo. Tenía ganas de huir. De dejarla sola con sus cambios de humor. Entonces ella levantó hacia él sus ojos claros llenos de lágrimas y él le pasó el brazo por los hombros sin tratar de estrecharla, esforzándose por no dejar peso encima de ella.

–¿Qué pasa?

Se secó las mejillas con el dorso de la mano. Su pecho todavía hipaba de vez en cuando entre sollozos.

–Nada. Cosas mías…

–¿Tan grave es?

–No… no es nada.

Ella observaba a la gente deambulando a su alrededor, las luces de la calle, con aire pasmado, como si se acabara de despertar en esa acera. Se levantó, casi tambaleándose. Echó un vistazo a su teléfono y después siguió a Franck hasta el restaurante. Pareció dudar en la entrada, y después se dirigió a la mesa. La camarera los vio pasar y sonrió a Franck.

–¿Qué coño tiene que mirar esa?

–Tranquila. Se preguntaba qué estábamos haciendo, no sabía si servir o no. Es maja.

En cuanto se sentó, Jessica vació la mitad de su vaso de refresco. Dejó el teléfono cerca de ella y volvió a consultarlo.

–¿Hay algún problema con Rachel?

–¿Rachel? ¿De qué me hablas?

–No, había pensado que...

–¿Qué has pensado? A Rachel déjala donde está. Nada que ver. Te he dicho que son cosas mías. Así que no sigas.

La camarera trajo el tartar y las patatas fritas. Jessica le dirigió una mirada hostil y la chica dio la vuelta sobre sus talones secándose las manos con el delantal.

–Que aproveche –dijo Franck.

Jessica no respondió nada. Echó una mirada en derredor y se ocupó de su steak tartar. Mientras pelaba las gambas, Franck la observaba, completamente absorbida por su plato mediocre, picoteando de vez en cuando una patata. Solo veía sus largas pestañas bajadas, sus labios apretados. Sus gestos rápidos, precisos.

No lo miró ni una sola vez en toda la cena. Ni una palabra. Observó las mesas de alrededor, escrutó a la mitad de los comensales, hasta el punto de tener que bajar los ojos o desviar la mirada cuando alguien se daba cuenta de su insistencia. Incluso sonrió ante las carcajadas que se oían en una mesa, un poco más lejos. Consultó treinta veces el teléfono, examinó de cerca algunas patatas que se disponía a comer.

Podría haber estado sola, o enfrente de una pared.

Franck se preguntó si seguía existiendo. O si el vino blanco lo había vuelto invisible. Pensó en levantarse e irse, para ver si ella se daba cuenta. Le entraron ganas de estamparle la cara contra el plato. La miraba y trataba de encontrar en ella el mínimo rastro de encanto. Lo sabía todo de su cuerpo, de su perfección, de sus pliegues íntimos. Se acordaba de lo que habían hecho, con rabia, se acordaba de su placer demente, rozando la perdición. Pero ahora se preguntaba por qué había tenido tantas ganas de volver a hacerlo porque tenía ante él a una criatura imposible, casi irreal, tal vez inimaginable. Un ser artificial. Una de esas mujeres robot que había visto en las películas, que trataban de conseguir a Terminator y a su protegido. Tal vez esa tarde de placer sensual solo existía en su imaginación. Una alucinación de un realismo aterrador.

Se entretuvo con esos pensamientos confusos y no dijo ni hizo nada, solo por comprobar hasta dónde era capaz de llegar, si era un jueguecito deliberado. En un momento, ella pegó una voz a la camarera porque quería un postre. Pidió profiteroles y Franck otra jarra de vino.

Jessica se abalanzó sobre los pasteles sin una palabra. Se manchaba de chocolate el contorno de la boca y no se limpiaba cada vez, como una niña. En cuanto acabó, volvió a abstraerse en mirar el teléfono y escribió algunos mensajes. Cuando no pudo beber una sola gota de vino más, Franck se levantó y se acercó al mostrador para pagar. En el segundo paso que dio sintió todo el peso de su cuerpo caer al fondo de sus piernas, transformar sus zapatillas en plomo. Una rubia de piel cobriza, con grandes aros dorados en las orejas, presidía la caja registradora. Le preguntó a Franck si le había gustado y él contestó que sí, que estaba todo muy bueno. Sentía el estómago macerándose en una sopa ácida, y la jaqueca incipiente en la cabeza. De pronto le pareció que estaba más oscuro, a pesar de los plafones que iluminaban el restaurante con una luz directa.

—¿Pagas tú?

Jessica había puesto la barbilla en su hombro y el vientre pegado a sus nalgas.

La rubia les deseó que pasaran una buena noche cerrando su cajón y Franck se encaminó hacia la salida sin preocuparse por

Jessica. Eran casi las once y ya no había tanta gente por la calle. Franck se dirigió hacia la playa. No sabía si tirarse al agua y dejarse llevar por las olas para despojarse de la humedad, del sudor enfermizo que había estado expulsando toda la noche, o pillar el coche y conducir a oscuras con las ventanas bajadas por carreteras desiertas en medio de la nada y abandonar a esa chica que le daba miedo, imprevisible, insondable, venenosa. Oía sus pasos detrás y daba vueltas a todas esas ideas, pensaba en algunas plantas carnívoras y en sus estrategias para cazar a sus presas, lo había visto por la tele una noche en el talego, y se acordaba de un tipo, Hamid, que había dicho que en una flor larga y profunda como una copa de champán era mejor no meter la polla y se habían reído, los tres que estaban en la celda, como no se habían reído nunca.

–¿Adónde vas?

–A bañarme.

–¿Ahora?

Se dirigió al pasadizo que conducía a la playa. El estómago pesado, respirando por la boca, la jaqueca golpeando detrás de los ojos. Jessica lo alcanzó y le cogió del brazo y se dejó arrastrar un poco, perezosa, diciendo que tenía frío. No hizo nada para retenerla contra él pero ella se agarraba tropezando de vez en cuando en la arena. Dejaron atrás las luces del aparcamiento para adentrarse en la sombra. Iban y venían parejas, grupos de adolescentes, y sus palabras y sus risas estaban ahogadas por la duna, pero de pronto el murmullo del océano cubrió todas las voces de la gente para confundirlas en un rumor anecdótico y Franck aceleró el paso y caminó hacia el agua, y después corrió. A la luz de la luna veía el oleaje elevarse lentamente en un rompiente claro y desvanecerse en un resplandor tranquilo. Durante un corto instante le pareció que su malestar se disipaba, pero su estómago se contrajo como si le hubieran pegado un puñetazo y Franck se plegó en dos y vomitó. Cayó de rodillas y siguió vomitando. Como los perros. El vientre ahuecado por los retortijones, la espalda abombada por el esfuerzo.

–¿Estás bien?

Cierra el pico. Termino mi castillo de arena y me levanto. Prefirió no contestar nada. Ella estaba encima.

–Toma.

Le tendía un pañuelo de papel. Rechazó su mano. Lloraba. Por ese regusto a cadáver adherido al fondo de la garganta. Por la acidez que le quemaba el esófago. Notó la línea de espuma a dos metros y se puso de pie, caminó y se quitó las zapatillas y se lavó la jeta con agua de mar, escupía, hacía gárgaras, la sal le dio náuseas y soltaba eructos sonoros con los últimos espasmos y tosía con una especie de ronquido de rabia y de asco.

Por fin pudo levantarse y mirar la extensión reluciente y negra frente a él, esta colosal tranquilidad que soplaba en su cara el viento de la noche. Jessica le puso una mano en el hombro. Él no le hizo caso y subió por la playa hacia la duna. Tenía las piernas pesadas y sus pasos, en la arena mojada, vacilaban. Oía los esfuerzos de Jessica a su espalda.

–¿Me odias?

Cuando alcanzaron la luz de las farolas, Franck se detuvo y la miró acercarse. La piel brillante de sus hombros. El escote de su camiseta sin mangas, la redondez de sus pechos desnudos. Se apretó contra él, las manos alrededor de la cintura.

–No estaba bien. Me han dado una mala noticia.

Pegaba su pelvis a la suya, la cara a su cuello. Franck se separó.

–¿Por eso me has tratado como una mierda todo el tiempo? ¿Como si no existiera?

–Lo siento. A veces me pongo demasiado triste y no sé ni dónde estoy.

Ahora se frotaba contra él y él se ponía duro y apoyaba la palma de las manos en su culo. Quiso arrastrarla hacia la playa pero ella se resistió.

–No. Ahora no. Luego tendremos tiempo. Y además nos vamos a poner de arena hasta arriba.

Lo dijo tocándole a través de la tela de su pantalón con una mirada que quería ser provocativa. Le habría gustado follársela allí mismo, pero no tenía tanta fuerza para intentar arrastrarla y mucho menos para empezar a discutir. Pensándolo bien, no tenía fuerza para gran cosa. Fuerza o voluntad, la verdad, no sabía qué palabra le iba mejor.

–Vamos a bailar. Te presentaré a unos amigos, ya verás.

Le cogió de la mano. Caminaba delante de él a paso ligero. Había cenado delante de otra mujer. Había vomitado la comida y mira por dónde aparecía una criatura diferente. No sabía qué pensar de un cambio tan brusco, y además no tenía muchas ganas de pensar en eso. De lo que tenía ganas era de dormir. Cuando se acercaron al coche, estuvo a punto de decirle a Jessica que se fuera sola al garito, que fuera a divertirse con sus colegas. Le esperaría en el coche el tiempo que hiciera falta. Ya se veía tumbado en el asiento trasero, hecho un ovillo, las ventanillas entreabiertas para dejar entrar el frescor, la camisa encajada debajo de la cabeza. Dormir.

Jessica debió de responderle que no se quedarían mucho tiempo, que se lo había prometido. Ya no sabía muy bien. La embriaguez volvía a confundirle y a machacarle el cráneo. La alcanzó y la tomó suavemente por el hombro para poder tocar la piel de ese lugar redondeado y terso que brillaba a la luz de las farolas. Dejó que una mano se escabullera hasta un pecho que se limitó a rozar con un dedo o con la palma. Ella se dejó durante un rato y se desembarazó cuando llegaron cerca del garito.

Una treintena de personas esperaba obedientemente a la entrada. Los porteros dominaban la situación, apostados encima de un tramo de tres o cuatro escalones. Uno de ellos, un gigante negro, hablaba por un micrófono auricular mirando al fondo de la calle sin preocuparse por la gente que aguardaba a sus pies. Franck supuso que era boxeador por la nariz rota. Un peso pesado a juzgar por el tamaño, los largos brazos sarmentosos, la forma de mover los hombros, anchos y ágiles.

–No hay problema, está Cyrille –dijo Jessica.

Señalaba al otro portero, más pequeño, más delgado que el boxeador, que observaba el grupito de gente con aire desconfiado u hostil. Pelo negro peinado hacia atrás en una coleta. Bigote y perilla perfectamente recortados. Por ahora no se movía, las manos entrelazadas sobre el bajo vientre, un poco envarado en su chaqueta gris claro, al estilo de los escoltas de la policía, pero sin gafas de sol. Jessica se alzó sobre la punta de los pies y le hizo un gesto con la mano mientras gritaba: «¡Cyrille!». El tipo la examinó con indiferencia y luego desvió la mirada, cruzándose en su recorrido con la de Franck, que bajó los ojos.

–¿Le conoces?

–Conozco a gente aquí, ¿qué te crees? ¿Por qué lo preguntas?

Los que estaban delante de ellos empezaron a avanzar. Los dos porteros inspeccionaban rápidamente los bolsos, miraban de arriba abajo a chicas y chicos sin decir nada. Mantenían el semblante impenetrable, se expresaban mediante gestos o monosílabos. Cuando Jessica estuvo delante del que decía que conocía, le preguntó si estaba allí un tal Pascal. El hombre respondió sin mirarla, empujándola hacia la entrada, haciendo señas de avanzar a los que venían detrás.

–¿Qué Pascal?

–Schwarzie.

–Sí, está dentro.

Franck pagó las entradas y Jessica lo empujó hacia delante con grititos impacientes. De inmediato, el sonido le golpeó el hueco del estómago como si un tipo se hubiera aprovechado de la oscuridad para destrozarle el plexo solar a puñetazos. No había mucha gente. Se distinguían algunos grupitos sentados en asientos corridos de escay alrededor de mesas bajas, una docena de siluetas en la pista, despedazadas por los destellos estroboscópicos y las bolas de espejo. Jessica se acercó al bar con la confianza de una habitual y empezó a escudriñar las tinieblas intermitentes para encontrar lo que buscaba. Detrás de la barra, dos chicas guapas exhibían camisetas rojas ceñidas con el emblema del garito y bailaban con desgana mientras secaban vasos al tiempo que un joven alto y rubio agitaba una coctelera con los músculos redondeados de sus brazos.

Franck había ido a discotecas alguna vez, pero casi siempre había salido demasiado borracho para acordarse bien del ambiente o la sensación. Fabien y él iban a buscar chicas y se pasaban la mitad de la noche de mirandas y frotamientos, ligando con las menos ariscas entre alaridos por encima de la música estridente, y a veces conseguían arrastrar hasta el aparcamiento o a un coche a alguna colgada tan alcoholizada como ellos y se precipitaban a un encuentro chapucero dándose prisa en acabar en un placer furtivo y animal, embrutecidos por la embriaguez.

Pidió en el bar un cóctel sin alcohol porque seguía con el estómago revuelto con una acidez inestable que de vez en cuando le quemaba el esófago. La chica que le sirvió le dedicó una amplia sonrisa. Sus pechos sueltos oscilaban bajo la camiseta. Tenía unos dientes bonitos, grandes y dulces ojos azules. Se sentía bien al mirarla. Como había un asiento libre, se instaló y empezó a beber dedicando un discreto brindis a la chica, que le respondió con un guiño y una carcajada muda, borrada por el ruido. Le dio un sorbito al cóctel. Fresco, azucarado. Sentía que su ebriedad se disipaba. Habría preferido el silencio, o solamente el ruido del mar, un poco de viento. Una oscuridad apacible.

—¿Te quedas ahí?

Jessica se había apoyado sobre los codos a su lado sin que él lo notara porque estaba de cara a las dos camareras que charlaban mientras colocaban vasos y metían botellas en las neveras.

–Están allí, al fondo.

Le señaló un rincón a la derecha del pequeño escenario equipado con barras cromadas. Había dos hombres y una mujer. A pesar de la penumbra, Franck podía ver que uno de ellos era una especie de musculitos de gimnasio con camiseta negra ajustada de la que sobresalían unos gruesos brazos llenos de músculos abultados. Jessica pareció dudar un instante, y después atravesó a grandes zancadas la pista de baile balanceando su pequeño bolso con determinación. Franck cogió el vaso y la siguió. Al abandonar la barra le dirigió un pequeño saludo a la camarera, que no le hizo ni caso. El musculitos se levantó al ver a Jessica y le tendió el brazo y la agarró con entusiasmo, y la besó en el cuello, en el pelo, en los ojos y en la boca, y ella le devolvía los besos estrujándose contra él.

Después los presentó: Pascal, lo llaman Schwarzie; Franck, el hermano de Fabien.

Pascal le dio la mano con diligencia preguntándole qué tal estaba. El otro hombre se había quedado sentado y observaba la escena con aire divertido o burlón. Tenía el pelo muy corto, rubio o gris, y era difícil calcular su edad. Unos cuarenta, igual, o muchos menos. Una chica bastante joven, muy morena, con los labios gruesos, rojos, estaba apoyada contra él, una mano encima del muslo. Bebía un mojito en pajita y se limitó a saludar a Franck con un gesto de la cabeza. Jessica se agachó para darle dos besos y cuando se incorporó miró a Franck con sus ojos claros.

–Y este es Franck, como ya he dicho antes. El hermano de Fabien. Te he hablado de él.

El hombre se levantó y le dio la mano por encima de la mesa.

–¿Cuándo has salido?

–Hace unos diez días.

–Eso hay que celebrarlo. Yo soy Ivan.

Hizo un gesto a las chicas de la barra. La que había servido a Franck se acercó. Siempre sonriente. Franck se preguntaba cómo se podía tener una sonrisa así, tan franca, tan fresca.

–Trae champán, estamos de celebración. Y bien fresquito, ¿eh?...

Se sentaron. Franck miró la sala, que se empezaba a llenar. El DJ animaba a la gente a salir a bailar, a aplaudir, a levantar el puño, y la multitud le obedecía, mientras los carriles de luces pivotaban y parecían arrojar los cuerpos al techo o contra la pared aunque no era más que su sombra. Dos chicas fueron a contonearse en la pista donde estaban colocadas las platinas. Franck no sabía si eran clientes o estaban contratadas para animar el ambiente. Iban vestidas con minifalda y corpiño enseñando el ombligo y movían las caderas alentadas por el DJ y los gritos de la multitud.

–Bailan bien, ¿no?

Franck se volvió hacia la chica morena, que hasta ese momento no había dicho nada. Tenía su cara muy cerca y los labios carnosos brillaban bajo los focos con un extraño destello azulado. Olía a madreselva. Tenía una voz aguda con una entonación un poco lela. Franck se preguntó cuántos años tendría. Tal vez quince o dieciséis, aunque parecía mayor por el maquillaje y sus curvas.

–¿Cómo te llamas?

–Farida.

–¿Sueles venir aquí?

–No. Me ha traído el serbio. Es un tío genial.

–¿El serbio?

–Sí, Ivan. Lo llamamos así. El serbio.

La camarera llegó con el champán. Ivan le tendió dos billetes de cincuenta y le dijo que estaba bien, que abriría la botella él mismo.

Brindaron. Por la liberación de Franck, por haber regresado entre los vivos, con los mejores deseos de felicidad y éxito. Durante un rato hablaron de trivialidades sobre la cárcel, la libertad, las cosas buenas de la vida como el champán, un porro bien cargado, una rayita de coca, un buen polvo.

–Es mejor que una paja –dijo Pascal, amagando el gesto.

Todos asintieron riendo. Las miradas se pusieron a brillar un poco más bajo la iluminación intermitente y violenta como ráfagas de metralleta. Franck observaba a Jessica, que se dejaba caer a veces sobre Pascal cuando estallaba en carcajadas. Durante uno o dos segundos, dudó de esa realidad. Le pareció que iba a despertarse en la celda, entre los ronquidos de los otros dos, el resplandor de la ronda azulada en el tragaluz. Trataba de recordar cada uno de los días que habían pasado desde que había salido pero solo retenía el calor, la luz, una sensación de opresión, de falta de aire. Un deslumbramiento casi doloroso.

Ya no hablaba nadie. Cada uno sorbía su champán viendo a la gente meneándose en la pista. Franck miraba a esos extraños y se preguntaba qué le impedía dejarlos tirados y largarse, irse a dar una vuelta por la playa, pero se sentía débil y pesado, hundido en el asiento demasiado mullido. De vez en cuando sorprendía al serbio mirándolo, curioso, tal vez desconfiado. Entonces Jessica se levantó de un salto y animó a los otros a ir a bailar. Les daba la mano y tiraba de ellos uno a uno para ayudarlos a ponerse de pie. Franck se levantó el último y la jaqueca estalló en su cráneo y lo obligó a sentarse otra vez, deslumbrado, grogui. Farida se preocupó por él y la tranquilizó con un gesto. Bebió un trago de champán, tibio ya, mientras veía a los otros alejarse en un caos a veces cegador y otras oscuro. Dos chicas vinieron a sentarse a su lado, sofocadas, un vaso en la mano. Una de ellas volvió hacia él su cara redonda, sofocada, estupefacta, perlas de sudor brillando encima del labio superior. Se dejó caer en el respaldo y cerró los ojos. Oía a las chicas reírse escandalosamente. Se preguntó si sería de él y luego decidió que le daba igual.

Cuando Franck volvió a abrir los ojos, las chicas ya no estaban allí. En su lugar, un tío dormía en el asiento corrido, echado hacia atrás, la boca abierta, un vaso medio lleno delante de él. Franck miró la hora en su reloj. Era más de la una de la mañana. Movió las articulaciones de los hombros, de la nuca, para desprenderse de la rigidez que las bloqueaba. Le daba la impresión de llevar en la cabeza un casco de veinte kilos con el que los bajos y los agudos le llegaban en una neblina amortiguada. Se levantó. El tío que dormía se incorporó bruscamente, los ojos como platos, y cayó de bruces donde había estado sentado Franck.

Dio algunos pasos hacia la multitud que bailaba. Desde donde estaba veía una muchedumbre de cabezas que se agitaban en todos los sentidos, bombardeadas por destellos blancos y flashes de colores como si la violencia del sonido les repercutiera y les hiciera chocar unas contra otras. Aparecían caras, alegres o esbozando sonrisas, o serias e impenetrables, ojos cerrados. Brazos en alto. Puños levantados al ritmo. Buscaba a Jessica, le parecía verla en un destello de luz y luego la perdía y se encontraba con una cara desconocida. Tampoco veía a los dos tíos, Pascal e Ivan, y se preguntaba si los reconocería, de todas maneras. Dio una vuelta a la sala, recorrió el bar donde se apiñaba un grupo de gente que gritaba sus pedidos al oído de las camareras. Dos bármanes se apresuraban a preparar cócteles que vertían en grandes vasos con hielo hasta la mitad.

Al final de la barra distinguió a Farida, se la estaba camelando un chico con las sienes rapadas, el pelo a lo futbolista, un mechón decolorado cayendo por encima de la oreja.

Cuando se acercó, Farida hizo en un primer momento como que no lo veía, y luego le sonrió incómoda.

—¿Has visto a Jessica?

La chica torció el gesto y negó con la cabeza.

–¿Estás segura?

El tío al que le daba la espalda le agarró del brazo.

–Oye, ya te ha dicho que no, así que lárgate.

El chico no vio venir a Franck, que lo agarró por la garganta, el pulgar y el índice apretándole la nuez. Trataba de bajarle el brazo pero empezaba a ahogarse, la cara hinchada, los ojos fuera de las órbitas. Su sangre latía bajo los dedos de Franck, que sentía cómo los músculos y los tendones temblaban y se endurecían.

–Deja de moverte. En treinta segundos te vas a desmayar. Y si insistes, te aplasto la garganta. ¿Lo has entendido, o te hago una demostración?

Le hablaba a la cara. A su alrededor, la gente seguía gritando y riendo y armando bulla y sacándose fotos con el móvil y ninguno veía al chaval agitar su mechón decolorado para librarse del estrangulamiento.

–Vale, no te ensañes. Para.

Franck lo soltó y él retrocedió un paso, tropezando con una chica que había detrás, y empezó a toser sujetándose la garganta, doblado, recuperando el aliento con chirridos angustiantes.

Farida no se había movido ni un pelo, un gin-tonic en la mano. Miraba al tío debatiéndose por no ahogarse sorbiendo una pajita.

–Se fueron los tres hace diez minutos. Me dijeron que los esperara aquí.

Franck salió de allí echando chispas. Volvió a encontrarse en medio de la calle, embotado por un zumbido caliente. Había gente fumando aquí y allá, hablando en voz baja con risas ahogadas. Un poco más lejos, dos hombres desaliñados, tambaleantes, tiraban de un tercer individuo que tropezaba y bramaba que iba a trepanar a ese hijo de puta pero antes le iba a dar a su madre por el culo y a todos sus muertos. Se alejaron, dieron la vuelta a la esquina, pero los alaridos del borracho y los gritos de los otros dos que berreaban para que se tranquilizase seguían resonando en la noche.

Franck regresó donde los porteros, que estaban inspeccionando los bolsos de dos chicas.

–¿Habéis visto salir a Jessica?

El más pequeño de los dos, coleta y perilla, no levantó la cabeza para responder.

–¿Qué Jessica? ¿De quién me hablas?

–La amiga de Pascal. Ha hablado contigo antes.

–Ah, sí. Por allí. No tenía muy buena pinta.

Señaló al fondo de la calle. En cuanto Franck se dio la vuelta, añadió:

–Déjalo. No estás a la altura.

–¿Que deje qué? ¿Qué estás diciendo?

–Nada. Y ahora, largo, que tenemos trabajo.

Franck se volvió hacia él, y el gigante negro se interpuso.

–Venga, caballero, déjenos hacer nuestro trabajo. Vamos...

Voz pausada. Una mano delante, grande como una señal de dirección prohibida. Ningún contacto. Este hombre sabía manejarse en cualquier circunstancia. Franck levantó los ojos hacia su cara extrañamente benevolente, calmada como una última advertencia.

Al bajar el tramo de tres escalones se empezó a imaginar lo que estaba sucediendo. Pensó en volver al coche para coger una manivela. Partirle la cabeza a uno de esos dos tíos. Matarlo, tal vez. Sin duda. ¿Y después?

Se lanzó en la dirección que le había indicado el portero de la coleta, temblando de arriba abajo por el aire frío. Se detuvo en el primer cruce, escuchó con atención en el silencio que trepaba por las aceras. Una puerta se cerró, un poco más lejos, a su derecha. Una voz de hombre. Una risa breve. Corrió y la jaqueca volvió a golpearle la frente y salió disparado hacia delante porque no le habría dolido más chocar contra un bloque de cemento.

Era un crossover BMW, la puerta del conductor abierta, un hombre agachado en el interior. Franck vio la silueta incorporarse en el momento en que llegó a la altura del maletero. Era Pascal. La pistola casi insignificante al final de su enorme brazo sarmentoso. El golpe le dio a Franck en la oreja y gritó al caer de bruces. El cañón se alojó entre sus omoplatos y no se atrevió a respirar aunque se ahogaba.

–Tranquilo. Si disparo, mueres, o te quedas paralizado desde el cuello hasta los pies. Preferiría que no. Esta mierda no te incumbe, así que no te metas. ¿Entendido?

Franck trató de decir sí. Gimió la respuesta con la cabeza.

–Pon los brazos en cruz. Y deja de moverte.

Sintió caer el frío encima de él y pegarlo al suelo, y empezó a orinarse sin poder retener la tibieza vergonzosa que corría entre sus piernas.

–Ya está –dijo el otro con una risa burlona.

Apenas oía el eco de las voces sobre él. Hablaban tranquilamente, casi en voz baja. ¿Has terminado? ¿Y él? Ya veremos. Puertas cerradas. El coche se alejó con un ronroneo sordo. Y después el silencio. Muy profundo. Podría haber estado en una sima, en el pozo de una mina abandonada. Muerto bajo tierra. El dolor le retorcía el pabellón de la oreja. Puso su mano y la retiró enseguida porque le hizo daño, y se sorprendió de no ver en sus dedos ningún rastro de sangre. Se puso a cuatro patas, le parecía que podía volver a respirar y entonces se levantó y dio unos pasos por el centro de la calle y oyó un movimiento y luego gemidos en un pasaje estrecho entre dos casas.

Al principio no comprendió lo que estaba viendo. Se acercó y vio a Jessica boca abajo, desnuda de cintura para abajo, el pantalón cerca hecho una bola.

–Soy yo, Franck.

Iba a preguntarle qué había pasado, tuvo que preguntarle cómo estaba.

–¿Puedes darte la vuelta? Siéntate.

Se puso de lado, apoyada sobre un codo. Pómulo derecho hinchado, labio inferior partido. Un poco de sangre en la barbilla.

–¿Te duele?

Hizo un gesto de que no. Respiraba con fuerza, se sorbía los mocos, se restregaba la nariz con el dorso de la mano. Él cogió su pantalón, se lo tendió. Ella miró a su alrededor en la oscuridad, y se apoyó en el brazo para sentarse. Metió los pies por las perneras del pantalón con esfuerzo, resoplando. Él la ayudó a ponerse de pie. Ella se tambaleaba, el pantalón por los tobillos. Franck la rodeaba con los brazos abiertos como protección, sin atreverse a tocarla, y después se agachó y empezó a subirle el pantalón por las rodillas y luego por las caderas. La cara a pocos centímetros de su vientre, le pareció que le llegaba el olor de la sangre y del destrozo que ellos habían dejado. Apretó los dientes y se incorporó para terminar de ajustárselos pero ella cogió con brusquedad el pantalón por la cintura y acabó de subírselo y se lo abrochó. Como seguía quieta, los ojos bajos, él le preguntó si estaba bien.

–Mi bolso. ¿Dónde está?

Franck encendió el teléfono y alumbró y registró el pasaje en el que se encontraban. Habían tirado el pequeño bolso blanco al pie de una pared de ladrillo que impedía ir más lejos. Las bragas de Jessica estaban justo al lado.

–Toma.

Le dio el bolso.

–¿Quieres esto también?

Señalaba las bragas, sin atreverse a tocarlas. Ella negó con la cabeza y volvió a la acera. Miró la calle a derecha y a izquierda, y se dio la vuelta hacia Franck.

–Por aquí. No merece la pena volver a pasar por delante del garito.

Caminaron lentamente, sin decir nada. De vez en cuando, uno u otro suspiraban en alto. Ahora, Franck sentía en los muslos la humedad fría y le parecía que se le había pegado demasiado el pantalón, adherido a su piel como su vergüenza. Jessica le cogió del brazo. Lloraba, y con cada sollozo crispaba los dedos y se agarraba a la tela de su camisa.

Frente al mar, llegaron hasta el coche y se quedaron un momento de cara al aire fresco que llegaba del océano. Le daban la espalda a la ciudad, mirando ante ellos la claridad fría de la luna. Jessica ya no lloraba y estaba rígida, la espalda arqueada. Franck cogió del bolsillo su paquete de cigarrillos pero estaba húmedo así que lo arrugó y lo arrojó lejos con asco.

–Apesto. Me he meado encima cuando el que daba por culo me ha apuntado. ¿Te duele?

–Un poco. A mí sí que me han dado por culo.

Le iba a preguntar por qué decía eso. Entonces se estremeció al comprender. Se sintió pesado y tonto, como tantas veces. Patético y miserable. Buscó algo que decir pero Jessica se acercó al coche.

–Bueno. ¿Vamos?

Su voz delataba el agotamiento casi con dulzura. Mientras daba marcha atrás, le puso la mano sobre el brazo.

–Ni una palabra a los Viejos. Son mis movidas, no abras el pico.

Circularon en silencio, rodeados por la noche, los pinos altos a la luz de los faros como una multitud de gigantes. Franck abrió la ventana un momento para conseguir mantenerse despierto y un olor agrio a hierba seca se precipitó dentro del habitáculo junto con el aire todavía cálido que ascendía de la tierra quemada del día. Jessica dormía, desplomada contra la puerta, las manos cruzadas entre las piernas. Podrían haberse perdido pero un instinto oscuro los condujo de vuelta a la casa. Seguramente porque ya estaban perdidos.

Jessica no quiso ir a dormir a su habitación. No tenía fuerza para subir las escaleras, y además tenía miedo de despertar a sus padres y a la niña. Duermo contigo. Franck casi la llevó en brazos hasta la caravana y la dejó desplomarse en la cama. Se lavó un poco con las manos, se cambió. Luego se deslizó cerca de ella y la siguió, hasta el fondo del sueño, en su caída.

6

«Me pegué una hostia bailando. Estaba un poco borracha.»

Jessica se tomaba el café torciendo la boca para evitar el corte en el labio que se le había hinchado durante la noche. Al otro lado de la mesa, Franck aspiraba los efluvios del perfume que se había echado después de ducharse. La madre asintió con la cabeza. Miró de reojo a Franck, que no decía nada, con la atención puesta en extender la mantequilla en una barrita de pan y después cubrirla con mermelada.

–¿Y tú? ¿Estabas allí?

–Estaba en un rincón, pero yo no bailaba.

La madre miró a uno y a otro esforzándose por sonreír.

–Se pilla antes a un mentiroso que a un cojo.

–¿Por qué dice eso?

–¿Tú qué crees? Conozco a mi hija. Sé lo que es capaz de inventar para salir del paso. Pero a ti no te conozco. No sé de qué eres capaz.

Franck iba a contestar pero se cruzó con la mirada fija de Jessica, que le impedía hablar.

–Ya te he dicho que me caí. No des más el coñazo.

La madre metió la nariz en su tazón de café y bebió haciendo muecas porque estaba caliente. Encendió un cigarrillo y empezó a toser, recobrando el aliento entre silbidos, lágrimas, golpeándose el pecho con el puño, furiosa y ahogada. Mientras veía cómo se desgarraba los bronquios, Franck pensaba que esos ataques de tos iban a ser el único momento en que vería llorar a esa vieja bruja. Puede que un día se cayera de la silla y se desplomara en el suelo de un ataque. Volvió a pensar que no levantaría un dedo para ayudarla. Miró atentamente a la mujer mientras trataba de recuperar el aliento y se cruzó con sus ojos desorbitados por el esfuerzo, que se clavaban en él como un reproche.

Rachel entró murmurando buenos días y Franck fue el único que le contestó. Llevaba un vestidito rojo y arrastraba los pies en unas alpargatas demasiado grandes. Jessica le tendió los brazos y la chiquilla se apretó contra ella y dejó que la cubriese de besos sonoros. Buenos días, cariño, ¿has dormido bien? Dijo que sí con la cabeza y luego se desprendió con suavidad del abrazo y miró a su madre.

–¿Te duele?

Jessica llevó la mano a su labio partido.

–No. No es nada. Me he caído.

–¿Y a mí no me das los buenos días?

Maryse dejó el cigarrillo en el cenicero y abrazó a su nieta. Efusión de cariño. Chasquidos de labios. La niña le dio dos besos silenciosos en las mejillas hundidas y vino a sentarse junto a Franck.

–¿Quieres que te prepare una tostada?

Ella dijo que sí mirándole a los ojos. Franck seguía tratando de leer en esos ojos negros, almendrados, un poco achinados. Desentrañar lo que encontraba en ellos de tristeza y espanto. Una sombra permanente que no podía nombrar. Untó mantequilla en una rebanada de pan de molde, añadió mermelada. Maryse se levantó con dificultad y salió. La pequeña la siguió con una mirada sorprendida o curiosa, y se quedó mirando fijamente durante un rato la puerta que chirriaba de vez en cuando al capricho de una corriente de aire.

Jessica le sirvió la leche y anunció que iba a poner una lavadora. Acarició el pelo de su hija antes de marcharse de la cocina, pero Rachel no levantó los ojos del tazón en el que removía el chocolate casi sin hacer tintinear la cuchara contra el esmalte. Franck observaba a esa niña buena con su vestidito rojo. Le habría gustado hablar con ella pero no sabía qué decir o cómo decirlo. Desde hacía tiempo le pasaba eso: no le venían las palabras y lo que quería decir se le escapaba como agua o arena.

En un momento, se levantó y cogió el tazón y lo sostuvo entre las manos. Le apetecía acabar de desayunar al sol, sentada en el umbral de la puerta.

–¿Puedo preguntarte una cosa?

Ella se dio la vuelta, lo miró y esperó.

–¿Fabien es amable?

–No –dijo con voz clara.

Giró sobre sus talones y se escabulló con su tazón por la puerta entreabierta.

Pensó en seguirla para ver si le contaba algo más, pero sabía que era una batalla perdida. Salió por el otro lado y fue al huerto con Roland. El Viejo estaba recogiendo tomates. Había arrancado las malas hierbas.

–Ah –dijo–. Mira esto.

Entre dos hileras de judías verdes se extendía el cadáver de una culebra enorme. Dorso negro, vientre amarillo. Como un metro veinte de largo. La cabeza aplastada, casi separada del cuerpo. Franck no pudo evitar sentir un escalofrío en la espalda.

–Va la segunda este año. Debe de haber un nido cerca.

Franck no podía despegar los ojos de la serpiente. Tenía la sensación de que en cualquier momento el largo cilindro negro podría reanudar sus ondulaciones peligrosas y traicioneras.

–No te da miedo, ¿verdad?

–No, pero no me hace mucha gracia.

–Ni a ti ni a nadie. Por eso le he reventado la cabeza.

El Viejo acabó de llenar la caja de tomates. Resoplaba cada vez que tenía que agacharse, y levantó el peso apretando los dientes.

–¿Qué pasó ayer por la noche?

–Nada. Jessica estaba bailando como una loca, y cayó mal.

–Cayó mal, ¿eh?

Roland apoyó la caja sobre un viejo banco de madera.

–No me cuentes milongas. Ha vuelto a meterse en líos, como de costumbre.

Recogió la serpiente, la sujetó con el puño como un trozo de cuerda, y se acercó a Franck.

–Desde que tenía quince años es así. Atrae los problemas como la mierda a las moscas.

–¿Por qué desde que tenía quince años? ¿Y antes?

–Antes era un poco coñazo. Pero agradable. No daba ni golpe en el colegio, siempre la castigaban por hablar y por faltar al respeto. Inteligente sí que era. Todos los profes lo decían. Una memoria de elefante, y siempre hacía preguntas que no eran propias de su edad. Decían que era demasiado madura. A los doce años era más o menos como ahora, bien formada... y guapa, y con el fuego en el cuerpo. Su madre le metía palizas para ver si se le pasaba. Ya ves... con los años, la cosa fue a peor. Fue a médicos, psicólogos, toda esa panda de hijos de puta, con sus píldoras milagrosas... En fin... ¿por qué me he puesto a hablar de esto? Ya pasó. Sí, ya pasó...

Dejó de hablar, le echó una mirada desconfiada a Franck.

–Bueno, tengo que ir a tirar esto al bosque. ¿Puedes llevar los tomates?

Franck levantó la caja. El Viejo caminaba delante de él, balanceando contra la pierna la serpiente muerta. El perro apareció y se acercó a olisquear el cadáver y empezó a mordisquearlo.

–Toma, ¿lo quieres?

Roland lanzó lejos la serpiente y el perro corrió y la atrapó con el morro y la sacudió como si quisiera partirle el espinazo, y después se tumbó y empezó a devorarla por la cabeza chasqueando mucho la mandíbula. Franck se detuvo a mirar cómo el animal arrancaba largas tiras de carne blancuzca y las masticaba, sujetando entre las patas lo que quedaba del reptil. Perro y serpiente. No habría podido acercar la mano a uno ni a otro.

–Este perro se comería cualquier cosa –dijo el Viejo.

–O a cualquiera.

Roland frunció el ceño para ver mejor al moloso tumbado al pie de una pared.

–Conmigo no hay problema, lo conozco y me obedece. Pero nunca insisto demasiado. Intenta rascarle entre las orejas. A todos los chuchos les gusta, pero él, después de cinco segundos, se pone a gruñir y a enseñar los colmillos. Yo no lo quería. Lo trajo Maryse un día. Todavía era un cachorro, merodeaba por la carretera. Alguien debió de tirarlo de un coche. Lo cuidamos, pero no era fácil. Mi mujer y Jessica insistieron en que nos lo quedáramos. Ellas hacen con él lo que quieren, él se deja hacer. Puede que sea como yo, que prefiere a las mujeres. Bueno, no le voy a pegar un escopetazo por eso.

Hablaba del perro con el mismo tono monocorde y resignado que de Jessica, como un riesgo habitual, una calamidad a la que te acostumbras. Franck volvió a caminar hacia la casa pero la voz del Viejo lo detuvo.

–Yo creo que tienes razón: ayer por la noche, Jessica cayó mal. Y tropezó con la misma piedra, diría yo.

Le brillaban los ojos bajo el sol entre los párpados casi cerrados.

–¿Por qué dice eso?

El Viejo se partió de risa en silencio.

–Vaya dos que os habéis ido a juntar. Os creéis que la gente es idiota. De ella no me sorprende. Pero pensaba que tú te parecías a tu hermano. Que eras un tío legal.

Franck no tenía nada que responder a eso. Si Jessica había decidido mentir a sus padres era asunto suyo, de ellos tres, enredados en una maraña de ataduras familiares.

Roland abrió una puerta y dejó entrar a Franck en una especie de almacén con las estanterías llenas de tarros de cristal vacíos, empañados por el polvo. Allí se amontonaba un batiburrillo de sillas de formica con las patas oxidadas, armarios de cocina, viejas herramientas de jardinería con las hojas y las puntas cubiertas de telarañas. Olor a polvo y a moho. Franck puso la caja en una estantería.

–Hubo una época en la que Maryse hacía mermeladas y conservas. Cuando nos vinimos a vivir aquí. Ella decía que se había criado en el campo y que se sabía manejar. Lo que yo te diga. Le duró dos años. Ahora, se pudre todo en el suelo o metido en cajas...

Franck oyó que se cerraba la puerta de la casa y el cristal vibraba y el coche de Jessica arrancaba quemando rueda. El Viejo se incorporó para escuchar también, y después negó con la cabeza y suspiró con lástima. Franck salió del almacén estornudando. Se frotó la cabeza para quitarse el polvo y las telarañas que sentía que le caían por el cuello. Tenía ganas de volver a ducharse. Desde la noche anterior, se sentía sucio y patético. Se veía otra vez boca abajo contra el pavimento, sentía de nuevo la pistola apretándole las vértebras. Y después la orina tibia entre las piernas y por las nalgas, el olor en el coche, las ventanillas bajadas al aire fresco de la noche, Jessica acurrucada contra la puerta, tal vez dormida. Dejó atrás al Viejo en medio de su batiburrillo y se dirigió a la caravana.

Atravesó el perímetro contra incendios que separaba los graneros de la casa y en ese momento vio a Rachel atravesando el sendero a todo correr seguida de cerca por el perro. Le dio tiempo a distinguir su hombro desnudo, el tirante del vestido desatado. Corrió tras ella, pero cuando dobló la esquina de la casa se encontró de bruces con el perro tumbado en el bordillo, y se levantó de un salto. La pequeña estaba más lejos, sentada en el umbral de la casa, en un rincón oscuro, como solía hacer.

–¿Rachel?

El perro volvió la cabeza hacia la niña. Cuando Franck avanzó un paso, gruñó. Le temblaba el hocico.

–Rachel, ¿qué te pasa?

El perro miró a la niña, estirando el morro hacia ella. Echó un vistazo a Franck y después se alejó. Franck se acercó a Rachel. Seguía con la cabeza agachada, el pelo negro cayendo sobre las rodillas.

–¿Estás triste?

Levantó la masa oscura para verle la cara. Lágrimas por todas partes. Un chichón se amorataba en la frente. Tenía el pómulo enrojecido. El tirante de su vestido rojo arrancado.

–¿Quién te ha hecho eso?

El perro se había tumbado más lejos y los observaba con la cabeza entre las patas.

La chiquilla se sorbía los mocos y Franck rebuscó en los bolsillos un pañuelo que no tenía. Restregó con el dorso de la mano la nariz de la pequeña, que soltaba constantemente un moquillo transparente. Sus manos revoloteaban alrededor de la cara agachada sin saber qué hacer.

–Hay que ponerte hielo. Ven.

Se levantó, pero ella seguía sentada, la frente en las rodillas, un gran sollozo la sacudía de vez en cuando. Le dijo: «Anda, Rachel, vamos, hay que curar eso». Voz sofocada. Su mano tendida hacia ella. La pequeña levantó los ojos. Él se agachó y puso las manos sobre sus hombros, la cara muy cerca de la niña. Tenía ganas de darle besos en el pelo con suavidad, de acariciarle el hombro descubierto por el tirante arrancado, pero no se atrevía. Le parecía demasiado íntimo, o fuera de lugar. Esos gestos, lentos y suaves, no los conocía. Ella se levantó. De pie, era tan alta como él de cuclillas.

La llevó a la cocina y sacó hielo de la nevera y lo envolvió en una servilleta que colgaba del respaldo de una silla.

–Mantenlo quince minutos en la mejilla para que se deshinche. ¿Está bien? ¿Te duele?

Rachel dijo que no con la cabeza.

–Gracias –dijo.

Como se había agachado para hablarle, ella le dio un beso en la mejilla antes de marcharse. Franck sintió un escalofrío. Al ver a la pequeña alejarse y salir, se dio cuenta de que hacía mucho tiempo que no tenía tantas ganas de abrazar a alguien.

La Vieja llegó en ese momento, arrastrando los pies, el pelo rojo despeinado.

–¿Qué ha pasado?

Vio a la pequeña con su envoltorio de hielo en la mejilla y se puso a su altura para verla mejor.

–¿Ha sido mamá?

La pequeña parpadeó.

–Se acaba de ir. He oído el coche –dijo Franck.

–Vuelve a las andadas. Yo sé adónde ha ido.

La Vieja le dio un beso rápido a Rachel en la frente y se incorporó. La niña se alejó dando pasitos cortos y se metió en el cuarto de estar. Se oía el televisor emitiendo gritos, aullidos de sirenas de policía, cortes de noticias, efectos sonoros de dibujos animados.

El Viejo entró. Se rascó la entrepierna a través del pantalón corto decolorado. Una vieja camiseta manchada colgando de los hombros huesudos.

–¿Adónde ha ido Jessica?

–Adivina.

Roland se enjuagó la cara en el fregadero. Franck solo veía su espalda arqueada, su cuerpecillo enclenque. La cara estaba en sombra, gris, las mejillas mal afeitadas salpicadas de pelos blancos.

–Tienes que ir a buscarla.

Franck miró a la madre. Se había acercado a la mesa y encendía un cigarrillo.

El Viejo se volvió hacia él. Se secaba las manos con un trapo en el que seguía dejando restos de suciedad.

–Tienes que ir tú. A ti te seguirá sin demasiada historia.

La Vieja se puso ronca y después tosió.

–¡Ni de coña! ¿Quién es él para que le siga? Se ha acostado con ella, ¿y qué? ¡No es el primero ni el último! Vale que salga detrás de todos los que se la follan, ya sabes cómo es, ¡nunca cambiará! Pero él, aparte de ser el hermano del otro, ¿qué más tiene?

Estaba apoyada en la mesa y fumaba. Franck se dirigió hacia ella, cogió de su lado el paquete de cigarrillos y se encendió uno frente a la mujer, que lo examinaba sin moverse.

–¿Dónde vive ese tío?

Habló sin darse la vuelta, sosteniendo la mirada de la madre, que jadeaba casi de rabia, los ojos desorbitados, enloquecidos, la cara estirada hacia él como si fuera a darle un golpe con la cabeza.

–Ven, te lo enseñaré.

Volvieron al taller. El Viejo anotó la dirección en un pedazo de papel y desplegó un mapa de 1:25.000. Estaba en Lacanau, en el Médoc. Franck se acordaba del trayecto interminable, de los embotellamientos al volver a casa por la noche, antes, en su otra vida.

–Yo he ido dos veces. Pasas el centro de la ciudad y tuerces aquí, a la izquierda. Y la calle es esta. Junto al bosque. Ya lo verás. Un caserón landés perdido entre los árboles. Se llama Patrice Soler. Curra de teleco o algo así. Una especie de ingeniero, no sé muy bien. Con pasta, vamos. Pero no te fíes. No es malo, pero cuando está puesto puede ser chungo. La última vez fui con Serge y estuvo tranquilo. Si quieres, voy contigo. Salimos por la mañana con la fresca. Esta noche no merece la pena.

Franck negó con la cabeza. Necesitaba estar solo. Alejarse de allí al menos unas horas.

–No. Iré solo.

–Como quieras.

El Viejo abrió una caja fuerte con una llave que rebuscó en el fondo del bolsillo y sacó una escopeta de caza de dos cañones y una caja de cartuchos.

–Llévate esto por si acaso. Es de calibre pequeño, pero le dará un susto si se pone tonto.

Abrió la escopeta y la cargó.

–Toma.

Le dio a Franck dos cartuchos más.

Franck cogió el arma, aparatosa y pesada, y metió los cartuchos en el bolsillo. No sabía cómo sujetar la escopeta y la dejó en el banco de trabajo.

–¿Por qué va a ver a ese tío?

–Le conoce desde hace años. No sé muy bien de qué. Le pasa la mierda gratis. Ella le paga a su manera, no hace falta que te haga un croquis. No sé exactamente qué os pasó ayer por la noche, pero le ha dado el bajón y necesita provisiones. En estos casos, si no vamos a buscarla, aparece ocho días después completamente ida, loca de atar. Aparte de eso, ya no consume. Un porro aquí y allá y nada más. Solo hay que aguantar sus cambios de humor, como el parte meteorológico. Por la mañana, con ella, no sabes si van a caer chuzos de punta o si saldrá el sol, ni tampoco si va a durar todo el día. Y los chuzos, a veces, se te pueden clavar...

Franck estuvo a punto de contarle lo de la noche anterior, pero se lo pensó mejor porque no quería oír más al Viejo lloriqueando por la tragedia. Sin decir una palabra, salió del taller y se llevó la escopeta y el mapa a su caravana.

Al día siguiente, el Viejo le volvió a proponer acompañarlo, diciéndole que sería más fácil si eran dos. Franck le dijo que no se preocupara y cerró la puerta y se alegró de estar encerrado y solo en el habitáculo recalentado. Cuando se alejó por el camino, divisó a Rachel mirando cómo se marchaba. Cuando giraba hacia la carretera, le pareció que le hacía un pequeño gesto de despedida con la mano.

Llegó allí hacia el mediodía y tenía hambre. Encontró sitio en el inmenso aparcamiento frente al océano antes de ir a tomar algo a la terraza de una taberna de veraneantes. Se cruzó con la misma muchedumbre que la otra noche, y además los niños, chillones o trotones. Gafas de sol y sombrillas. Neveritas. Sombreros de paja y gorras americanas. Pieles cobrizas, hombros enrojecidos, casi pelados. Se oían todas las lenguas. Echó un vistazo a la playa abarrotada hasta donde llegaba su mirada. Balsa de aceite. Bañistas apelotonados en la orilla, el agua hasta las rodillas.

Un atento joven le sirvió una cerveza y un bocadillo vegetal de atún rebosante de mayonesa, difícil de comer, porque al menor mordisco se salía el relleno. A la sombra abrasadora del toldo desplegado se bebió a sorbos la cerveza observando el incesante ir y venir de los veraneantes que pisoteaban su sombra bajo el sol vertical. Trataba de recordar cómo era antes, cuando era pequeño, y el sopor le cerraba los ojos a su pesar y se sorprendió esperando ver pasar a los cuatro, sus padres, Fabien y él, en medio de esa muchedumbre tranquila, cargados con aparejos de playa como los demás. Sentía que se sumía en una duermevela donde la realidad se mezclaba con visiones, donde le parecía que Fabien venía a sentarse a su lado y que él le hablaba y que su hermano no lo oía y se limitaba a mirarlo sonriendo. Entonces desplegó el mapa y trató de situarse. Se levantó y caminó hacia la playa, como los demás, entre el rumor de conversaciones, de risas, de llamadas. Tal y como iba vestido, en vaqueros y camiseta, tenía la impresión de haber llegado desde un mundo lejano al centro de ese pueblo casi desnudo.

Encontró la calle, y después la casa, perdida entre madroños y mimosas, apenas visible bajo los robles. Dos pinos inmensos inclinaban allí arriba sus copas sombrías. Escaló el portal, un poco incómodo por la escopeta, y se adentró en la rampa que descendía hasta un garaje en el subsuelo. Atravesó por unos pasos japoneses un césped reseco bordeado de dalias rojas. Delante de la puerta de entrada aguzó el oído y no percibió en el interior ningún ruido, y temió que se hubieran ido, tal vez a la playa, y empezaba a considerar el lugar donde se apostaría a esperarlos cuando el picaporte simplemente cedió bajo su peso. Estaba oscuro y fresco. El pequeño vestíbulo daba directamente al cuarto de estar. Sofás de cuero, sillones profundos, cine en casa, cuadros y grabados en las paredes. Franck tenía la impresión de estar ante la foto de un catálogo o de una de esas revistas de decoración interior. Todo invitaba a sentarse a tomar un cóctel rodeado de amigos, exclusivamente chicas guapas y hombres elegantes y desenfadados.

Le sorprendió que Jessica no hubiera sembrado el caos que le acompañaba a todas partes en ese decorado de serie de televisión. Puede que no le hubiera dado tiempo. El silencio era profundo, tranquilo. Aquí no sentía ninguna amenaza, ninguna tensión, en esa postal de tres dimensiones, y se sintió ridículo, escopeta en mano, los bolsillos llenos de cartuchos. Por el ventanal se distinguía una terraza y la superficie turquesa de una piscina. Franck se acercó y una breve risa masculina le hizo estremecerse. Se apostó detrás de la ventana y estiró el cuello para ver algo, pero dio un respingo cuando Jessica apareció corriendo y saltó al agua. Estaba desnuda. Ahora estaba flotando de espaldas, los ojos cerrados, agitando pies y manos, y el agua salpicaba a su alrededor en un alboroto resplandeciente.

Franck deslizó el ventanal. La piscina estaba a seis o siete metros de él. Jessica no lo había visto, y a su derecha, el hombre tumbado boca abajo sobre una colchoneta tampoco podía verlo. Franck caminó hacia él y en ese momento Jessica gritó:

–Joder, ¿qué coño haces tú aquí?

–Vengo a buscarte. Sal de ahí.

Nadó hacia el otro lado de la piscina, como para ponerse a salvo.

–¡Lárgate, maricón!

El tío de la colchoneta se dio la vuelta y luego se sentó. Cincuentón, pelo entrecano, corto. Atlético, bronceado. Estaba todo empalmado. Cerca de él había dos botellas tiradas casi vacías. Ginebra, whisky. Y latas de refresco. Y una ensaladera donde se derretían cubitos de hielo.

–¿Y ese qué quiere?

Franck levantó la escopeta.

–¿Tú eres Soler? Vengo a buscarla. Sácala del agua.

Al otro lado de la mirilla, el hombre parecía dudar, tal vez molesto. Entonces se levantó, la erección por los suelos.

–¿Quién coño eres tú?

–Sácala del agua. Deprisa. Me la llevo.

Soler caminó hacia la piscina con paso inestable. Jessica hacía el muerto, inmóvil, los ojos cerrados.

–Venga, ven –dijo el hombre, tendiéndole la mano.

Jessica abrió los ojos.

–No. Nunca. No con ese cabrón. Estoy de puta madre aquí.

Voz pastosa. Cara paralizada por una especie de sonrisa crispada. Volvió a cerrar los ojos, parecía que no podía mantenerlos abiertos.

–Ven. Tiene una escopeta.

–Que se la meta por donde le quepa.

Franck se acercó al hombre. Lo apuntaba casi rozándolo.

–Ve a buscarla. Métete y ve a buscarla.

Soler movió el brazo a su espalda tratando de agarrar el cañón del arma, pero Franck se libró y le dio un golpe en la oreja con la culata. El tío cayó al suelo gimiendo de dolor, una mano a un lado del cráneo, examinando sus dedos para ver si sangraba. Gesticulaba, gimoteaba. Franck bajó la escopeta porque el cuerpo bronceado y esbelto que había distinguido al llegar no era, en ese momento, replegado en sí mismo, más que el de un animal asustadizo y tembloroso en una desnudez patética.

Jessica se puso a batir el agua con las manos, un poco como si ensayara el estilo mariposa pero sin avanzar, la cabeza por momentos bajo el agua, bufando y tosiendo para tomar aire. El hombre se había agachado en el borde de la piscina y la miraba con una expresión perdida, la mano todavía en la oreja. Franck le ordenó que saltara al agua, que fuera a por ella porque le estaba dando un ataque pero él no reaccionó, ni siquiera cuando le pegó el cañón de la escopeta en la nuca, joder, que se va ahogar, hijo de puta, ve a por ella, pero el otro no se movía, así que Franck saltó sin quitarse ni las alpargatas, escopeta en mano que soltó enseguida, y alcanzó a Jessica y la cogió en sus brazos en el momento en que ella se hundía por cuarta vez, luchando cada vez menos, sin fuerza para bombear aire. La arrastró hacia la escalerilla cromada y se agarró, volcado hacia atrás por el peso del cuerpo inerte cuyas manos mojadas ya no eran capaces de coger ni sujetar nada. Trató de agarrarla con más fuerza pero se le escurrió y empezó a hundirse de lleno, en vertical, así que tuvo que sumergirse para rescatarla antes de que tocara fondo. Cuando Franck volvió a la superficie vio al tío de pie, de espaldas, inmóvil, que parecía reflexionar o salir de su estupor, y después se dirigió hacia la casa, y desapareció por una puerta de vidrio que cerró lentamente tras él.

Franck depositó a Jessica sobre las baldosas, tumbada de costado. No sabía qué hacer y observaba su respiración débil cuando de repente ella se puso a toser y a escupir y vomitar agua. La sentó y la sujetó por las axilas y la sacudió con violencia para que terminara de echar lo que la seguía obstruyendo. Le parecía haber visto hacer eso no sabía muy bien dónde. Acabó por respirar con normalidad, sofocada, y recuperó la suficiente energía y lucidez para soltarse de sus manos con un gruñido. Entonces vio al tipo que volvía hacia ellos, un bate de béisbol en la mano. Se había puesto un pantalón corto y una camiseta y caminaba pesadamente, embotado por el alcohol y las drogas que los dos debían de haber tomado.

Sin saber por qué, Franck se sumergió en el fondo de la piscina para recuperar la escopeta que había soltado al agarrar a Jessica. Cuando volvió a la superficie, Soler lo esperaba en el borde, un poco vacilante, el bate en alto. Franck lo encañonó y apretó el gatillo. Se oyó un chisporroteo y el cañón empezó a echar humo. El otro se quedó quieto como si esperase que la bala se decidiera a salir. Franck aprovechó para atizarle en los tobillos con la culata y el hombre se cayó de espaldas gritando de dolor, el bate rodando a su lado.

Franck se impulsó fuera del agua y cogió el bate. Las ganas de reventarle la cabeza a ese tío, de oír cómo le crujía el cráneo bajo sus golpes eran tan fuertes que se puso a temblar, encima de él, sin aliento. Soler levantó los ojos, desamparado, implorante, como si hubiera adivinado la amenaza. Franck tiró el bate a la piscina y le metió un rodillazo en la sien. El hombre se derrumbó sobre un costado, la cabeza chocó contra las baldosas con un ruido sordo.

Jessica trataba de ponerse de pie pero se tambaleaba y volvía a caer gimoteando a cuatro patas. Franck la ayudó a incorporarse y la llevó en volandas hasta el ventanal y la dejó caer en un sofá de cuero blanco.

–¿Dónde tienes tus cosas?

Ella daba cabezadas, el aliento corto, masajeándose los pechos. Le seguía con la mirada, los párpados entrecerrados, una mueca de niña enferma o disgustada. Él le ordenó que no se moviese, aunque sabía que era incapaz de dar dos pasos sin desplomarse, y dio una vuelta por el chalé y abrió algunas puertas hasta que encontró un cuarto de baño inmenso, revestido de cerámica azul, donde había dos albornoces colgados. Cogió uno, que todavía olía a suavizante, y fue a ponérselo a Jessica, los brazos sueltos, su cuerpo inerte y pesado lo complicaba todo. Gemía y gruñía y lo insultaba confusamente. Él tenía ganas de darle una bofetada, para despertarla pero también para hacerle daño y desatar su ira y su asco. «Zorra», mascullaba, su cuerpo delgado aplastado contra el suyo mientras se debatía contra los faldones del albornoz.

Una vez vestida, la dejó tumbada y salió para ver cómo estaba Soler, que se movía vagamente, boca abajo en el borde de la piscina como si tratara de alcanzar el vaso a nado. Franck le pellizcó con violencia una mejilla y él gimió de dolor. Tenía un gran hematoma en la frente, un ojo hinchado, azul, sanguinolento.

–¿Qué ha tomado?

Soler se puso de costado, en posición fetal, la cabeza encima del brazo. Soltó una carcajada.

–Lo mismo que yo, ¿qué te crees? Le dije que no se bañara.

–¿Qué os habéis metido?

El otro suspiró.

–Yo qué sé. Lo de siempre...

Se incorporó sobre el codo y volvió a caer pesadamente y empezó a agitarse con una risa silenciosa y convulsa, los ojos cerrados.

Franck lo agarró de una oreja y se la dobló con los dedos resbaladizos sobre la piel húmeda. Soler intentó desembarazarse, pero su brazo sin fuerza volvió a caer pesadamente.

–Te voy a tirar al agua. Vas a hundirte como una piedra, cabrón hijo de puta.

El tío dejó de reírse y lo miró.

–No es una buena idea.

Se partió de risa con una especie de chillido.

–Esta imbécil nunca había probado el opio. ¿Te lo puedes creer? Con todo lo que se ha metido en los años que la conozco, y no lo había probado nunca.

Soler se volvió a reír, y de pronto pareció que se había quedado dormido. Franck le dio una patada en el hombro pero no reaccionó, y recorrió con una mirada circular el decorado en el que se encontraba y que no había visto más que en películas o en reportajes de la televisión: un chalé de doscientos metros cuadrados, un jardín inmenso, una piscina… Se acercó a las tumbonas, donde había algunas botellas. Cogió de la ensaladera un puñado de cubitos de hielo casi derretidos y se los metió en la boca y los masticó y se echó el resto del agua por la cabeza. Tenía la impresión de que su piel, sus huesos, se habían endurecido con el contacto helado y eso le sacudía el cansancio que empezaba a sobrepasar a la rabia. En el suelo había un bolso de tela roja. Echó un vistazo al interior y encontró un revoltijo femenino, tabaco, una cartera con los documentos de Jessica.

Cuando volvió al salón, Jessica dormía en el sofá, el albornoz abierto desplegado a su alrededor en una gran corola verde pálido. Las manos cruzadas encima del vientre, su desnudez tranquila, disponible, como la modelo de un cuadro, diosa, virgen o puta, y Franck no sabía dónde había podido ver él una imagen así.

Se puso la escopeta en bandolera y levantó a Jessica completamente inerte, los brazos colgando, la cabeza doblada hacia atrás, y tuvo miedo de que se rompiera el cuello y la recogió hacia él y su cara tapada por el pelo pegado por el sudor se posó sobre su pecho. No pesaba nada, como una niña que había venido a salvar y que tenía que sacar de allí lo antes posible. Se retorció para abrir la puerta y casi corrió hasta el coche. Depositó a Jessica en el asiento trasero. Pasó un descapotable con tres chicas dentro que dejaron ver el destello negro de sus gafas de sol. Antes, habría hecho una mueca y les habría pedido a gritos una cita incierta en la playa, a la derecha o a la izquierda de la caseta del socorrista, delante de la bandera, y habría obtenido como respuesta una mirada de desprecio o puede que una carcajada. Antes, habría sacado el dedo nada más verlas, ansioso por sentarse cerca de sus cuerpos casi desnudos.

Esperó a que doblaran la esquina de la calle, miró a su alrededor por si había alguien observando, pero solo veía los tejados de los chalés en medio de los árboles, y no podía saber si había ojos que lo espiaban detrás de los setos o de los bosquecillos de mimosas. Se puso al volante y arrancó sin quitar la vista del retrovisor. Esperaba que saliera un coche de un portal y empezara a seguirlo o que un tío en pantalón corto, la tripa fuera y la mano en visera anotara con cuidado el número de placa.

Jessica estuvo inconsciente durante más de una hora, hasta el momento en que dijo con una voz ahogada: «Voy a potar». Franck le pidió que se aguantara y aceleró hasta el área de servicio que se indicaba a dos kilómetros. Consiguió aparcar entre dos coches de turistas y en cuanto abrió la puerta Jessica cayó a cuatro patas sobre el asfalto y vomitó en la rueda de un Mercedes. Franck la ayudó a levantarse y la sostuvo mientras caminaba hasta los servicios. Las rodillas se le doblaban a cada paso con andares de autómata fofo o de borracha al borde del coma y la gente con la que se cruzaban se apartaba de su camino, asqueada por el vómito que ensuciaba el albornoz, o se daba la vuelta por la desnudez que se vislumbraba entre los faldones mal cerrados.

Soltó un berrido cuando Franck le echó agua para enjuagarle la cara y limpiar el albornoz. Él insistió, pero ella forcejeó y empezó a desnudarse. En ese alboroto de cigarras y de bombas de agua y de puertas que chirriaban, en medio del ir y venir de los veraneantes, le entraron ganas de dejarla tirada en los lavabos como si fuera un perro con el que no se sabe qué hacer. Ella se tambaleaba delante de él, un hombro y un pecho al descubierto, incapaz de continuar el gesto, la mano agarrotada sobre la tela. Franck volvió a subirle el albornoz hasta los hombros y la cogió del brazo. Caminaba un poco mejor, pero el cuerpo le pesaba y tosía y escupía para sacar lo que le seguía obstruyendo la garganta. Se dejó caer sobre el asiento trasero y él tuvo que doblarle las piernas estiradas para poder cerrar la puerta.

Condujo con todas las ventanas bajadas para tratar de disipar el olor a vómito que no se desprendía de ella, tirada en el asiento, desnuda, sin albornoz. Esperaba que en el peaje no hubiera policías de guardia detrás de la barrera, escudriñando el interior de los coches y la pinta de los conductores. Cuando se acercaron a los carriles de peaje, le pidió a Jessica que se tapara, pero ella no reaccionó. Estaba sentada, los ojos abiertos, pero su mirada recordaba a alguien hipnotizado o a esa gente sumida en un coma profundo que no ve ni siente ya nada.

Cuando bajó del coche, la Vieja salió enseguida y abrió la puerta para ayudar a su hija a salir. Jessica miró a su alrededor y pareció que volvía en sí, y rechazó a su madre con un insulto gutural y titubeó hasta la puerta. La madre la siguió, las manos extendidas, preparada para recogerla si se caía. Dos minutos más tarde apareció por la ventana de la habitación. Lanzó una mirada despectiva a Franck y después cerró los postigos. Detrás, se oía a Jessica llorando y gimiendo como un animal.

7

La Vieja salió de la cocina para subirle a Jessica un tazón de café y una rebanada de brioche. Cuando estuvieron solos delante de sus tazones de café, el viejo Roland volvió a servir a Franck y le preguntó qué tal había ido el día anterior en Lacanau. Franck se lo contó en pocas palabras. El Viejo se preocupó por la escopeta, que habría que desmontar y limpiar y volver a engrasar.

–Me habría podido cargar a ese hijo de puta. A punto estuve, me parece.

–Lo que nos faltaba...

La Vieja volvió. Su marido la interrogó con la mirada.

–Está mejor. Ha dormido bien, ha tomado la medicación. Se ha despertado con hambre.

Llevó la mirada al techo y se encendió un cigarrillo. Durante un rato no dijeron nada más. Franck observaba a los dos, ensimismados, pensativos, preocupados. No estaba muy seguro de saber qué les preocupaba más.

–No le ha dado tiempo a meterse demasiado, se pondrá bien.

La Vieja echó el humo con fuerza, encogiéndose de hombros.

–Ya, eso dices tú. Como conoces bien todas esas mierdas...

–Yo no conozco nada de nada. Lo único que sé es que su hija va con malas compañías.

–Empezando por tu hermano y tú, ¿no?

–La violan una noche, al día siguiente se pone hasta arriba. Ni mi hermano ni yo hemos hecho eso. Porque a los dos capullos que vimos la otra noche los conocía antes que a nosotros.

La Vieja iba a responder algo, pero Rachel entró corriendo y, de puntillas, llenó un vaso de agua en el grifo del fregadero. Actuaba igual que si estuviera sola, bebiendo de cara a la ventana, donde se mecía la copa de los árboles. Entre trago y trago, preguntó si podía bañarse. La Vieja comprobó la hora en el reloj y dijo que sí. La pequeña dejó el vaso en el escurridero y se fue dando saltitos. El Viejo se levantó a su vez. A Franck le había dado tiempo a distinguir el hematoma en la mejilla de la niña, un moratón en el hombro.

Se encontró a solas con la madre, que se levantó y se puso a rebuscar en un cajón, dándole la espalda, removiendo cubiertos con un estruendo metálico. Pensó que sería capaz de sacar un cuchillo y amenazarle con él para que saliera de la cocina. Le habría gustado verlo para poder estamparle una silla en la boca. Como no pasaba nada, y ella no esperaba otra cosa, se levantó y dejó que se pudriera en su hiel. Se detuvo al pie de la escalera y acercó la oreja hacia la habitación de Jessica. Oyó un carraspeo, el chirrido de una puerta. Subió la escalera y se sorprendió de no ver al perro tumbado delante de la puerta. Preguntó si podía entrar.

–¿Qué quieres?

–Hablar contigo.

La oía moverse de acá para allá, como si estuviera ordenando.

–¿Hablar de qué? No tengo ganas de hablar.

–¿Ni de Rachel?

La puerta se abrió bruscamente, despidiendo un olor amargo a tabacazo. Jessica le impedía el paso, una mano en el picaporte. Camiseta grande, pantalón de chándal. Los ojos entornados por la rabia o el cansancio. En la corriente de aire, el humo de su cigarrillo en el cenicero se escapaba lentamente por la ventana abierta.

–¿Qué? ¿Tienes algún consejo que darme sobre su educación?

–Todavía tiene marcas de golpes en la cara y en el cuerpo. ¿No te has fijado?

–Es que en esa piel cualquier cosita le deja marca. Bueno, ¿y qué? ¡Le di un poco fuerte, vale! La próxima vez pondrá más atención para no hacer tonterías. ¡Estaba jugando con sus putas muñecas en medio del camino y casi me la pego! ¡Y cuando se lo digo, a la señorita le da por suspirar! ¡Joder! ¿Quién coño se cree que es?

–¡Es una niña! ¡No le puedes pegar así!

Jessica se encogió de hombros. Abrió la boca para decir algo pero se lo pensó mejor. Le dio la espalda y se dirigió a la ventana. En el torrente de luz que vibraba a su alrededor no era más que una silueta frágil y oscura. Temblorosa. Frente a él, el espejo partido del armario cortaba en dos su reflejo.

–De pequeñita ya era difícil. No dormía, tenía que darle jarabe. El matasanos no estaba de acuerdo, decía que iba a hacerle daño, qué fácil es decirlo cuando no tienes que despertarte en mitad de la noche porque tiene pesadillas o se te aparece al pie de la cama y se queda ahí mirándote como una zombi hasta que te despiertas sobresaltada. Y le sigo dando jarabe a veces, cuando está demasiado rara o nerviosa. ¡Esta noche le va a tocar!

Se calló, sofocada, y puso los codos en la ventana.

–¿Quiénes eran los tíos de la otra noche?

–No es asunto tuyo.

–¿Ah, no? ¿Me plantan una pipa en la nuca y no tengo derecho a saberlo?

–Mientras no te la hayan metido por el culo, no te quejes tanto. A mí sí que me la metieron bien dentro, los hijos de puta. Y no lloro.

–De todas formas, voy a ir a la policía a poner una denuncia. Tengo la matrícula.

Jessica se dio la vuelta y lo miró de arriba abajo.

–¿En serio?

–Por supuesto. Te violan y te pegan una paliza, a mí me amenazan con una pistola, me parece que tengo unas cuantas razones para denunciar, ¿no? Y la chica que iba con ellos, Farida, seguro que podemos dar con ella. Eran Pascal e Ivan, ¿no? Ivan el serbio. Pascal, lo llaman Schwarzie. Parece que los conocen en el garito. Y seguro que en las fichas de la poli, también. Se lo voy a soltar todo a los agentes, les distraerá un poco de las pandillas de borrachos de última hora y de los coches mangados.

–¿Les vas a decir también a los agentes que te measte encima, como un marica? Eso también les va a gustar.

Se volvió hacia el armario para guardar ropa limpia. Cuando abrió la puerta, el cristal roto lanzó un destello blanco en la pared. Podría haberse abalanzado sobre ella y golpearla contra el larguero de madera, pero quería que hablara, así que dejó que retrocediera la ira que le cortaba el aliento.

–No vas a ir.

No le miraba. Estaba quieta, las manos sobre un montón de sábanas.

–¿Por qué?

–Porque como la poli meta la nariz, el serbio y su panda nos van a reventar. Tú no los conoces. Así que déjame arreglarlo a mi manera y no te metas.

–¿Y tú los conoces desde hace tiempo?

Se acercó y la cogió por los hombros.

–Responde. ¿Los conoces desde hace tiempo?

Ella le clavó los ojos clarísimos sin pestañear.

–Déjame. Que me dejes. Vete de aquí.

–No me voy. Ya puedes gritar y darte de cabezazos contra la pared. O me lo cuentas todo o voy a la policía. Me la suda. Habla.

–Eres un hijo de puta, tú también. Como tu hermano. Normal…

Sonrió con la boca torcida, satisfecha. Lo desafiaba con la mirada, meneando la cabeza con aire burlón. No vio venir el dorso de la mano que le atizó en la mejilla y la tiró al suelo. Se incorporó y se sentó y resbaló hacia atrás hasta la pared, debajo de la ventana. Franck se dirigió hacia ella y la agarró del pelo, acercó su cara hasta que le rozó la nariz. Ella apretó la mandíbula, los labios finos, y lo miraba directamente a los ojos, las lágrimas desbordándose por los párpados. Le pegó la cabeza contra la pared, sin fuerza, secamente.

–Soy yo el que te va a reventar. ¿No lo sabías? ¿Hijo de puta, me has llamado? Te lo voy a hacer tragar con tu propia mierda, bonita.

Le hablaba a la cara pegándole en la frente golpecitos con la cabeza y la cabeza de ella chocaba contra la pared. Le había metido la rodilla entre las piernas y la subió un poco, sintió el pubis duro a través de la tela, pero también más abajo lo que era blando y ella gimió de dolor y se le empezaron a saltar las lágrimas.

–Te sigue doliendo el coño, ¿eh? Tendrían que haberte follado más fuerte esos mamones y destrozártelo para que no pudieras volver a usarlo.

Resbaló sobre el costado y se hizo un ovillo al pie de la pared, las manos entre los muslos. Lloraba a lágrima viva.

Franck se incorporó y la vio gimotear y sollozar. Era insoportable. Sonaron tres golpes en la puerta y la voz de la madre resonó:

–¿Estás bien? ¿Qué está pasando?

Jessica se sentó bruscamente, apoyada sobre una mano, y respondió que sí, que la dejara en paz.

–¿No necesitas nada? ¿Estás segura?

–¡Te he dicho que no!

Se oyeron los pasos de la madre bajando la escalera. Franck se inclinó hacia Jessica y le puso la mano en el cuello y después le acarició la nuca, por debajo del pelo. Ella no dejaba de llorar con pequeños hipidos agudos como los de los niños. Cogió la mano de Franck y la apretó contra su mejilla.

–Perdona –dijo–. No quería decir eso.

Se sentó a su lado. La atrajo hacia él, ella se dejó, la cara mojada en su cuello.

–¿Te he hecho daño?

–No.

Ella cogió su mano y la metió entre sus piernas y la presionó y apretó los muslos.

–Ahora no –murmuró–. Ahí. Sí.

Se quedaron así un momento, aliento contra aliento, bajo la luz que caía sobre ellos por la ventana abierta. Después Jessica gimió con un espasmo y la retiró suavemente y él se alejó de ella y no entendía las lágrimas en los ojos, la tristeza que la invadía, ya no entendía nada.

–Van a volver. Me dijeron que iban a volver.

–¿Cuándo?

Se encogió de hombros.

–Qué más da cuándo. Esta tarde, esta noche, dentro de dos meses. Ayer por la noche pensé que podía llegar a un acuerdo con ellos, pero no quisieron saber nada. También buscan a Fabien. Saben que está en España y les gustaría que volviera.

Franck se frotó los brazos llenos de escalofríos. Le hubiera gustado masajearse también el corazón para apaciguar los latidos desbocados. Se concentró en respirar a fondo, se levantó y se le nubló la vista y la habitación enrojeció a su alrededor. Jessica seguía sentada, apoyada bajo la ventana.

–Pásame un cigarrillo.

Buscó el paquete, dando una vuelta sobre sí mismo.

–Ahí, encima de la mesilla.

Se pusieron a fumar en silencio. El calor llenaba la habitación, denso, sofocante.

–Cuenta.

–Les debo pasta. Bueno… mis padres y yo.

–¿Cuánto? ¿Desde cuándo?

–Treinta mil. Desde hace seis meses.

Tiró la ceniza en el cenicero colocado entre sus piernas en el suelo. Le temblaban los dedos.

–¿Y esa pasta? ¿Para hacer qué?

–En realidad no es pasta. Es droga. Un poco de coca, hachís, pastillas. Mi plan era revenderla en Burdeos.

–¿Tu plan?

–El tío al que tumbaste ayer. Soler. Conoce a gente. Gente con muchos billetes, de todo tipo de ambientes. Aquí, en la costa vasca y en París. Así que me dieron la droga a cambio de una especie de garantía, el veinte por ciento del género. Fabien pagó. Casi no había tocado el dinero del atraco. Pensó que podría funcionar. Pero el cabrón de Soler se rajó y no vendió casi nada, y el serbio se impacientó y empezó a presionar. La otra noche había quedado con él para hablar, y llevaba otros tres mil euros para que se tranquilizara, pero no quiso saber nada. También por eso fui a ver a Soler. Para que me compensara de alguna manera. Y porque necesitaba ponerme hasta arriba, y él tiene todo lo que hace falta. Pensaba que tal vez él encontraría una solución.

Se puso de pie para ir a coger otro cigarrillo y después se apoyó en el alféizar de la ventana. Los contornos oscuros de su cuerpo parecían a punto de disolverse bajo el torrente de luz.

Franck tenía la sensación de haber metido la mano en un nido de serpientes.

–¿Y Fabien? ¿Está en España para vender el resto de la droga? ¿Es eso?

Jessica asintió con la cabeza echando el humo con fuerza hacia delante.

–Tenía buenos contactos cerca de Valencia. Se lo dijo Serge, el gitano. Pensó que podía hacer algo y se fue. Sabe que estamos aquí a su merced, hará lo que tenga que hacer.

–¿Por qué no da noticias? ¿Es raro, no?

Ella se encogió de hombros.

–Pues porque es prudente. No quiere que lo pillen. Y, además, a tu hermano le gusta que lo dejen en paz. Se estará tirando a tías, dijo que iba a aprovechar para salir de fiesta. Estos asuntos no se cierran en tres días. Cuando esté listo llamará, no te preocupes.

Aplastó el cigarrillo en el cenicero como si fuera un asqueroso insecto venenoso o maloliente y se puso a hacer la cama dándole la espalda.

Franck tenía ganas de volver a pincharla para que se lo contara todo.

–¿Qué piensas hacer? ¿Esperar a que vuelvan y la tomen con tus padres o con la pequeña?

–Que se atrevan a venir aquí, esos cabrones. Sabemos cómo defendernos. ¿Qué propones tú, bocazas?

–Ir a verlos y enseñarles de lo que somos capaces nosotros. Que no hagan lo que les dé la gana…

Jessica se volvió y lo miró con ironía.

–¿Nosotros? ¿Quiénes? ¿Quién eres tú? Tú aquí duermes, comes, esperas a que vuelva tu hermano. El resto es asunto nuestro, así que no te metas.

–Soy el hermano de un tío que está metido en vuestros asuntos hasta el cuello. No soy más que el pobre imbécil que se pregunta qué ha sido de él y hasta duda de que siga vivo, así que, mira por dónde, vuestros asuntos son también los míos, ¿lo pillas? La pasta que ha metido en vuestro chanchullo es tan mía como suya, porque la robamos juntos y yo me he tirado cinco años en el trullo por eso y porque supe cerrar la boca. ¿Lo pillas? Así que voy a meter las narices en este condenado asunto y voy a remover la mierda hasta que vuelva Fabien. Y si tengo que ir a la poli, iré. Si no me dices la verdad, iré a contarles lo que sé, me la suda.

Jessica se encogió de hombros. Había metido las manos en los bolsillos del pantalón de chándal y asentía con la cabeza y lo miraba con desprecio.

–¿Ya está? ¿Has terminado?

–Mañana por la mañana voy a ir a la policía. Si no me cuentas nada más, se lo suelto todo. Voy a salir a dar una vuelta a Burdeos a ver a un colega. Alguien de confianza, para variar. Mientras tanto, piénsatelo bien. ¿Lo has entendido, imbécil? Mañana.

Salió sin darle tiempo a responder. En el rellano, el perro echado a lo largo se levantó con tal brusquedad que a Franck de pronto le pareció todavía más grande e imponente. El animal lo siguió con los ojos, la nariz a ras de suelo, el lomo abultado por los músculos. Cuando llegó al final de la escalera, Franck vio su enorme hocico apuntando hacia él, husmeando el aire como para detectar el rastro de su miedo.

Una vez fuera, dio la vuelta a la casa para divisar a Rachel, pero el sol empezaba a ahuyentar de su luz a los seres y las sombras. Levantó los ojos hacia la ventana de Jessica. Era un rectángulo oscuro que atravesó de pronto un resplandor tenue, como un fuego fatuo, cuando volvió a cerrar la puerta del armario con el espejo roto. El silencio era absoluto. Entre la chatarra de coches y de máquinas agrícolas, la hierba seca crepitaba como una promesa de incendio. Fue a la caravana para tumbarse y tratar de digerir todo lo que acababa de saber y distinguir entre lo verdadero y lo falso, y empezó a darle vueltas a la cabeza como un tiovivo de caballos desbocados coceando encabritados que se entrechocaban y se mordían hasta hacerse sangrar, abalanzándose unos contra otros en un vaivén demencial, pero en un momento dado se sobresaltó y se despertó; el sueño de los caballos se había apoderado de su duermevela, así que se levantó para ir a refrescarse la cara en el pequeño fregadero. El agua estaba tibia al principio y después se estremeció cuando se enfrió, y se quedó un rato con la cabeza debajo del grifo mojándose la nuca y los brazos.

De pie en medio de la caravana, pensaba en su mano hacía un momento entre los muslos de Jessica y ahora se arrepentía de no haberla tomado allí mismo, en el suelo, para que salieran de ella el dolor y el placer que sucesivamente la habían hecho llorar y torcer el gesto. No sabía si le hacía daño el placer o si sentía placer con el dolor. Le parecía que esa chica era varios pedazos unidos en el mismo cuerpo, y que ese cuerpo no era más que un envoltorio sin valor para ella. Cuando le hablaba, a veces tenía la impresión de no saber a quién se dirigía. En la habitación, en esa luz que les cegaba, llegó a creer que por momentos venía otra a remplazarla para meterse entre sus brazos o escupirle a la cara.

Tenía que hablar de eso con Fabien. Saber cómo era ella con él y qué pensaba de esa complicada mujer. ¿Y si le reservaba a él, Franck, sus cambios de humor porque le notaba más débil, más vulnerable que su hermano? ¿Y si con él era encantadora porque sabía manejarla y hacerse respetar?

Marcó el número de Fabien. Sonó ocho o diez veces hasta que saltó el mensaje del contestador. Colgó y amagó el gesto de tirar el teléfono en el fregadero, pero cambió de opinión. Se acordó de Lucas y Nora.

La voz de Nora. Ella enseguida reconoció a Franck y se puso a charlar. Del calor, del sudor, de la penumbra en la que se había refugiado desde la mañana, cuando se había ido Lucas.

–¿Dónde te alojas ahora?

–Donde vive Fabien, cerca de Bazas. Me dijo que viniera aquí. Pero él no está, se ha ido a España, así que estoy esperando a que vuelva.

–Es muy típico de él, nunca está donde uno cree. Nos habló de esa gente, sí. Hace un año que vive allí. Les conoció por Serge, el gitano.

–¿Estás segura? Ese tío no me ha gustado un pelo. ¿Estaba metido en líos con Fabien?

–Sí, creo que sí. Si no, pregúntale a Lucas, él lo sabe. Yo, cuanto menos sepa... Además, me dan igual sus historias.

De pronto se quedó callada. Franck la oía suspirar, respirar con fuerza.

–Joder, estoy casi en pelotas y sigo teniendo calor, ¿te das cuenta? ¡Me doy una ducha fría cada hora y apenas me refresca! La verdad es que en la ciudad hace todavía más calor que en el campo. ¿Y tú, qué tal? ¿Cuándo vienes a vernos?

–Esta tarde, si os parece bien. ¿Cuándo vuelve Lucas?

–Hacia las cinco, me ha dicho. Da igual, ¡vente y te quedas a comer, que hace mucho tiempo! Nos tomamos unas birras hasta que llegue. ¿Sabes dónde vivimos? Donde siempre.

–Me acerco.

No se atrevió a preguntarle si le recibiría en ropa interior o si le invitaría a darse una ducha con ella en el infierno de Burdeos. Se acordó de aquella noche de juerga con ella, Lucas, Fabien y los demás repantingados casi inconscientes, ella y él en una habitación haciéndolo en el suelo, deprisa y corriendo, casi sin placer, temblando por la idea de que alguien les sorprendiera y de que Lucas se los cargara, porque era capaz, porque desde que había arrancado a Nora de su familia de chiflados la consideraba su propiedad exclusiva, un poco como un perro o un gato al que se salva y se cura de los golpes que ha recibido, o que se encuentra flaco, cojo y tembloroso al borde de la autopista. Desgracia para ella y para aquel que la dejara frotarse entre sus piernas o mendigar caricias. Lucas se lo solía decir a quien quisiera oírlo, con una falsa sonrisa de loco peligroso a punto de pasar a la acción. Todos pillaban el mensaje bien clarito, como una advertencia por las buenas, la primera y la última. Nora, en esos casos, bajaba los ojos, apretaba un poco más las piernas, una sonrisa de Gioconda en la boca.

Franck oyó los neumáticos de un coche aplastando la grava del camino y vio pasar el careto desagradable de la madre en su coche japonés, tiesa, aferrada al volante. Se iba al asilo «a hacer de chacha», como decía ella, es decir, a echar una mano con la vajilla y con la limpieza para sustituir al personal de vacaciones. Iba tres veces por semana y trabajaba cuatro horas seguidas, por la mañana o por la noche, y volvía asqueada y burlándose de todos esos viejos sucios y alelados y viciosos también, contaba a veces por la noche, las revistas porno de la habitación de un viejo casi mudo, un exprofesor depresivo que había intentado suicidarse dos veces y habían salvado sin esfuerzo de lo mal que lo había hecho, «Sinceramente, para qué cojones van a impedírselo si tiene ganas de matarse, dejaría hueco a los que están esperando mientras dan por culo a sus hijos, ¿no?», o las cartas de amor que había encontrado una vez en el cajón de una yaya casi ciega que escribía a un destinatario desconocido, sin enviarlas, «las cartas que escribe uno a los veinte años, bueno, yo no, no era de escribir chorradas, y además, ¿a quién se las habría escrito?, para eso hay que querer a alguien y yo con veinte añitos no quería otra cosa que un tío entre las piernas que no fuera demasiado gañán para saber por fin lo que era dar el gran salto, cabalgar hasta aferrarse a las cortinas ladrando como una perra, pero no, no voy a insistir». Mientras hacía las camas, con una compañera, a veces se ponían a hurgar entre las cosas de los residentes para enterarse de sus secretos, sus diarios, sus cartas, las fotos amarillentas que guardaban entre dos libros, y se partían de risa, «mira, la abuelita en traje de baño a los cuarenta, joder, ha cambiado un poquito», menospreciando el tiempo pasado y la juventud de otros, sarcásticas y despiadadas.

Una noche, en la mesa, había descargado la bilis describiendo con voz chillona el tremendo asco que le daban los que había apodado zombis, «algunos no se encuentran ni la polla para mear, sinceramente, en cierta fase habría que decidir que se acabó, se les seda de una vez y todos contentos, de verdad, ¿qué sentido tiene? Te juro que el día que Roland no sepa dónde tiene la polla le echo matarratas en el café, ¡y a correr! Aunque la verdad es que dudo de que todavía tenga una...». Roland se rio y se sirvió un vaso de vino blanco: «¡Cuando te miro la jeta, me pregunto lo que haría yo con ella!». Se rieron los dos mientras brindaban y se acabaron los vasos de un trago antes de que un silencio pesado volviera a invadir la mesa bajo la noria de polillas y mosquitos.

Franck oyó alejarse al coche dando tumbos por el camino y después acelerar en la carretera y esperó sin moverse a que desapareciera en el silencio. Al salir, sintió que olía a fuego en el aire y miró a ver si divisaba una nube de humo por encima de los árboles, pero el cielo estaba blanco y cegador como acero fundido y pensó que el fuego podría haber caído del cielo como en las historias del fin del mundo.

***

Se perdió un poco en el laberinto triste de un extrarradio desierto, amarillento por la sequía, hasta que encontró los seis cubos de cemento que conformaban la residencia de Nora y Lucas. En el aparcamiento casi vacío, una furgoneta blanca sin ruedas descansaba sobre los cubos, las ventanillas tapadas con cartones. En el silencio se oía el rumor lejano de la circunvalación y muy cerca, en un balcón, el canto solitario de un pájaro en su jaula.

Nora fue a abrirle enseguida. Llevaba una especie de chilaba malva, el pelo recogido sobre la cabeza en un moño desenfadado del que sobresalían trencitas de pelo negro. En la penumbra del pasillo de la entrada, su sonrisa iluminaba la cara morena y los grandes ojos brillantes. Le saltó al cuello y se colgó y lo besó en el cuello, en la boca, chillando de alegría. Estaba más gorda, más redonda. Las manos de Franck ya no encontraban las curvas y los huecos que le gustaba sentir en las palmas y cuyo diseño ceñía en cuanto tenía ocasión.

–Ven, vamos a tomar algo. Lucas viene ahora. Está echando una mano a un colega en una obra, todo en negro. Pone yeso, se encarga de la pintura, de la electricidad. Lucas sabe un poco de todo, ya sabes. Si le diera la gana, al muy capullo, en vez de estar siempre trapicheando…

Fue delante de él hasta la cocina. Frank adivinaba debajo del amplio vestido el balanceo de las caderas más grandes, de los muslos más gruesos. Todas las persianas estaban bajadas, pero la luz blanqueaba por la menor grieta, forzaba el menor intersticio, a punto, tal vez, de superar todos los obstáculos que se le ponían delante y arrojarse sobre las estancias y calcinarlo todo. Allí dentro hacía un calor pesado y húmedo que los ventiladores se limitaban a mover como si estuvieran batiendo brea. Un olor a incienso mareante provocaba una atmósfera casi nauseabunda, y Franck le preguntó a Nora si podía fumar, más que nada por oler algo diferente a ese hedor agrio y dulzón.

–Sí, claro que puedes fumar. Y me vas a invitar a uno.

Cogió dos cervezas de la nevera y fueron al cuarto de estar, un sofá y tres sillones en semicírculo como únicos muebles delante de un televisor enorme. Dejó las cervezas encima de una mesita baja hecha con una chapa de cobre y cuatro ladrillos a golpe de martillo. Brindaron chocando las latas de aluminio y bebieron grandes tragos sin decir nada, mirándose, intercambiando sonrisas. Nora se encendió un cigarrillo y se hundió en el fondo de su sillón, subiéndose por encima de las piernas los faldones de la chilaba.

–Me alegro mucho de verte. Hacía la tira de tiempo.

–Más de cinco años. No has cambiado.

–Claro que he cambiado. Y tú también.

De repente, no sabía qué más decir. Ni cómo. Había pensado tanto en lo que les diría al salir de la cárcel a todos los que conocía, que ahora las palabras le parecían insuficientes, demasiado débiles para expresar lo que sentía, esa rabia, esa tristeza, esa alegría, también, de ver el mundo abrirse a su alrededor hasta donde alcanzaba su mirada, sin las paredes, sin los guardias, sin los caretos de los otros detenidos, sus ojos clavados en él, sus cuerpos otros tantos obstáculos que había que evitar para abrirse paso. Nora iba a empezar a hablar y él sabía lo que iba a decir y prefería que se lo guardara.

–Pero bueno, ahora ya está. Se acabó.

Habló rápido, precipitadamente. Ella entendió. Puso un dedo en la boca y asintió con la cabeza. Se acabaron las birras en silencio, aplastaron los cigarrillos en el fondo del cenicero.

Nora no le quitaba ojo. Lo miraba de arriba abajo, los labios entreabiertos, y en ese momento a Franck le parecía perfecta esa gran cara morena, los grandes ojos negros con pestañas gruesas, y ya no sabía nada. Antes, en un momento así, se habría levantado y se habrían enlazado enseguida, sin una palabra, con la dulzura que había acompañado siempre sus abrazos. Se limitaba a mirarla, disfrutando sin tregua de la belleza de su cara. No entendía por qué se quedaba quieto bajo su mirada tranquila y profunda. No entendía lo que le impedía acercarse. Tal vez todo el tiempo que había pasado, sin nadie que lo esperase, y del que quedaban recuerdos inaccesibles.

–¿Estás bien en casa de esa gente?

–¿Tú les conoces?

–Yo no. Lucas sí. Debió de ir una o dos veces por un chanchullo con tu hermano. El Viejo tenía tratos con el gitano, ¿sabes? Serge. No sé muy bien qué montaron. No me interesan sus marrones. ¿Por qué me preguntas si los conozco? ¿Hay algún problema?

–Por la chica.

–¿La chica? ¿Te la has follado también?

–¿Cómo que también?

Nora negó con la cabeza y sonrió abatida.

–No habéis cambiado nada.

De repente, se oyó a un bebé llorando. Franck no sabía si venía del fondo del apartamento o del de los vecinos, pero Nora estaba ya de pie.

–Se ha despertado. Con este calor, duerme mal. Ahora vuelvo.

Al pasar a su lado, le rozó la mejilla con la punta de los dedos. Tendría que haberle agarrado el brazo, retenerla, levantarle el vestido y meter la cara debajo y hacer que se sentara encima de él. En vez de eso, cuando levantó la mano para tocar la suya, casi había salido de la habitación. Un momento después la oyó hablarle al bebé con una vocecilla de niña y los lloros se apaciguaron y ya no se oía nada más que la voz de la madre que hablaba en el silencio soltando tonterías mezcladas con un galimatías melodioso y sonidos bucales, risitas también que debían expresar la felicidad y el amor.

Franck trataba de reflexionar. Pensaba que sin los cinco años de cárcel podría haber sido el padre de lo que lloriqueaba ahí, al fondo del pasillo, volvía a pensar en esa vez que había follado con Nora, pegados, encajados el uno en el otro, brazos y piernas atados, bocas soldadas, casi sin moverse, ahogando la respiración para que los del cuarto de al lado, vencidos por la ginebra y las pastillas, entregados a un coma espasmódico, no resucitaran como zombis de su muerte momentánea para arrancarles al uno del otro y castigarlos.

Nora volvió a entrar en la sala y depositó en sus brazos una cosita viva, casi desnuda excepto por un pañal azul claro, que gesticulaba y babeaba, lanzando al aire pies y puños o manos con los dedos separados.

–Te presento a Clara, nueve meses. El amor de mi vida. Te la dejo mientras preparo el biberón, porque nunca tiene bastante con la teta.

Los ojos negros como los de su madre se detuvieron en la cara de Franck y durante algunos segundos la niña no se movió, estupefacta, luego apareció una gran sonrisa desdentada, y después, haciendo muecas de repente, empezó a retorcerse para soltarse de los brazos y de las manos que apenas la sujetaban, sin atreverse a estrecharla.

Nora estaba en la cocina, donde un televisor hablaba alto.

–¿Qué te pasa? –murmuró Franck al oído de la pequeña.

Pero su cuerpo seguía debatiéndose y arqueándose gimoteando y Franck sentía debajo de la piel tan suave y cálida la dureza de los músculos en tensión. Se levantó y la llevó en brazos y el bebé empujaba con la cabeza como si de esa manera pudiera impulsarse lejos de él. Tuvo ganas de apretarla todavía más fuerte para impedir cualquier movimiento y neutralizarla como se inmoviliza a un tío en el suelo. Con una mano apretaba a la niña contra él y con la otra bloqueaba sus brazos y sus piernas. «Para, ¿vale?» Pegó la cabeza contra su cuello y durante algunos segundos el cuerpecito dejó de moverse. Franck solo sentía la respiración corta elevarse bajo su palma y le pareció de pronto percibir en la punta del pulgar el latido enloquecido del cuerpo, «¿Qué hago, joder, qué hago?», así que aflojó la presión sobre la chiquilla y enseguida brotó un chillido, deshilachado, desgarrado, una tos, un escupitajo de aire viciado y de miedo por fin expulsado tras una apnea, y después los sollozos sacudieron el cuerpo del bebé cubierto de sudor, y Franck, que trataba de besar la carita enrojecida, vio correr las lágrimas por los ojos que ya no le miraban.

Fue a la cocina y Nora, que fumaba de pie ante la pantalla del televisor, se dio la vuelta y vio a su hijita aullando.

–¿Qué le pasa? Estaba de buen humor hace cinco minutos. A saber lo que le pasa por esa cabecita.

–Creo que no le gusto.

–Lucas dice lo mismo. Por eso me la endosa todo el rato para que me las arregle solita. Dame. Tiene hambre.

Tiró el cigarrillo al fregadero y sujetó al bebé contra ella y le susurró cosas dulces en un lenguaje misterioso, besando el fino pelo negro pegado al cráneo por el sudor. El llanto se calmó, la niña posó la cabeza sobre el pecho de su madre, chupándose el puño, la mirada en el vacío, todavía llena de lágrimas.

–Me voy a ir –dijo Franck–. Os voy a dejar.

Nora se desabrochó la parte de arriba de la chilaba y sacó un pecho. Franck tuvo el reflejo de desviar la mirada porque no era la desnudez que había deseado ver y acariciar. Nora sonrió.

–Venga, hombre, lo superarás.

Franck se encogió de hombros con aire cansado. Se esforzaba por concentrarse en la cara de Nora inclinada hacia su hija.

–Quédate un rato, Lucas no tardará en llegar, ha dicho que como estabas aquí volvería antes. De todas formas, me tengo que ir a currar. Tengo turno de cuatro a diez en Auchan, alguien tiene que encargarse de traer algo a casa para alimentarla y comprar los putos pañales. ¿Te dan miedo los bebés?

–No, soy yo el que les da miedo. Me tengo que ir.

Franck se acercó para besar a Nora, la pequeña en el brazo, sujetando con la otra mano el pecho en la boca de la chiquilla. Le acercó la mejilla y de repente ya no había nada entre ellos, si es que alguna vez había habido algo. Posaba los labios sobre la piel de una madre cuyo cuerpo parecía no existir más que unido a ese otro cuerpo minúsculo y frágil, abrazándolo, alimentándolo, protegiéndolo, completamente entregado a esa vida que absorbía toda su capacidad de amar y desviaba su sensualidad en beneficio propio. Cerca de Nora, Franck podía oler a la niña, esa mezcla dulzona de crema hidratante, desinfectante y leche, y supo que tenía que irse. Apretó suavemente la mano minúscula del bebé y salió de allí sin oír lo que le decía Nora y se encontró en el rellano, la garganta apretada por unas manos invisibles, y bajó los tres pisos apresuradamente, como si acabara de hacer una travesura. Casi corrió hacia el coche y se encerró en el habitáculo recalentado, casi jadeando, y de repente le entraron ganas de ver en cuánto tiempo se desmayaría, deshidratado, y moriría.

Volvía a pensar en la chiquilla que había tenido en brazos y que podía haber ahogado contra él para que dejara de resistirse. Intentaba comprender qué le podía haber pasado para haber estado tentado de hacerlo, y le repugnaba, y volvía a ver en el talego la cara de los pederastas que intentaban pasar desapercibidos en los talleres, agrupados en un rincón bajo la protección de dos guardas, se acordaba de su desprecio y su odio por esos tipos tan discretos que hablaban bajito, sin levantar nunca la voz, que no prodigaban a su alrededor más que miradas furtivas, sesgadas, para juzgar sin duda la amenaza que incluso el silencio del resto de los detenidos hacía pesar sobre ellos. Le asqueaba su aire pulcro, su tono empalagoso, sus modales, los libros que iban a buscar a la biblioteca y que fingían hojear esperando delante de las puertas el chasquido de los cerrojos y el chirrido de los goznes de hierro de los vigilantes. Lo que les habían hecho a los niños lo sabía todo el mundo. Se difundía por los pasillos y las celdas como el olor a mierda desde que llegaba uno nuevo, y los motivos de su encarcelamiento, antes de que el tío hubiera terminado de colocar su cepillo de dientes en el lavabo. Las murmuraciones llegaban fuera al caminar alrededor de una especie de cancha y cada cual aireaba la información exclusiva que había conseguido de un guarda y todo se sabía, hija, hijo, sobrino, bebé de nueve meses, niño de diez años, monaguillo... Y a veces, cuando te cruzabas con uno en una pasarela, seguido de cerca por un vigilante, escupías delante de sus pies o murmurabas un insulto o la amenaza de un castigo, y por supuesto ninguno de ellos levantaba la frente, y cada uno seguía su camino arrastrando los pies, las manos en los bolsillos de su pantalón de chándal.

Él no era mejor que esos pervertidos. Algo le había dominado, bárbaro y oscuro y bestial. Una rabia de niño disgustado.

Había podido controlarlo a tiempo, nada más. No había roto la muñeca viva que luchaba contra él. Ya había soñado que mataba a alguien. Con un arma de fuego o con sus propias manos. Pero en esos sueños nunca llegaba al final. Las balas tenían trayectorias lentas y curvas como si hubiera tirado bolitas de papel, y sus manos, en el momento de apretar hasta el final, se relajaban al despertar, siempre sobresaltado, el corazón desbocado y lleno de rabia, o bien aliviado de no ser un criminal. Pero con esa pequeña en brazos no estaba dormido. Había tratado de contenerla como si estuviera luchando con un tío de su misma estatura y peso. No hacía falta más que apretar su cuerpo con unos cuantos kilos para matarla.

Se estremeció cuando golpearon la ventanilla. Un enorme anillo restallaba contra la puerta.

Le costó reconocer a Lucas con la cabeza rapada y los pómulos hundidos. Iba vestido con unos vaqueros raídos, blanco por el yeso y cubierto de manchas de pintura, y una camiseta descolorida con varios agujeros. La puerta se abrió y el aire de fuera se precipitó dentro del coche, casi fresco, y Franck empezó a tragárselo a bocanadas.

–¿Qué coño estás haciendo ahí? ¡La vas a palmar! ¡Un poco más y no te veo!

Franck sintió que su enorme mano lo agarraba por el hombro y lo sacaba fuera del asadero. La luz le obligó a cerrar los ojos y tuvo que apoyarse en el coche para no caerse.

–¿Llegas o te vas?

Franck retomaba poco a poco el aliento, pero su garganta seca e hinchada le impedía hablar.

Lucas lo cogió del brazo y se lo llevó hasta el edificio. En el portal, la sombra era roja y sentía que el sudor corría por él como la lluvia. Se llevó los dedos a la frente porque de pronto tuvo la impresión de que su piel rezumaba sangre. Cuando llegaron al rellano, Lucas respiraba con fuerza, la cara chorreando.

–Demasiado tabaco –resopló.

–Me iba a ir –acabó diciendo Franck–. He estado un rato con Nora, hemos tomado algo, me ha presentado a la pequeña.

–¿Ah, sí? ¿Y te ibas sin esperarme?

Lucas abrió la puerta con un gesto violento, como si hubiera alguien detrás resistiendo. Nora los esperaba en el pasillo. Cuando vio a Franck, se acercó a él y le puso la mano en la mejilla.

–¿Qué te ha pasado?

–Me he mareado en el coche. Debe de ser el calor.

–Ve a meter la jeta debajo del agua –dijo Lucas.

Abrió una puerta y lo empujó dentro del cuarto de baño. Una vez solo, Franck se remojó la cara bebiendo en el hueco de las manos. Se pasó agua por la nuca y después metió la cabeza debajo del grifo jadeando. Sentía escalofríos por toda la espalda. Se quedó un momento delante del espejo y del ser pálido, chorreando agua y sudor, que lo miraba de frente, aturdido.

Volvió al salón, donde la tele murmuraba y lanzaba resplandores pálidos en la penumbra. Lucas estaba hundido en el sofá, en pantalones cortos y camisa de manga corta abierta sobre un pecho lampiño y unos abdominales marcados, un porro en los labios, una cerveza en la mano. El bebé estaba tumbado cerca de él, calzado entre dos cojines, los piececitos golpeando suavemente los muslos de su padre.

–¿Estás mejor? Joder, me has asustado, ahí metido en el coche. ¿No te basta con cinco años de encierro? Pilla una birra. Está bien fresquita.

Franck cogió una lata de la mesita baja y miró a la niña que se movía con gestos lentos, los cuatro miembros batiendo el aire a su alrededor, y se imaginó a alguien hundiéndose en aguas turbias.

Lucas cogió entre el pulgar y el índice el pie en miniatura sobre su muslo.

–¿Es un poco raro, no? Aunque digas que te da igual, que tú no querías, aun así le coges cariño. ¿Eh, meona? ¡Eres el amor de papá, menos cuando lloras por la noche!

La cría agarró el dedo que agitaba delante y lo apretó en el puño y se lo llevó a la boca. Cogió el chupete que estaba junto a ella y se lo embutió entre los labios.

–Nora quería un niño. Tengo que ocuparme de eso.

–¿Dónde está Nora?

–Se ha ido a currar. Dice que quiere un trabajo decente. Está de esclava, con horarios infernales para las cajeras como ella, y a eso lo llama un curro decente. Dice que lo hace por la pequeña. En fin… Bueno, cuenta. ¿Qué es de ti?

Franck se encogió de hombros.

–Un pobre imbécil que acaba de salir del talego… No es muy original. Ya te lo sabes, de todas formas.

–Joder, no pareces muy contento. Parece que vayas a volver mañana.

–¿Sabes algo de Fabien?

–No, no sé nada desde abril o mayo, no lo sé. Había encontrado curro por ahí, en Lagon. Como vigilante de almacenes, camiones… No recuerdo muy bien lo que me contó. Hacía turno de noche, con un perro… Ya te imaginas el percal… Y luego se fue a España a principios de mes, no sé qué iba a hacer.

–¿Te lo contó él?

–Sí. Me dijo que se quedaría tres o cuatro semanas, como mucho. Después no volví a saber nada. No ha vuelto a llamar. Ni siquiera el gitano ha vuelto a saber nada de él, y eso que siempre andaban metidos en asuntos.

–¿Desde cuándo conoces al gitano?

–Desde hace dos años. Me lo presentó tu hermano. Me metieron en su negocio cuando salí del talego. Los coches. Serge y un primo suyo y el Viejo ese con el que te alojas los camuflan. Después salen para Rumanía o Polonia. No da para mucho, hay que apañárselas de otra manera. Trabajamos los metales, el cobre. Los catalizadores, por ejemplo. Eso se paga muy bien. Hay tíos que recuperan el platino. Pero es difícil, porque hay grupos de búlgaros, familias enteras con un patriarca que lo dirige todo y cientos de hermanos y primos que quieren comer y a los que no les gusta que vengan a meterse en sus asuntos, así que vamos con cuidado. Hasta los gitanos van con pies de plomo, porque son peligrosos.

Se volvió hacia la niña, que se estaba durmiendo; había levantado una mano que iba cayendo suavemente a lo largo de su cuerpo.

–Si duerme demasiado, nos va a joder esta noche. A mí me la suda, la que se levanta es su madre.

Dejó el porro en el cenicero y se levantó e instaló al bebé en su capazo. Se quedó de pie unos segundos mirándola, negando con la cabeza, suspirando.

–¿Qué vamos a hacer contigo?

–¿Por qué dices eso?

–Por nada... Solo que no tiene futuro, esta pequeña. Con su madre y conmigo, ha sacado dos números malos. Un ladrón, una adicta.

–Nora ya lo ha dejado, ¿no?

–Hasta que vuelve. Pero bueno... La verdad es que, en general, se mantiene limpia.

Lucas dio una gran calada y después mantuvo mucho tiempo el humo en los pulmones. Cogió el mando y cortó el murmullo del televisor.

–Estoy contento de volver a veros a ti y a Nora.

Lucas aplastó el porro en el cenicero y encendió un cigarrillo.

–No lo parece. ¿Por qué has venido? Te encuentro raro, para serte sincero.

Franck forzó una sonrisa. Echó un vistazo al bebé dormido, tan tranquilo, y recordó la fuerza con la que esa pequeñaja lo había rechazado hacía un rato.

–Tengo que volver a encontrarme. No es fácil.

–¿Y cómo estás por allí, con los viejos y Jessica?

–¿La conoces?

–La he visto a veces con Fabien, de noche…

–¿Y qué?

Lucas se partió de risa en silencio.

–Pues que está como un cencerro.

–¿Qué dices?

–¡No me digas que no te has dado cuenta!

–Es un poco rara, pero bueno…

Lucas negaba con la cabeza mientras miraba en silencio la pantalla del televisor, donde hombres y mujeres jóvenes en traje de baño se paseaban entre el amplio y espacioso salón de un chalé y el borde de una piscina.

–Mira a esas zorras…

Franck también miró. Parecía que discutían, se movían con gestos bruscos. Pensó que le hubiera gustado tener este chalé para él solito, en Miami o por ahí.

–Así que para ti Jessica solo es un poco rara… Hasta tu hermano me contó que algunos días no la reconocía, que lo humillaba hasta lo más hondo y que al día siguiente se la chupaba todo el día y quería que se casaran y tuvieran hijos. Me dijo que a veces tenía la impresión de que son dos. Por no hablar de lo que es capaz de meterse cuando está mal. Alcohol, drogas, pastillas… Joder, a su lado Nora era una adicta a la homeopatía.

El bebé gimió en su sueño y Lucas se inclinó sobre el capazo y puso la mano encima de la tripita redonda.

–Mierda, la cría tiene calor. Voy a meterla en la habitación, hace más fresco. Ve a por una cerveza, hay en la nevera. Tráeme una.

Franck lo miró alejarse, la gran cesta de mimbre y la niña dormida al final de su gran brazo musculoso. Se preguntó si Lucas seguiría levantando pesas y yendo a los entrenamientos de boxeo. Se levantó y llegó a la cocina tratando de que corriera un poco de aire por su piel húmeda para secarla. La nevera le sopló frescor en la cara y se quedó unos segundos disfrutando de ese beneficio artificial y se acordó del aire acondicionado a todo trapo en la fábrica de veraneantes que era la autopista. Cogió las cervezas y volvió a cerrar la puerta con un tintineo de botellas. Lucas lo observaba desde el umbral de la cocina.

–Bueno –dijo–. ¿Cuál es el problema?

Se lo contó. La deuda de treinta mil euros, la droga que no se vendía, Fabien que se iba a España a deshacerse de una parte, cerca de Valencia. El tío que conocía a Jessica y que pretendía ser un filón como camello se había rajado. Y el serbio empezaba a perder la paciencia, y se había pasado de la raya la otra noche en Biscarosse.

Lucas lo escuchó, arrellanado en el sofá, los brazos desplegados por encima del respaldo, la camisa abierta sobre su gran torso, y parecía una especie de padrino desaliñado muy seguro de su influencia sobre su visitante.

–Pues eso –concluyó Franck–. En esa mierda estoy metido. Mañana iré a la policía a contarlo todo.

Lucas juntó las manos detrás de la cabeza, sin decir nada, mirando fijamente a Franck con los párpados entrecerrados.

–A ver, de los polis olvídate. Si no quieres ir directamente al hoyo. Y no vengas a contármelo a mi casa, ¿vale?

–No, lo decía por...

–¿Sabes dónde encontrar a esos hijos de puta?

Franck sintió que se había desencadenado algo que no podía parar. Como un mecanismo lento al principio en el que poco a poco todos los engranajes se pusieran en marcha fatalmente, pesadamente. Todavía no sabía si él mismo sería triturado por esa cadena de engranajes o si asistía al despertar de un monstruo mecánico que, al ponerse de pie, destrozaría todo a su paso antes de despedazarlo.

–¿Por qué me lo preguntas?

–Porque creo que habría que ir a hablar con ellos un rato. Para tranquilizarlos, ¿no te parece? ¿Después de lo que hicieron la otra noche? ¿Dejas el asunto así, sin reaccionar, como una nena? Y luego, la pasta, aparte de pedir un préstamo al banco, no veo la forma de devolvérsela. Y si no se la devuelves, les pegas un susto para que no insistan más hasta que vuelva Fabien, y además salvas el honor y el de tu amiga.

–Jessica lo tiene que saber, pero no dirá nada.

–Tu Jessica atrae los problemas como la carne podrida a las moscas, pero no es motivo para hacerle lo que le han hecho.

Franck se levantó. No sabía qué responder a eso. Lucas lo miró, las manos encima de los muslos.

–Haz que hable, y vamos los dos. Si hace falta, le pediré al gitano que nos eche una mano. Cuando quiere, puede ser terrible.

–Preferiría mantenerlo al margen. No le gusto demasiado, me parece. Lo vi el otro día con el Viejo y no fue bien.

–Seguro que dijiste o hiciste algo que lo ofendió. Más vale que cierres la boquita.

Lucas se levantó a su vez. Franck tuvo la impresión de que era más alto, más fuerte, más imponente. Le brillaba la piel, los músculos sobresalían y envolvían su torso. Levantó el puño cerca de la cara apretando las mandíbulas.

–¡Les vamos a meter una paliza que se van a acordar durante años!

Franck caminó hasta la puerta, Lucas lo seguía y lo oía respirar por la nariz de rabia o de odio y olía los efluvios de su colonia mezclados con los de la cerveza y el tabaco. Cuando se dio la vuelta hacia él en el rellano, apretó su mano seca y dura como cartón, enorme, que le estrujó las falanges con una presión ardiente. Lucas no sonreía, clavaba la mirada en la suya como si quisiera arrancarle una promesa.

–De acuerdo, te mantendré al tanto –le pareció que debía decir Franck–. En cuanto tenga una dirección, vamos.

Lucas no dijo nada. Se dio la vuelta, limitándose a asentir con la cabeza. Se diría que no se creía nada. Cerró la puerta con un gesto rápido, pero sin dar un portazo, y enseguida una vuelta de llave resonó en la cerradura.

8

Jessica se había quedado dormida encima de él, las piernas enredadas en su muslo, y roncaba suavemente, la cabeza sobre su hombro, y Franck acariciaba el hueco de sus lumbares empapadas en sudor. La casa estaba en silencio, y tras los postigos cerrados el calor crujía con el zumbido de los insectos. Por momentos, una cigarra en algún pino empezaba a cantar y luego se paraba, como abrumada, y todo se sumía de nuevo en la torpeza asfixiante de la tarde. Los Viejos se habían ido por la mañana temprano de excursión a la frontera a comprar tabaco y alcohol y se habían llevado a Rachel con la promesa de llevarla al acuario de Biarritz.

Ella vino a buscarlo en cuanto el Mercedes del padre se alejó por la carretera. Entró en la caravana vestida con sus pantaloncitos y una especie de camiseta encogida que flotaba sobre su pecho. Sin decir nada. Sin mirarlo apenas. Él estaba tumbado en la litera jugando con el teléfono y ella se puso a colocar en el fregadero las tazas y los vasos desperdigados, como si fuese a fregar, y después cogió la jarra de la cafetera eléctrica y se sirvió un fondo de café frío que tomó a sorbitos mientras miraba por la ventana los pájaros que se agitaban en la polvareda delante del granero.

Enseguida supo lo que ella quería. Tenía la impresión de sentirlo. De sentirla. Los labios en el borde de la taza, pensativa, la claridad de sus ojos capturando toda la luz de fuera, estaba tan guapa como nunca la había visto antes. Le parecía que en lo más profundo de su cuerpo temblaba de ganas de lo que iban a hacer, unas ganas explosivas como una rabia que no se contendrá mucho tiempo y que habrá que descargar, y esperaba ver la entrepierna mojada de su pantalón corto, y se imaginaba colmado de ese licor a punto de fluir. Cambió de postura porque casi le hacían daño los tejanos. Ella no podía pasar por alto su gesto, pero siguió mirando fuera y volvió a dejar la taza en el escurridero.

–¿Y bien?

–¿Qué?

–En casa de tu colega. ¿Qué tal?

Franck se sentó y la miró. Ella por fin se dio la vuelta hacia él, las manos en los bolsillos de parche de sus pantalones cortos. Tenía esa cara de cera que ya le había visto antes, indescifrable, y los ojos brillantes clavados en él, ágata turquesa.

–Está de acuerdo. Vamos a ir donde los tipos para que se tranquilicen. Tú sabes dónde viven, tendrás que decirnos dónde encontrarlos. Tú le conoces. Lucas.

–¿El boxeador?

–Sí, el boxeador. Confío en él. Fabien y él eran como hermanos.

–¿Eran?

–Sí, joder, no sabe nada de él desde principios de mes, y no entiende por qué.

Ella cruzó las piernas, ligeramente inclinada hacia delante. Se mordía el labio inferior.

–Aquí hace demasiado calor. Ven arriba, estaremos mejor.

La siguió. Caminaba despacio, la cabeza agachada. Tenía ganas de tocarla. De pegarla contra la pared, allí, al sol, y tomarla y hacerla gritar. En la escalera tenía su culo a la altura de la boca. La habría devorado allí, agarrada a la barandilla. No pensaba en otra cosa. La seguía, la sentía, sentía su carne, su sexo, esa suavidad que pronto resbalaría por sus dedos. Nada podría haberle arrancado la atracción de ese cuerpo. El deseo al que se abandonaba todo su ser. Cuando llegaron al rellano, Franck percibió al pie de la escalera una silueta erguida. Pensó en un niño, en la aparición de un niño, salido de ninguna parte, venido de la nada, y se estremeció con la idea de un fantasma. No era más que el perro sentado que levantaba el morro hacia él.

Entró en la habitación de Jessica. Estaba tumbada boca abajo sobre la sábana azul pálido.

Ella se despertó y se puso boca arriba bruscamente, los ojos muy abiertos fijos en el techo. Franck se volvió hacia ella, pero ella no le hizo caso, y se preguntó si se acordaba de que estaba allí, junto a ella. Jessica deslizó una mano entre sus piernas, la retiró, examinó sus dedos, húmedos, brillantes, y después se levantó y salió de la habitación y cerró la puerta detrás de ella como si estuviera enfadada. La escalera chirrió cuando bajaba y después las cañerías del agua rugieron.

Volvió cinco minutos más tarde, echó una mirada en dirección a él, pero no habría podido decir si lo había visto porque no dijo nada y le dio la espalda para vestirse. Él todavía la deseaba y tiró de la sábana porque le molestaba estar empalmado ante tanta indiferencia. ¿Recordaba acaso que había gritado, que le había pedido más, que le había dicho que le hiciera daño? Una vez más, tenía la impresión de que la chica que se vestía de espaldas y seguía estando tan desnuda, tan disponible, no era la misma que aquella en la que había creído perderse hacía media hora. Tal vez una gemela la había reemplazado mientras estaba dormida, o había subido del cuarto del baño para adoptar su papel. Había visto ese tipo de cosas en una peli, en la que el doble de una mujer desorienta al héroe hasta los límites de la locura.

O bien la loca era ella. Dos en una. Poseída y desposeída por turnos. No sabía muy bien qué pensar. Lo ignoraba todo acerca de los seres humanos, de los sacos de nudos que acarrean a sus espaldas, de los abismos en cuyo fondo se refugian o se pierden. Había aprendido en la cárcel y antes, también, que más valía desconfiar de ellos, a veces peligrosos y enseguida patéticos.

Ella buscó y encontró su paquete de cigarrillos y se encendió uno.

–¿Y tu boxeador? ¿Cuándo quiere ir?

–Cuando me digas dónde encontrar a esos tíos.

–Llámalo.

***

Al principio, Jessica insistió en ir para vengarse de lo que le habían hecho sufrir. Con esa condición desvelaría una dirección. Lucas no intentó disuadirla. Quedaron delante de la casa de Pascal, al que llamaban Schwarzie. Vivía en la margen derecha, en el barrio de la Bastide, una casa de dos plantas con la fachada decrépita, los postigos de hierro surcados de regueros oxidados. Lucas aparcó un poco más lejos y enseguida se reunió con ellos, un bate de béisbol en la mano. Al verlo caminar por el centro de la calzada, moviendo los hombros, poderoso y ágil, Franck tuvo la impresión de que no podía pasarles nada malo, tan invencible y peligroso parecía. La calle estaba abarrotada de coches aparcados, algunos encima de la acera de cualquier manera. Por las ventanas abiertas los televisores emitían murmullos o dejaban escapar clamores sordos. Por encima de sus cabezas, las golondrinas rasgaban entre chillidos el azul diluido del cielo, iluminadas de vez en cuando por un destello dorado del sol poniente.

Detrás de la puerta, en otro cuarto, se oía charlar a un niño y a una mujer, que le respondía alzando la voz. Cuando Franck llamó dejaron de hablar, y casi al momento un niño de unos diez años vino a abrir y Franck dio un paso atrás al verlo y pensó que sería mejor dejarlo. El niño los examinó uno a uno, con la puerta entreabierta, pero Jessica la empujó preguntándole si su padre estaba en casa.

—¡Mamá!

Jessica lo apartó bruscamente y él tropezó hacia atrás y se pegó a la pared y Lucas entró detrás y se precipitó al primer piso diciéndole a Franck que lo siguiera. Franck cruzó una mirada con el asustado niño, pero no supo qué decirle porque los gritos y los insultos y un estrépito de platos rotos estallaban en la cocina.

Abrieron tres habitaciones, registraron armarios, miraron debajo de las camas, pero no encontraron a nadie. Todo estaba limpio y ordenado. Olía a ropa limpia, a lavanda. A Franck le costaba imaginar a ese bestia en un lugar así, en un interior tan tranquilo. Volvieron a bajar volando, porque los aullidos y berridos de las dos mujeres iban a alertar a todo el barrio.

El niño había ido a refugiarse junto a su madre, que se agarraba al fregadero, cuchillo en mano, temblando, gimoteando. Apretaba a su hijo contra ella y levantaba el filo hacia ellos, pero estaba claro que podía soltarlo en cualquier momento por las sacudidas de escalofríos y sollozos. Jessica estaba a menos de un metro de ella, la llave inglesa levantada, y preguntaba dónde estaba el cabronazo de Pascal: «¡Dilo, hostia, o te reviento la cara delante de tu hijo!». Mientras, Lucas abrió la nevera y empezó a vaciarla en el suelo pateando las latas y los envases, que rodaban por todas partes y reventaban. Encontró dos latas de cerveza, le tiró una a Franck, que estuvo a punto de no atraparla, y abrió la otra y empezó a beber a grandes tragos, el bate apoyado en el hombro. La terminó, eructó y aplastó la lata de aluminio en la mano y se la tiró a la mujer, a la que alcanzó en la frente.

Los gritos cesaron repentinamente y Jessica apartó con la llave inglesa la vajilla que se secaba encima del fregadero. La mujer se estremeció y cerró los ojos. Dejó caer el cuchillo a sus pies. Franck se acercó a ella. Ahora veía mejor. Debajo del maquillaje corrido, el pelo enmarañado delante de la cara, era más joven de lo que él había pensado. Olía a perfume y a sudor. La piel húmeda del cuello, la parte alta del pecho brillaban.

–Cálmate. No venimos a por ti. Solo queremos al capullo de tu marido.

–No es mi marido. –Se sorbió los mocos.

–Nos la suda. Tenemos que hablar con él de lo que le hizo la otra noche a nuestra amiga. Será mejor que no ocurra aquí.

La mujer seguía sollozando, atemorizada, apretando contra ella a su niño.

–No siempre me dice adónde va, ¿qué os habéis creído?

–Pues llámale y apáñatelas para que te diga dónde está.

Franck cogió al niño del brazo y lo tiró hacia él. La mujer gritó, pero él la agarró por la garganta.

–Cierra la boca y no le pasará nada. ¿Tienes un teléfono por aquí?

–Ahí al lado.

Franck soltó al chaval. Siguieron a la mujer hasta el cuarto de estar, al otro lado del pasillo que separaba la casa en dos. Cogió un teléfono de la mesa baja y miró a cada uno. No se movían, sostenían sus miradas como si fueran puntas de lanza y no se oía más que la respiración agitada y los resoplidos del chaval, que había vuelto a pegarse a su madre.

Después, Jessica se puso detrás de la mujer y le colocó la hoja de una navaja en la garganta.

–Como digas algo de más, te desangro. ¿Entendido?

Sí, entendía. Asentimiento con la cabeza. Buscó en las caras de Franck y Lucas la expresión de un desacuerdo, de un malestar, pero estaban veladas por el miedo, clavadas en el momento, los ojos pegados en la hoja del cuchillo.

Marcó el número, y en el silencio oyeron los pitidos de la numeración y después el zumbido regular. Franck se acercó y aguzó el oído.

–Sí, ¿qué pasa?

–¿Dónde estás?

–En casa de Samir, ¿por qué? ¿Para qué coño me llamas? ¡Estamos en plena partida!

–No, es Jordan, que no está bien. Creo que le ha dado una insolación. Quería saber si ibas a volver tarde.

El chaval levantó la cabeza hacia su madre, sorprendido, pero ella lo tranquilizó pasándole la mano por el pelo. Hubo un silencio en la línea, y luego la voz alejada regresó:

–¡Volveré a la hora que me de la gana! No eres mi madre, ¿verdad? ¡Yo qué sé, ponle hielo! ¿Tienes que darme el coñazo con eso? ¡Hala, venga, hasta luego!

Lucas salió del cuarto y se le oyó revolver un armario de la cocina. Volvió con un rollo de cinta adhesiva, cuerda para tender y un trapo. Jessica no soltó a la mujer. Apretó la boca contra su mejilla para hablarle.

–¿Dónde vive ese Samir?

–En Talence. Residencia Les Lilas. Edificio C. No sé el número.

–Tranquila, lo encontraremos. ¿Apellido?

–Kheloufi.

Lucas y Franck desenrollaron la cinta y le ataron las manos a la espalda y luego los pies, y después la amordazaron con el trapo. Tumbada sobre las baldosas empezó a gemir, a retorcerse, a pegar coces, y entonces Jessica volvió a pincharle la garganta con el cuchillo y se calmó mientras Franck la inmovilizaba atando puños y rodillas. El niño se dejó hacer. No le decían nada, tenían cuidado con él, no apretaban demasiado, dejando un poco de amplitud a sus movimientos. Le pusieron cinta adhesiva en la boca y lo colocaron en el sofá. Sus ojos llenos de lágrimas daban vueltas sin parar hasta que se posaron sobre su madre, que tenía los ojos cerrados.

Lucas miró a su alrededor como si quisiera comprobar que todo estaba en orden, y luego se dio la vuelta hacia Jessica:

–Como habíamos dicho, tú te quedas aquí. El otro tiene que preguntarse qué vamos a hacer con ellos. Te llamamos, de todas maneras.

Jessica suspiró. Estaba de pie en medio del cuarto, los brazos colgando, el cuchillo todavía en la mano, y miraba a la mujer y al niño fijamente, como ausente.

–Todo irá bien –le susurró Franck al oído–. No es a ellos a quienes queremos.

–Tranquilo, no los voy a degollar ahora mismo.

Franck y Lucas salieron y cuando estuvieron en la acera ambos se quedaron inmóviles un momento, sorprendidos tal vez porque había caído la noche, y luego corrieron hacia el coche como si de pronto el tiempo apremiara. Un motor rugió en la esquina de la calle y unos faros los dejaron clavados en el sitio y el chirrido de unos neumáticos los hizo apartarse hacia un lado a cada uno y caminar encorvados entre los vehículos aparcados. Franck se pegó al costado de una furgoneta justo cuando se oían los portazos y resonaban unos gritos. Cogió el bate y se encontró tan desarmado que tuvo ganas de lanzarlo lejos y de ir a por aquellos tipos para calmar los ánimos, pero les oyó gritarle a Lucas que se pusiera boca abajo y que no se moviera y percibió el choque sordo de los golpes que le propinaban entre insultos y el aullido de Lucas y sus quejidos y sus ruegos, basta, basta, entonces Franck pensó en Jessica, que tenía que haberlo oído y estaría viéndolo todo por la ventana, Jessica, cuchillo en mano con la mujer y el niño en su poder. Corrió a la casa, llamó a la puerta y cuando se abrió, el puño todavía sobre el batiente, se encontró cara a cara con la mujer lívida, y dio un salto hacia atrás, el cuchillo apuntando bajo la mandíbula y la sangre que goteaba por el corte, Jessica a su espalda agarrándola del pelo y dirigiéndose hacia la calle, hacia la noche llena de gritos.

–¡La voy a desangrar, cabrones! ¡Apartaos o le rajo el cuello, lo juro!

Franck ya no sabía qué hacer, se dio la vuelta y vio a Schwarzie, en medio de la calzada bajo la luz tenue de los faros, que los apuntaba con una pistola, y en ese momento creyó que iban a morir todos allí, unos y otros, de cualquier manera.

–El niño no se llama Jordan, sino Dylan –dijo Jessica detrás de él–. Le ha puesto sobre aviso al equivocarse de nombre, la muy puta.

Franck agarró también a la mujer, la obligó a bajar a la acera, Jessica enganchada a ella, y consiguió gritarle al tío que soltara el arma y retrocediera, y el tío dio dos pasos atrás, pero sujetó más fuerte la culata al tiempo que Lucas se había levantado a lo lejos y titubeaba y lanzaba puñetazos al espacio que le separaba del otro hombre, también grogui, apoyado contra un coche, y bajo la iluminación amarillenta de las farolas parecían dos borrachos montando bulla.

–Tira la pistola –dijo Franck.

–Soltadla primero, porque voy a hacer saltar en pedazos la cara de esta zorra y la tuya después.

Su voz era decidida, casi calmada, pero su brazo temblaba y se veía que hacía un esfuerzo sobrehumano para seguir apuntando. Franck atisbó a Lucas abalanzarse sobre el otro y los dos rodaron entrelazados contra un coche y luego sobre el capó de otro antes de desplomarse entre los dos automóviles. Se oyó el ruido terrible de un cráneo golpeado contra el asfalto y luego Lucas se incorporó otra vez y se lanzó hacia Schwarzie y chocó contra él como en un partido de rugby y se cayeron al suelo, enredados, el uno arrastrando al otro en su caída, pesados, casi lentos, sin una voz. Franck se precipitó y arrancó la pistola de la mano del culturista, que ni siquiera se resistió, le reventó la cara de un porrazo y gritó venga, nos piramos.

Jessica lanzó a la mujer contra una pared y corrió hacia él. Franck ayudó a Lucas a levantarse y renquearon hacia los coches.

A lo lejos se oían los dos tonos de un coche de policía y se dieron tanta prisa como pudieron.

–Puedo conducir –resopló Lucas–. Marchaos.

Con el dorso de la mano se limpió la sangre que le corría por la nariz, por los arcos ciliares reventados, y se lanzó al asiento.

Franck cogió el volante y salió de la plaza de aparcamiento pegando un golpe delante y otro detrás y activando una alarma antirrobo. Por el retrovisor vio que Lucas salía disparado marcha atrás hacia la avenida y desaparecía. Dio un rodeo para esquivar a Schwarzie, que seguía fuera de juego en la calzada. La chapa chirrió, un retrovisor voló en pedazos. Cuando giraba en la esquina de la calle, percibió el destello azul de una sirena y después nada más porque se abalanzó con el coche por una calle estrecha sin saber hacia dónde, Jessica, agazapada en el asiento, había dejado su navaja en el salpicadero.

Se esperaba ver aparecer en cada cruce coches de policía lanzados en su búsqueda, pero no pasaba nada, se alejaban y se perdían por las barriadas, por calles desiertas, y a pesar de la suavidad de la noche de verano nadie deambulaba por delante de los edificios y las casas, y enseguida consiguieron reorientarse y encontrar la carretera de circunvalación para volver a casa. En la autopista, la oscuridad parecía cerrarse detrás de ellos para borrar sus huellas. Jessica no se había movido desde que habían arrancado. Dormía, tal vez. Al tomar el camino rural y adentrarse en la masa tenebrosa de los árboles, se volvió a sentir solo otra vez, imaginando que desvariaba en medio de las tinieblas vacías, sin dimensión. Trataba de reconstruir los acontecimientos de la noche y solo encontraba algunas imágenes fugitivas, como las de un sueño que se escapa, llenas de gritos desgarrados.

La casa apareció a la luz de los faros, y la sorpresa lo sacó de esa especie de sueño que lo había absorbido durante el trayecto, y habría llegado a creer que una burbuja espaciotemporal lo había hecho desaparecer para propulsarlo hasta allí. Se aseguró instintivamente de que Jessica seguía a su lado cuando la vio desplegar las piernas, estirar los brazos, bajarse del coche sin una palabra, entonces supo que estaba en la realidad, y al incorporarse a su vez sintió contra los riñones el roce del acero de la pistola. No se acordaba ni de que la llevaba, y se la quitó del cinturón y la miró a la claridad extraña de esa noche sin luna bajo una profusión de estrellas. El acero no lanzaba ningún destello. El arma parecía absorber toda la luz en su negrura insondable.

Levantó los ojos, sintió vértigo. Jessica, más allá, silueta pálida, lo observaba. Se encogió de hombros y caminó desganada hacia la puerta. El perro apareció en la esquina de la casa, cerca del granero, gruñendo. «Calla», le dijo con voz ronca antes de hacer chasquear el cerrojo y desaparecer en la entrada. El perro se tumbó, la cabeza sobre las patas, las orejas levantadas. Franck le apuntó con la pistola. Y le dio la impresión de que el animal, temeroso, se replegaba un poco sobre sí mismo.

El silencio no dejaba pasar más que el susurro de una brisa. Una lechuza cantó, muy cerca, en la linde del bosque. Cuando Fabien y él eran pequeños trataban de llamar a las que oían soplando con las manos en forma de caracola, y esperaban mucho tiempo a que respondieran. Otro pájaro replicó, más lejos. Franck inspiró hondo el aire cálido de ese momento perfecto y se encaminó hacia la caravana muerto de cansancio. Pasó junto al perro, que no se movió.

9

Franck sintió el olor a tabaco antes de verlas. Las dos mujeres dejaron de hablar cuando se acercó. Estaban sentadas en unas sillas de jardín, a la sombra del gran roble detrás de la casa, bebiendo café y fumando. Jessica le lanzó una mirada indiferente y estiró las piernas. La madre se depilaba las cejas. Franck vio su mirada sombría en el espejito que sostenía muy cerca de la cara. Al pasar por detrás de Jessica le rozó la nuca con la punta del dedo índice pero ella lo retiró con el dorso de la mano, como a un insecto inoportuno.

–A ti por lo menos no te ha quitado el sueño.

–La verdad es que sí. Por eso me he quedado dormido por la mañana. Pensaba que me ibas a traer un café con cruasanes.

–Queda café en la cocina. Más bien frío.

–Parece que anoche estuviste a la altura, ¿eh? –comentó la Vieja.

Se había dado la vuelta hacia él y lo miraba de frente, con una repentina benevolencia que no le había visto nunca.

–Digamos que podía haber sido peor, visto el marrón. Nos jodieron bien. El tío estaba al lado, llegó justo a tiempo, casi no llegamos ni a salir a la calle. Y además llevaba una pistola.

Los tres se estremecieron con los gritos que provenían del bosque. Rachel. Apareció enseguida entre la sombra de los árboles corriendo y gritando. Jessica se precipitó a su encuentro. La Vieja se había enderezado en la silla, tensando el cuello para ver mejor, y luego se agachó para coger un paquete de cigarrillos tirado a sus pies. Franck avanzó por el camino que atravesaba el campo y se unió a Jessica, en cuclillas, la chiquilla en sus brazos.

–¡Una serpiente! –lloraba la pequeña–. Muy gorda, allí. Me ha seguido.

–No. Ya acabó. ¿No te ha mordido ni nada?

Rachel negó con la cabeza. Su madre le examinaba los tobillos, los brazos.

–¿Por qué has ido sola al bosque? –preguntó Franck–. ¿No te da miedo ir allí sola?

La pequeña se volvió hacia el bosque y durante unos segundos pareció que escrutaba la confusión sombría que se concentraba allí como si pudiera surgir algún monstruo.

–No –dijo–. No tengo miedo, pero...

Jessica volvió a ponerse de pie y le cogió la mano.

–Ven. Estás ardiendo. Voy a refrescarte y a darte algo de beber. Ven, cariño.

Franck vio cómo se alejaban, Rachel retorciendo los pies por las alpargatas mal puestas, frágil y vacilante, y después Franck se dio la vuelta hacia el bosque y se sorprendió espiando él también la linde oscura en la que se adentraba el camino para saber qué había temido la niña que apareciera.

–¿Y ahora?

La madre lo examinaba, la cara torcida, un ojo cerrado por el humo del cigarrillo.

–¿Ahora, qué?

–Se ha declarado la guerra, ¿no? ¿Qué propones?

–Ya ha hablado con Jessica, ¿no? Usted decide, ¿no es así? ¿Desde cuándo le interesa mi opinión? Sigo sin entender por qué no me ha echado a patadas.

Ella asentía con la cabeza mientras él hablaba, sin quitarle los ojos de encima, como si estuviera sopesando cada palabra que pronunciaba.

–Porque eres el hermano de Fabien, que es buena gente, y se lo debemos. Le dimos nuestra palabra antes de que se fuera. ¿Te vale como respuesta?

La mujer se volvió a servir café. Debía de estar frío. Se lo bebió de un trago.

–Y no veo a nadie más por aquí que vaya a buscar a los tíos que han violado a mi hija y se lo hagan pagar.

Desde hacía un rato se oían golpes sordos, metálicos, que provenían del taller del Viejo.

–¿Y él no puede? Conoce a gente, podría solucionarlo en tres días, ¿no le parece?

La Vieja se encendió un cigarrillo y se levantó y después se acercó a él, la barbilla hacia delante, sus grandes pechos zarandeándose bajo la blusa sin mangas.

–¿Qué pasa, tienes miedo?

Echó el humo al aire, la boca torcida, y un mechón de pelo rojo se agitó. Flotaba hasta Franck una mezcla de olor a tabaco y muguete. Miró de frente esa expresión hosca, esa máscara de amargura con un agujero en esa boca de dientes mal puestos que cabalgaban como restos de valla abatidos por una tormenta. Los ojos entrecerrados rebuscando en él para encontrar tal vez una razón más para odiarlo.

–Sí, eso es, tengo miedo. Lo ha entendido todo.

La dejó allí plantada y entró en la casa. La oyó mascullar y aclararse la garganta, expulsando y escupiendo el rencor y la idiotez que parecían controlar cada latido de su corazón y mantenerla de pie.

Jessica salía del cuarto de baño donde había refrescado y consolado a Rachel. La pequeña se estaba comiendo un helado de chocolate en una tarrina. Levantó hacia Franck los ojos todavía brillantes de lágrimas, pero esbozó una sonrisa al verlo y a él le pareció que era la primera vez que la veía sonreír.

–Vamos de compras –dijo Jessica–. ¿Te vienes con nosotras?

El coche circulaba a veces por zonas en sombra en las que el bosque todavía exhalaba un poco de frescor por las ventanillas abiertas. Rachel estaba sentada obedientemente en el asiento trasero, un pequeño bolso entre las rodillas del que colgaba un minúsculo conejo azul que sostenía entre los dedos. Ella también se había puesto grandes gafas de sol con montura roja, y su cara morena, su pelo negro recogido sobre la cabeza en un moño apresurado por el que escapaban mechones, le daba un aire de estrella de cine en miniatura. En un cruce, un coche de policía estaba aparcado en el arcén y dos polis con gafas oscuras, de pie sobre el terraplén, los vieron pasar y los siguieron con la mirada un buen rato en la interminable línea recta. El corazón de Franck se puso a latir muy fuerte y sintió que se le erizaba el pelo del cogote.

Jessica le puso una mano en el muslo.

–No es nada. Suelen estar ahí tocándose los huevos. De vez en cuando apuntan a los coches con los prismáticos.

A lo lejos se desplegaban charcos de luz y vibraban sobre el asfalto. Cuando se bajaron del coche en el aparcamiento, el calor estaba ahí, pesado y compacto, por encima de todas las cosas, como si la noche nunca lo hubiera disipado. Rachel quiso sentarse en el carrito, pero su madre le hizo ver que era demasiado mayor para eso, así que la mocosa, un poco enfadada, arrastraba los pies detrás de ellos a dos o tres metros, como si deambulara sola por la tienda. El aire acondicionado debía de estar a tope y los clientes empujaban sus montones de comestibles delante de ellos con una lentitud tranquila, tal vez para aprovechar durante más tiempo la momentánea interrupción del calor.

Jessica recorría las secciones y echaba delante de ella botes que apenas miraba, casi sin ralentizar el paso. De vez en cuando comparaba dos precios, se encogía de hombros y retomaba su avance por los pasillos inmensos, donde los chiquillos se quejaban o lloraban, pateando con un pie, plantados delante del producto que querían mientras su madre se daba la vuelta haciendo oídos sordos y fingiendo que se alejaba para arrastrarlos consigo.

Rachel a veces traía un paquete de cereales o una bolsa de caramelos y los sometía a la aprobación gruñona de Jessica y los depositaba con cuidado en el carrito. Delante de las cámaras frigoríficas, Franck sintió que un enorme escalofrío le recorría la espalda y vio la misma carne de gallina en los brazos desnudos de Jessica. Como de costumbre, iba vestida con lo mínimo: sus eternos vaqueros cortados, una ligera blusa blanca de algodón que dejaba entrever el sujetador negro, un par de chanclas y pintaúñas fucsia en los dedos de los pies. Llenó una bolsa isotérmica con platos precocinados y después se volvió hacia él.

–Te juro que habría estrangulado a esa puta ayer por la noche. Menos mal que estabas allí.

Una mujer mayor que dudaba delante de las pizzas al otro lado de la gruesa puerta acristalada que había abierto se dio la vuelta hacia ellos y los examinó. Franck cruzó una mirada con ella y le sonrió y ella se alejó cojeando con sus piernas hinchadas. Rachel depositó una caja de polos y se marchó. Franck le dijo que no se perdiera, pero ella hizo como si no lo hubiera oído y desapareció detrás de una pirámide de paquetes de café donde una animadora atraía a la clientela ofreciendo un viaje a Perú a los que ganaran el sorteo.

–Por supuesto que no, no la habrías estrangulado. No se mata a las personas así como así.

–Bueno... si tú lo dices... Venga, tenemos que ir a por carne.

No había casi nadie en la carnicería. Una rubia alta que no se había quitado las gafas de sol, la piel cobriza, los labios visiblemente remodelados que imprimían a su boca una mueca permanente, anillos en todos los dedos. Le estaban cortando entrecote y ella vigilaba al milímetro el grosor de los filetes, y el carnicero, un tío regordete de unos cincuenta años, obedecía escrupulosamente. Cuando Jessica se acercó, empezó a mirarla por el rabillo del ojo, los ojos clavados en lo alto de los muslos y en el triángulo donde la tela de los pantalones cortos se ajustaba. Franck ya veía que se iba a dejar un trozo de dedo entre los entrecots de la rubia, pero la mujer se inclinó un poco más, los codos encima de la mampara acristalada, dirigiendo hacia él un dedo imperioso, así que se puso a cortar la carne con la delicadeza de un cirujano.

La rubia recogió su paquete y se alejó sin una palabra, altanera, sobre sus tacones de aguja afilados como punzones.

–¿Qué quiere la señora?

El carnicero le hablaba a Jessica recorriendo todo su cuerpo con la mirada, como si estuviera desnuda delante de él. Ella se inclinó para tocarse la rodilla, tal vez para rascársela, y le dijo lo que quería en esa postura y los ojos del tío se pusieron a dar vueltas por el escote del corpiño por la redondez de sus pechos. Cogió el cuarto de carne del que iba a sacar los filetes de solomillo y acarició con la palma de la mano la grasa amarillenta, hundiendo el pulgar en la blandura de la carne muerta. Tenía sangre reseca debajo de las uñas y los nudillos de los dedos se volvían blancos por la presión que hacía con el filo del cuchillo. Se secó las manos con el delantal y cogió una hoja de papel para envolver los filetes que había cortado.

–Genial, estupendo –repetía Jessica con voz engolada mientras los pesaba.

–¿Algo más?

Ahora estaba pegada de puntillas a la cristalera del puesto. Franck se preguntó si iba a pasar detrás para revolcarse con el tío aquel en medio de la carne fría. Le pareció notar en el aire un tufo a pescado, a sangre, y se alejó un poco, con cierta náusea.

Miró los pasillos casi vacíos y vio a lo lejos a un niño con su madre de la mano y con la mirada empezó a buscar a Rachel por los diferentes pasillos, pero no la veía por ninguna parte, así que se volvió hacia Jessica, esperó a que terminara su numerito con el carnicero y cuando se dio la vuelta hacia él, risueña, no pudo decirle enseguida que no encontraba a la pequeña.

–El imbécil me ha rebajado diez euros por la patilla. Tenía la lengua tan fuera que se podía haber chupado la polla.

Le cogió el carrito, lo empujó dando algunos pasos y se paró de repente.

–¿Dónde está Rachel?

–Ni idea. Debe de andar por ahí, en los caramelos o en los juguetes.

–Joder...

Tiró el bolso en medio de los comestibles y salió corriendo llamando a la pequeña. Franck la siguió con el carro diciéndole espera, no grites así, no andará lejos, pero empezaba a invadirlo una desagradable aprensión. Se acordó del niño que habían aterrorizado la noche anterior, amenazado, atado. Corrió hacia la salida, franqueó la línea de cajas empujando a dos mujeres que vaciaban la compra en la cinta transportadora y dejó atrás sus protestas y salió al aparcamiento convencido de que se iba a encontrar a unos tíos metiendo a la chiquilla en el maletero de un coche, pero los reflejos del sol sobre los techos de los coches volvían el pavimento cegador y no vio nada más que siluetas oscuras temblando en la luz, y volvió al supermercado, donde no se oía otra cosa que los gritos de Jessica llamando a su hija. La gente se detenía al paso de esa loca que mandaba a tomar viento los carritos que se encontraba contra las estanterías de productos, dejando caer a su paso un reguero de envases y paquetes que se desplomaban en el suelo. Franck la alcanzó y la agarró por los hombros para que lo escuchara y se calmara, pero ella lo apartó y barrió a su derecha toda una estantería de latas de conserva, que se desparramaron por el suelo con un redoble sordo. Se puso otra vez a correr y en ese momento Franck le gritó ¡allí, mira allí y deja de gritar, mira! Rachel estaba sentada en un rincón de la sección de librería, sumergida en un libro. Al verlos precipitarse hacia ella levantó la nariz de las páginas y se puso a leer otra vez como si no pasara nada, absorta, extraña a todo.

Jessica la enderezó agarrándola por el brazo y lanzó el libro lo más lejos que pudo y le dio un tortazo tan fuerte que la cría se cayó al suelo y la levantó enganchándola por la parte de arriba del vestido y le volvió a pegar, en la espalda, en la cara, soltando una especie de gemidos rabiosos que acompañaban cada golpe mientras Rachel se dejaba pegar sin reaccionar, inerte, como una muñeca de trapo.

Franck le dijo a Jessica para, joder, se te va la olla, pero la otra no oía nada, así que la agarró por la cintura y la tiró al suelo y se interpuso entre la chiquilla y ella, en guardia, los puños cerrados, te juro que si vuelves a hacerle algo te parto la cara. Como Jessica ya no se movía, tumbada en posición fetal, sacudida por el llanto, él ayudó a la pequeña a ponerse de pie y la estrechó contra él. No lloraba, no se quejaba. Tenía los ojos muy abiertos de miedo y la cara pálida, brillante de sudor.

–Ven, Rachel.

Cogió a la pequeña de la mano y salieron del supermercado bajo las miradas incómodas, entre los murmullos que resonaban a su paso. Fuera, un poco más lejos, había un quiosco de helados y Franck le preguntó a Rachel si quería uno. Dijo que sí, la cabeza agachada. Apretaba contra ella su bolsito y se sorbía y se limpiaba la nariz con el dorso de la mano y Franck buscó en los bolsillos por si tenía un pañuelo pero no encontró ninguno. La pequeña señaló lo que prefería en las cubetas coloreadas –fresa y piña– y Franck eligió chocolate. Se sentaron en un banco de cemento que estaba todavía en sombra. El sol caía a sus pies y

Rachel movía los dedos de los pies en las sandalias y el esmalte rosa de las uñas brillaba suavemente.

Se quedaron un rato quietos sin decir nada, las piernas picoteadas por la progresión del sol que ascendía hasta su cenit. Un perrillo que arrastraba una correa de cuero enganchada a su collar vino a olisquear los tobillos de Rachel y cuando esta tendió la mano hacia él para acariciarlo pegó un salto hacia atrás, temeroso, y se puso a ladrar. Franck lo ahuyentó levantándose y asuntándolo con un gesto brusco del brazo.

–¡Ven aquí! –se oyó una voz aguda.

Era una mujer con el pelo rojo, un poco como el de la Vieja, que empujaba un carrito lleno a rebosar.

–¡No hace daño!

–Yo sí –respondió Franck con una amplia sonrisa.

La mujer recuperó a su perro y se alejó por una fila del aparcamiento, inclinándose para hablar con el animal, tal vez para prodigarle prudentes consejos, y el bicho levantaba la cabeza hacia ella y trotaba sobre sus cortas patas, que parecían hundirse y desaparecer completamente en el asfalto ardiente.

Jessica pasó por su lado con el carrito. Un tío en mangas de camisa, encorbatado, sin duda el gerente del supermercado, la seguía de cerca, acompañándola tal vez.

–¿Nos vamos?

Apenas había disminuido el paso y se levantaron tras ella. Dudó un instante, el tiempo para localizar el coche, y luego caminó más rápido en el estrépito tambaleante de la gran cesta de acero que vibraba sobre el pavimento. Abrió el maletero recalentado y empezó a echar sin orden lo que había en el carro. Franck instaló a Rachel en el asiento trasero, dejando las puertas bien abiertas, y volvió para ayudar a Jessica, pero casi había terminado. No le dirigió ni una mirada, fingiendo estar concentrada almacenando la compra. Como sentía sus ojos sobre ella, se incorporó, jadeante.

–No digas nada. Cállate la boca. No es el momento.

El trayecto de vuelta se hizo en silencio. En cuanto se pusieron en marcha, Rachel se quedó dormida en posición fetal, en el asiento trasero. En el camino que conducía a la casa se cruzaron con Roland, que salía al volante de su Mercedes. Les hizo un gesto con la mano y desapareció en la carretera.

La madre los esperaba delante de la casa, cestas y bolsas a su alrededor, y en cuanto pararon se precipitó a vaciar el maletero quejándose porque su hija, como siempre, lo había metido todo allí de cualquier manera. Jessica sacó a Rachel del coche y la llevó hasta la casa, dándole besos en el pelo, y la pequeña la estrechó entre sus brazos, estirándose medio dormida. Franck se acercó a la madre, que farfullaba inclinada sobre el maletero:

–¿Adónde va su marido con este sol? ¿No podía esperar?

La Vieja registró unos segundos las bolsas antes de responder.

–Iba a ver a Serge, ya que preguntas. Y a Serge no le gusta esperar.

Dejó que entraran en su casa. La puta loca y su hija mártir, y la vieja chocha y mala pécora. De repente se dio cuenta de que no hacía nada allí. Se iría esa misma noche. Lo había decidido. Se alojaría en un hostal no muy lejos de Burdeos y después ya vería. Le explicaría a Fabien que la situación era insostenible, que esa casa de chiflados empezaba a ser peligrosa. Un nido de víboras. Decidirían a su vuelta qué hacer con el asunto de la droga. Esa familia envenenada no era la suya. Que el serbio y su pandilla vinieran a cargárselos en plan bestia, a cuchillo o a fuego, peor para ellos. Definitivamente, no era asunto suyo. Le daba pena por Rachel, pero con un poco de suerte no la tomarían con ella. Solo sería espectadora del horror. Es posible que ya lo hubiese visto otras veces, para estar tan triste, tan callada como si no encontrara las palabras para contarlo y le diera miedo. Con la puta de su madre, su abuelo borracho que debía de manosearla de vez en cuando con esas uñas manchadas de aceite, tal vez había vivido demasiado para su edad, la pequeña. En la escasa sombra de la fachada que perseguía el sol de mediodía empezó a imaginar escenarios sórdidos, terribles explicaciones al silencio de la chiquilla. Se la imaginaba apretando los dientes, los ojos llenos de lágrimas, bajo los golpes de su madre o las caricias asquerosas del Viejo. Al cabo de un rato pensó que ya estaba bien de ideas retorcidas y películas desagradables, que Roland no podía ser tan cerdo para atreverse a hacerle algo así a la niña. Había visto pederastas en la cárcel. Lo llevaban en la cara, como su asquerosa nariz de olfateador de críos. Cuando se cruzaban con otros detenidos, siempre había alguno que decía mira qué cara tiene ese... puro vicio. Mientras que el Viejo...

Recordaba los rostros, y ya no lo tenía todo tan claro. Las máscaras que el talego imprimía en la cara de los hombres, con los rumores y los odios rumiados y ese patético consuelo de haber encontrado en la escala del oprobio social algo más bajo y más vil que uno mismo, esas máscaras caían. Cuanto más lo pensaba, más impresión le daba a Franck de ver el desfile del día después de carnaval. Los tipos no llevaban escritas en la frente todas sus miserias y sus infamias. En la cárcel, uno nunca tiene pinta de lo que realmente es. Desvelarse es ponerse en pelotas, dejar que te jodan de una forma o de otra.

Meterse en el papel. El hábito y el monje.

El sol acabó aplastándolo contra la pared y entonces se revolvió y despachó con el dorso de la mano todos esos pensamientos demasiado grandes para él. Como apenas tenía hambre, renunció a reunirse con los demás en la cocina. Se fue a su caravana, encontró un paquete de galletas, se comió tres o cuatro mientras bebía agua. Agarró su bolsa de un baúl y la abrió, decidido a llenarla un poco más tarde con sus escasas posesiones. Si no fuera por el calor, lo habría hecho enseguida y se habría marchado sin avisar. Pensó que, en el punto en el que estaba, dos o tres horas más no cambiarían la situación.

Se tumbó en la cama y de repente pensó en Lucas y Nora. Se acordó de la cara ensangrentada de Lucas, los puñetazos y porrazos que había recibido cuando se le habían echado encima los otros dos.

Nora respondió enseguida.

–¿Qué tal? ¿Me preguntas qué tal, hijo de puta? Mal, muy mal. Y Lucas, a estas horas, sigue en el hospital, y yo estoy delante con mi niña fumándome un cigarro mientras le hacen un escáner. Porque la fractura de mandíbula no es nada. Hablan de traumatismo craneal, ¿qué te parece el panorama? Así que tus planes de mierda con la guarra esa te los quedas para ti solito. Cuando volvió ayer por la noche, ¡creía que se iba a morir! Casi no ha dormido, y esta mañana no lo reconocía, ¿sabes? Es como si le hubieran metido una paliza durante horas. Anda que no le han metido hostias, ya lo había visto después de perder un combate. Pero esto es una carnicería.

–No pensaba que la cosa se iba a torcer así. En principio, solo teníamos que intimidar a ese tío, y luego…

–Vale, Franck, ya está. No quiero oír nada más. Voy a colgar. Y olvídanos, ¿vale? O te denuncio a la pasma. Cuando estabas en el trullo por lo menos estábamos en paz, sin que tu hermano ni tú vinierais a provocar a Lucas cada dos días. Venga…

Colgó, y Franck miró la pantalla de su teléfono como si en ella hubiera podido aparecer la cara furiosa de Nora. Tiró el aparato lejos de él y se tumbó temblando. El dolor le recorría el cuerpo como si tuviera la gripe. Recordaba lo que había pasado el día anterior, los gritos de Lucas, el tío inclinado hacia él reventándolo a golpes, la rabia incontrolable de Jessica, la hoja del cuchillo en la garganta de la mujer, con sangre ya, y el otro esgrimiendo la pistola en medio de la calle y esos pocos milímetros en los que se jugó todo, entre el percutor y el cebo, entre el arañazo de la piel y el latido de la arteria.

El corazón se le aceleraba pensando en lo que habría podido pasar, en lo que estuvo a punto de ocurrir. En esos pocos segundos de duda, esos pocos milímetros de margen de error. Volvió a estremecerse. Fuera todo estaba inmóvil y silencioso. Aguzaba el oído y no percibía ni un murmullo de aire, ni un temblor de hoja. Pensaba en lo que vendría después. Ya se veía circulando por la carretera sin mirar atrás y acelerando, aliviado como cuando uno se desprende de una zarza, a pesar de los arañazos y las espinas que habrá que sacar más tarde.

Después se preguntó dónde dormiría esa noche. Pasó revista a los pocos que podía llamar, pero casi cinco años después, sin ningún signo de vida por ninguna de las dos partes, ¿de qué serviría? ¿Se reconocerían siquiera? Habría contado con Nora y Lucas… El camino se abría ante él, libre pero tortuoso, y no sabía adónde le conduciría. Vete de aquí, le repetía una voz que vibraba en él y casi lo hacía temblar.

Encima de él, el techo se aureolaba por la humedad y dibujaba un archipiélago amarillento en un océano de lodo. Trató de reconocer formas familiares pero no distinguió nada y cerró los ojos. Dejó que llegaran recuerdos de la infancia. Momentos en los que nunca había vuelto a pensar. No esperaba encontrarse todo eso en la memoria. Todas esas caras. Lucie, Amel, Mohamed, Quentin… Sus mejores amigos del colegio. Fuertes, íntimos, fraternales. La sonrisa de Amel. La chica más guapa que había conocido, sin duda. Encaprichada con otro, más mayor, más fuerte, más divertido. El deseo doloroso de saber qué había sido de ella le hizo un nudo en la garganta. Le hubiera gustado estrecharla entre sus brazos como hacían todo el rato en aquella época, imitando los abrazos de amor y separándose luego bruscamente para romper el principio del deseo y la turbación, casi molestos, como si su amistad les impusiera la prohibición de una especie de incesto entre hermanos y hermanas elegidos. Si se volviera a encontrar con Amel ahora, seguro que apartaría esas reglas del juego y sabría decirle… Pero era tan tarde ya en sus vidas… Demasiado tarde, claramente.

Durante un rato, dio vueltas y más vueltas a esos pensamientos, sus falsas promesas y sus seguras decepciones. Tenía diez, quince años menos, pero los barrotes de la escalera por la que remontaba el tiempo se rompían a menudo y le devolvían al presente, aunque le hubiera gustado quedarse encerrado en ese pasado y volver a rehacer el camino sabiendo lo que sabía, como había visto en las películas de la televisión. Se sorprendió murmurando los nombres de todos aquellos a los que echaba de menos. Cuando la nombró, la silueta de su madre se formó en la pantalla sobrecargada de su memoria, pero su cara seguía borrosa, y no distinguía más que la sonrisa triste que solía tener hacia el final.

Se levantó, el corazón pesado, solo como no lo había estado nunca, y se reprochaba esa tristeza infantil, ese desasosiego de niño perdido, y odiaba el espacio estrecho de la caravana, y se preguntaba cómo se había podido sentir libre allí los primeros días, cómo incluso su soledad le había podido parecer una extensión ideal, sin paredes ni fronteras.

Luego resonaron unas voces al otro lado de la casa, hacia el bosque, y la agitación del agua en la piscina, y se dio cuenta de que eran más de las cinco y salió haciendo un esfuerzo por respirar hondo y soltar el nudo en la garganta.

El sol todavía estaba alto y al principio no vio más que sus cabezas sobrepasando el borde de la piscina. Jessica le hacía un gesto para que se uniera, y Rachel de cara al bosque se divertía entre zambullidas y no se le veían más que los pies fuera del agua.

–Ven a bañarte –dijo Jessica–. ¡Sienta de maravilla!

El perro estaba entre él y ellas, sentado, jadeante, la lengua fuera por la sed. Sus ojos negros y apagados no se apartaban de Franck y lo siguieron hasta que se sentó en una tumbona. Los cigarrillos de la madre estaban tirados por el suelo. Cogió uno y se lo encendió y se abandonó en la hamaca, los ojos hacia el cielo de un azul profundo, tan puro que no se habría sorprendido de ver cómo se encendían algunas estrellas.

–Te equivocas.

Sintió que le caían en las piernas unas gotas de agua y abrió los ojos. Jessica estaba sobre él, apenas cubierta por un bikini de escasos centímetros cuadrados, las piernas separadas, y se sacudía con la mano el pelo mojado. Después se acercó y se sentó a horcajadas y se tumbó encima de él frotándose y él abrió los brazos sin atreverse a tocarla, el cigarrillo en la punta de los dedos, sobrecogido al principio por el frescor y después molesto porque veía a Rachel nadando en círculos, empeñándose en respirar bien en cada brazada, los ojos cerrados.

–Para, que está la niña.

Ella todavía movió las caderas hacia atrás y hacia delante dos veces más y después se puso de pie de un salto.

–Y a ti qué más te da, ¿de qué tienes miedo? ¡Y a la niña le da igual, mírala!

Y se quedó un momento muy cerca de él, ondulando suavemente las caderas, y luego volvió a entrar en la casa suspirando. Franck aplastó su cigarrillo mojado y cogió otro del paquete que estaba junto a él. Fumó mirando al cielo, por donde avanzaban ahora nubes que se aborregaban como un inmenso rebaño. Oía en la casa la voz de las dos mujeres por las ventanas abiertas, una áspera y ronca, la otra grave y nerviosa, hablando a trompicones. Trató de oír qué podían estar diciendo, pero no le llegaba más que el chillido de una y el cacareo de la otra. A partir de esa noche ya no tendría que oírlas más. Lejos. A kilómetros. No tendría que volver a bajar los ojos ante las miradas hostiles de la Vieja, ni adivinar si Jessica estaba de humor para dejar que se la follara o para clavarle el tenedor en el estómago. Se dejó caer en la dulzura de esa decisión, la primera que tomaba de verdad desde que salió del talego.

El cielo se iba poniendo morado, pero el calor no menguaba. A lo lejos, en el bosque, silbaba un pájaro, solo, a quien nadie respondía. Incluso Rachel, en la piscina, parecía respetar el silencio de la naturaleza. Franck se preguntó qué estaría haciendo, sentada tal vez en el anillo rojo de su flotador como solía hacer, limitándose a flotar con los ojos cerrados, así que se incorporó y no vio nada, ni siquiera la coronilla y su pelo negro, y cuando se puso de pie solo distinguió el reflejo cegador de la superficie inmóvil del agua y el flotador vacío. Corrió hacia la pared de madera y se inclinó sobre el borde y agitó el agua gritando como si hubiera podido despertar a la niña dormida en el fondo y después saltó y recogió el cuerpo inerte que no pesaba nada, pero que empezó a debatirse jadeando en cuanto estuvieron los dos al aire libre. Durante algunos segundos sostuvo con el brazo a Rachel fuera del agua, que se retorcía y se arqueaba para recuperar el aliento, y luego la apretó contra él y subió la escalera y volvió a bajar a las baldosas de cemento para tumbarla en una colchoneta. Ella se incorporó tosiendo y escupiendo y él cogió la toalla y le cubrió los hombros. Intentó cogerla de la mano pero ella se zafó. Le decía en voz baja palabras tranquilizadoras que parecía no oír, sus grandes ojos abiertos clavados en el vacío delante de ella.

El perro se había acercado y observaba todo con la nariz a ras del suelo, como si tratara de analizar la escena.

–¿Qué pasa?

Jessica llegó corriendo. Se arrodilló junto a su hija y sujetó su cara entre las manos para dirigirla hacia ella y besarle los ojos y la boca, ¿qué pasa, cariño?

–Me la he encontrado inmóvil en el fondo, los ojos cerrados. Me he asustado, joder.

–Lo hace continuamente. A mí a veces también me asusta. ¿Has oído, Rachel? No vuelvas a hacer eso, ¿entiendes? Te podrías ahogar, morir, ¿lo entiendes? Así que deja de asustarnos con eso, ¿me oyes?

La niña asentía con la cabeza, la mirada baja, el pecho levantado de vez en cuando por una inspiración profunda o tal vez un sollozo.

Jessica se incorporó. Miró a Rachel negando irritada con la cabeza, las mejillas hinchadas por un suspiro de hastío.

–A veces no entiendo bien lo que se le pasa por esa cabecita. Es muy rara.

–No es la única...

–¿Por qué dices eso? ¿Me estás incluyendo?

Franck se encogió de hombros.

–No, era una idea.

En la parte delantera de la casa se cerró una puerta. El Viejo intercambió dos palabras con su mujer y se acercó a ellos, una cerveza en la mano.

–¿Qué le pasa? –preguntó señalando a Raquel con la barbilla.

–Casi se ahoga –respondió Franck–. Ya no se movía en el fondo de la piscina.

–¿Es verdad eso?

La chiquilla seguía inmóvil, sentada, los brazos alrededor de las rodillas, mirando fijamente hacia delante. Respondió a su abuelo con un ligero encogimiento de los hombros.

–Pero sabes nadar, ¿no?

El Viejo se volvió hacia Franck.

–Como está todo el rato haciendo el tonto debajo del agua, alguna vez nos da un pequeño susto. ¿Eh, Rachel, qué te decimos constantemente?

–Como si le hablaras a una piedra –dijo Jessica–. Mírala: no ha dicho una palabra desde que salió del agua.

Franck estaba sentado cerca de Rachel. Le echó el pelo hacia atrás para verle la cara. Estaba muy pálida, pero ya no lloraba y movía una piedrecita negra con los pies.

–¿Mejor?

Dijo que sí con la cabeza, y susurró:

–Estaba durmiendo.

–¿Cómo que durmiendo?

Por encima de ellos, el padre y su hija hablaban de la canícula, de lo larga que había sido la ruta desde Burdeos, del aire acondicionado del coche, que funcionaba mal y que había que arreglar.

–En el agua. Era como si estuviera dormida. Y luego me entró miedo.

Ella no lo miraba, entretenida en dar vueltas a la piedra en el hueco de sus manos.

–¿Miedo de qué?

La pequeña negó con la cabeza y la metió entre los hombros, como si un escalofrío la hubiera sobrecogido. Franck le acarició la mejilla con la punta del dedo y ella cerró los ojos.

–¿Jugamos a una cosa?

Se sacó la toalla que llevaba a la espalda y se levantó y corrió hacia la casa.

–¿Adónde va? –preguntó Jessica.

–Va a buscar un juego. Para distraerse.

–Ya te decía que es rara. El imbécil de su padre era igual. Un lunático. Nunca sabías lo que estaba pensando.

Jugaron casi una hora a la consola, un juego en el que había que conducir un cochecito a toda mecha y tomar unas curvas muy cerradas o pegar saltos por encima de puentes derrumbados. Rachel lo conducía con virtuosismo y le dejaba los mandos a Franck y veía cómo se estrellaba contra los obstáculos. A veces amagaba el gesto de ayudarlo, pero se limitaba a suspirar contrariada. Dos o tres veces lanzó una risita ahogada por su torpeza y él le aseguraba que antes era mejor, que jugaba todo el rato con sus amigos, y la pequeña fingía asentir con un carraspeo y le quitaba el juego de las manos.

Franck se dio por vencido y Rachel no insistió en imponerle una enésima derrota. Sacó de su bolsito un teléfono rosa fucsia que encendió. La pantalla mostraba la foto de un gatito, todo despeinado, con aire sorprendido. Rachel empezó a pasar los mensajes, los ojos pegados al aparato.

–¿Lo usas mucho? ¿Tienes mensajes?

–Mamá me lo dio pero no le gusta demasiado que lo utilice.

–¿Te han escrito?

–Son mis amigas del cole. A veces nos enviamos cosas.

Se partió de risa leyendo dos líneas que Franck no conseguía descifrar.

–¿Te doy mi número?

La pequeña lo miró sorprendida.

–¿Para qué?

–Para que me llames si lo necesitas. Y así ya lo tienes.

La niña manipuló las teclas con la misma destreza que cuando jugaba.

–Dime.

Le dictó las diez cifras, que marcó sin equivocarse, y después tecleó «FRENK» rápidamente.

–Es con «a».

Suspiró y lo corrigió.

–Así ya me puedes llamar cuando quieras. Cuando tengas miedo de una serpiente o de cualquier otra cosa, vendré.

Rachel asintió con la cabeza, las cejas fruncidas, sumida sin duda en graves reflexiones.

–¿Y cuál es tu número?

Ella se lo recitó cerrando los ojos, dudosa, y él tuvo que pedirle que se lo repitiera. Cuando ella se levantó para entrar, él se repetía el número de Rachel, inventando una regla mnemotécnica para no olvidarlo. Y esta conexión lo tranquilizaba, le parecía que de esa forma no dejaba abandonada a la pequeña en medio de la jauría.

Jessica y sus padres no aparecieron durante todo ese tiempo. Franck supuso que hablaban del encuentro con el gitano, y se alegró de dejarlos atrás con sus vidas de encerronas y trapicheos miserables. Fabien no tardaría mucho. Sabiendo que la cosa empezaba a torcerse por allí, y que su propio hermano podría preverlo, sabía que Fabien volvería para poner un poco de orden al traer el dinero. Así se tranquilizarían todos. El serbio y sus esbirros, Jessica y sus padres.

Se sentía tranquilo. Se marcharía al día siguiente por la mañana. Tenía que explicarle a Rachel que volvería a buscarla pronto. Viéndola presionar los botones de la consola, buscaba las palabras que debía utilizar para decirle esas cosas complicadas e improbables. Hacerle una promesa que tal vez no podría mantener pero que se sentía obligado a hacer antes de dejarla sola con ellos.

Durante la cena, entre las polillas y los mosquitos que la lámpara atraía, no mostraron ningún interés por él, intercambiando noticias de gente que no conocía, y no trató de meter baza en su conversación. Roland hablaba poco, con aire preocupado, y le pegaba a la bebida, con la botella de blanco delante y sin la menor intención de compartirla con nadie, antes de ir a buscar tres cervezas que colocó alrededor de su plato. La Vieja estaba excitada, forzando su voz de pito hasta la extenuación, doblada en dos por los ataques de tos, encendiendo un cigarrillo antes de haber terminado el plato. A veces, Franck cruzaba la mirada con Jessica, que lo observaba, pero enseguida la desviaba y fingía interesarse por lo que comía la pequeña. Un poco antes de las diez, mientras el cielo se iluminaba con cálidos relámpagos hacia el sur, se fue a acostar y ellos apenas respondieron a su buenas noches.

Desde la caravana, los oyó hablar mucho tiempo en voz baja y se preguntó qué treta miserable estarían tramando. Metió sus cosas en la bolsa, y los pocos libros, ya leídos y cuyas portadas y títulos ya no le decían nada.

Más tarde, oyó que se cerraba una puerta y el coche de Jessica arrancó.

Parecía que se acercaba una tormenta. Un estruendo sordo y lejano. La imagen de Rachel sola en medio del campo reseco desapareció con el sueño cuando abrió los ojos a la bombilla cegadora encendida sobre su cabeza.

El teléfono vibraba bajo la almohada. FABIEN.

–¿Te he despertado?

–¿Fabien?

Detrás, la voz sorda, rugosa, de la música. Tal vez una radio. ¿Cómo era posible, incluso después de cinco años, que no reconociera la voz de su hermano? Una respiración zumbaba al otro lado, entrecortada, como impaciente.

–¿Fabien? ¿Eres tú?

Estalló una risita. Aguda. El dolor no fue inmediato, como esas agujas muy finas que se hunden como si nada hasta encontrar el dolor profundo.

–No, no soy Fabien. No te puede hablar.

–¿Quién eres? Pásame a Fabien.

–¿Eres tonto o qué? Te digo que no te puede hablar. ¿Y sabes por qué? Porque nos hemos cargado a ese cabrón.

Franck miró a su alrededor. El espacio exiguo de la caravana. Los armarios suspendidos sobre las banquetas, el pequeño fregadero de acero inoxidable. Su bolsa cerrada, lista para partir. Por la ventana, la noche. Comprobaba que todo aquello todavía existía y se preguntaba en qué momento desaparecería ese universo restringido. Tenía que decir algo, necesitaba escuchar el sonido de su propia voz para cerrar el paso a la nada. Negó con la cabeza y se frotó el pelo como para desprenderse de una telaraña.

–Ya, ¿y cómo sé que es verdad?

El hombre suspiró, al otro lado del mundo.

–Espera, voy a mirar.

De pronto, la música paró. Franck solo oía la respiración del tipo y esa especie de aliento electrónico de la conexión.

–Sí, vale, ¿sigues ahí?

Hablaba con una calma turbadora. Como si estuviera comprobando una agenda o una orden de pedido.

–A ver, tengo aquí a un tío que mide un metro ochenta, según su carné de identidad, expedido por la prefectura de la Gironde el 12 de marzo de 2002, dirección: calle Bouvreuils, 28, Talence. Es castaño, pelo casi rapado, lleva un tatuaje en el hombro… izquierdo, eso es, con forma de tigre enseñando los dientes, joder, ¡da miedo! Qué más te puedo decir… Vamos a ver… Ah, sí, lleva una alianza, un anillo, ¿verdad?, de plata, con unos majaras tallados encima, y por dentro pone NUNCA VENCIDO. Habrá que poner otra cosa, me parece. Me costará una pasta, pero merece la pena, el anillo mola. No te pido que pases a identificar el cadáver, que no es una peli, pero bueno, con esto debería bastar. La muerte se produjo hace cinco o seis horas, no más. Múltiples heridas en el tórax provocadas por un objeto punzante, probablemente un cuchillo de cocina. Bastante sangre alrededor. La cara muestra marcas de golpes, probable traumatismo craneal. Debieron de golpear a la víctima antes de liquidarla. ¿Te vale con esto? ¡Mira para lo que sirve la tele! Las series americanas, los expertos y toda esa mierda. Podemos comunicar las malas noticias a sus allegados con precisión… ¿No te parece?

Con el dorso de la mano, Franck se secó las lágrimas de las mejillas. Escuchó con los ojos cerrados esa voz clavándole un puñal con cada palabra, y a medida que ese tipo le describía los detalles trataba de imaginar el cuerpo de su hermano muerto y solo podía ver vivo a Fabien el día que volvió de tatuarse, la cabeza de tigre cobraba vida con cada movimiento, la boca parecía abrirse un poco más al contraer los músculos, y volvía a ver la casita del 28 de la calle Bouvreuils, donde habían crecido, y se acordaba de que había envidiado a Fabien por ese anillo que compró cuando tenía quince años a una gitana que era un poco maga, o bruja, Carmen, la abuela de su gran amigo Esteban, un anillo decorado con extraños arabescos, con runas tal vez, que debía protegerlo de la mala suerte. Habían pensado en *El Señor de los Anillos* y habían bromeado con eso, y para asegurar una protección total Fabien había mandado grabar ese lema en su interior antes de ponérselo en el dedo y de no volver a quitárselo nunca más, porque llegó un día en que era imposible: habría tenido que cortar el anillo o el dedo.

–Estás muerto –exhaló Franck.

–No, no, no has entendido bien: es tu puto hermano el que está muerto. Ahí, en el suelo. Oye, mira, le pego unos bofetones para que despierte pero no se mueve, el muy imbécil.

Franck oyó los golpes con la palma de la mano, sonoros y claros.

–¡Para!

Su grito quedó ahogado por los tabiques de plástico. Nadie podía oírlo aparte de ese tipo. Iba y venía sobre el linóleo deformado. Dos pasos, otros dos. Los animales enjaulados se comportaban igual, sin llegar a soñar con lanzarse contra los barrotes. Nacidos en cautiverio. Capturados antes de nacer.

–¿Por qué has hecho eso?

–¿Me preguntas por qué? ¿No se te ocurre nada? ¿No te acuerdas de lo que pasó ayer por la noche? Fuiste a maltratar a mis amigos. Maltratar. ¿Sabes lo que significa eso? Tu puta quiso degollar a la mujer, tu colega destrozó a un tío que es como mi hermano, y ahora están bajo custodia porque la pasma, gracias a vosotros, consiguió meter el hocico en sus asuntos. Y a nosotros nos parece que empieza a ser demasiado, y encima tu hermano no volvía, no sabíamos a qué atenernos, nos la estaba metiendo hasta el fondo. Y ya está. Dile a tu familia de acogida que haremos una incautación para recuperar la pasta que nos deben y que nos la cobraremos en especie, para saldar cuentas. Hay tres tías allí, ¿no?

–No, dos...

–Cómo, ¿no parió una hija la cacho zorra esa, la que te estás follando? ¿Cómo la llamas? ¿Jessica? Pues diles a esos tarados que...

Franck tiró el teléfono encima del banco y se sentó y lloró. Algo en él se hundió y se derrumbó y abrió una sima en la que aullaban gritos y ecos. Lloraba y bramaba y dejaba correr lágrimas y moco y se dejaba caer contra el respaldo, las manos en los muslos, y se abandonaba a una pena que lo arrastraba. A su lado, la voz del tipo, imperturbable, silbaba en el teléfono.

Volvió a coger el aparato. Temblaba de tal manera que le costaba mantenerlo pegado a la oreja. Seguía la respiración sibilante, penosa. Oyó el chasquido de un mechero al encenderse, le pareció percibir el chisporroteo del cigarrillo que arde, el soplido del humo.

–¿Eres tú el que pega esos chillidos? ¿Chillabas así en el talego, debajo de la ducha?

Franck se levantó y dio algunos pasos. Tosió y dejó correr agua en la mano y se mojó la cara. Empezaba a sentir algo aparte de esta devoración en su interior.

–No entiendo...

El hombre se rio.

–No, ya veo que no entiendes. No tenías que haberte metido en esta mierda. Hay demasiada pasta en juego, y nadie lo va a dejar de lado. De una forma u otra, vais a pagar la cuenta. Bueno... creo que ya está todo dicho. No voy a repatriar el cuerpo, son todavía más gastos.

La comunicación se cortó y no quedó más que el silencio. Franck marcó el número de Fabien, pero el timbre resonó en el vacío antes de que un mensaje dijera en español algo que no entendió. Franck vio cómo se apagaba el teléfono y después se sentó en la banqueta, acodado en la mesa plegable, preguntándose si alguna vez tendría la fuerza suficiente para volver a ponerse en pie. Las lágrimas seguían cayendo sin que hiciera nada para secarlas y tenía la impresión de estar sentado al borde de un precipicio con los pies en el vacío, esperando una ola cuyo reflujo llevaría su cuerpo muy lejos, en alta mar.

Pensó en su padre. Se estremeció con la idea de tener que comunicarle la muerte de Fabien, se imaginó ante él buscando las palabras para decírselo.

Al cabo de un rato, el silencio y la noche alrededor de la caravana se volvieron demasiado densos, espesos, amenazaban con aprisionarlo como esos insectos en bloques de ámbar. Se puso de pie penosamente y con una camiseta se secó lo que corría por sus mejillas, su boca y su barbilla. Cuando estuvo seguro de que sus piernas lo sostendrían, buscó en el pequeño armario del cuarto de baño la pistola que había cogido el día anterior. El objeto era caliente, pesado, tranquilizador. Abrió la recámara, percibió el brillo mate de los cartuchos ajustados en la vaina de acero como un collar en un joyero extraño. La volvió a encajar en la culata y comprobó que el seguro estaba bien puesto. El cañón llevaba la inscripción CZ 75, Czech Republic. Eso le recordaba a los videojuegos y a las referencias del arsenal a disposición de los jugadores, esas marcas, esos acrónimos viriles, esos calibres de munición y su numeración mágica. Deslizó el arma en el cinturón de sus tejanos y salió de la caravana.

En cuanto salió, se sorprendió de sentir en el aire tibio franjas más frescas corriendo por los brazos y el cuello. La luna llena lanzaba su luz gris y azul en la noche. Bordeó la masa oscura de la casa, pasando el antiguo henil en el que el Viejo había acondicionado su taller, cerrado a esa hora por un portón de hierro con una enorme cerradura. El campo estaba envuelto por un resplandor blanquecino que permitía a duras penas poner un pie delante del otro, pero impedía ver hacia dónde se iba. Tomó el sendero que conducía al bosque, del que no distinguía más que el perfil negro elevado hacia el cielo picado de estrellas.

Ni un ruido. Hasta los árboles se callaban. Inmóviles. Franck seguía sintiendo el roce en la piel, pero ni a su alrededor, ni en la indolencia de las hojas había un rastro de viento, y a medida que se acercaba al bosque, la idea de que podrían ser las almas de los muertos le vino a la mente con la misma ligereza, sin asustarlo.

Entró bajo la cúpula de los árboles agachando la cabeza. No pensaba más que en avanzar por el camino sin torcerse el tobillo en un bache o tropezar con una raíz. Un fulgor extraño caía en esa oscuridad con manchas lívidas, y por encima de él, entre el follaje, se dispersaba un vapor azulado. Por momentos, sin embargo, la noche era tan profunda que tenía la sensación de que podría disolverlo en un vacío de tinieblas absolutas. El camino estaba bien trazado, en tierra batida o arena aplastada, y podía seguirlo sin dificultad, porque sabía que conducía hasta la palomera y su círculo extraño al que tal vez venían a bailar las brujas en noches como aquella, cuando la luna alumbra tanto como oculta.

El claro apareció entre los árboles con sus instalaciones bajo la luz pálida como el cuerpo huesudo de un monstruo dormido. Ninguna silueta sacudía la cabellera, medio desnuda, abierta y loca. Franck volvió a acercarse y se encontró en medio de una red de galerías que no eran más que fortificaciones inestables de una guerra de borrachos contra los pájaros. No veía la luna desde allí, solamente el vapor luminoso y el ribete de plata de las nubes que pasaban. Se sorprendió de encontrarlo bello. Una noche como tantas otras que había conocido, que le asustaban cuando era crío, en las que le había gustado quedarse hasta más tarde con los amigos, protegido por ese abrigo inmenso bajo el que parecía que todo estaba permitido y acerca del cual Fabien le había enseñado algunos rituales y rincones secretos. Ahora no sabía si este instante le parecía irreal o perfecto. Nada se movía aparte de él, y el silencio era total. Esperaba oír ruidos, crujidos, el grito de un ave nocturna, pero nada parecía vivo alrededor, como si hubiera atravesado un pasaje, franqueado sin saberlo una frontera por encima de la cual estaba solo en un paraje que no se atrevía a nombrar. Dio media vuelta sobre sí mismo, acechando los ventanucos por si unos ojos luminiscentes lo espiaban en la negrura de las galerías. Nada. Solo el vacío. Acostumbrado a la luminosidad del lugar, distinguía detalles en los que no había reparado la primera vez que había estado allí. Buscó su sombra a sus pies pero se dio cuenta de que no estaba allí.

—Vamos.

Su voz sin eco. Se preguntó si verdaderamente había hablado.

Le parecía un buen lugar. En medio de ese círculo necesariamente maldito. Cogió la pistola e introdujo un cartucho en el cargador. Levantó el brazo, el arma cerca de su cara, pero no sabía qué hacer. Sabía que con el retroceso es fácil fallar. El cañón tiembla, la bala se desvía, se carga la mitad de la cara y te deja vivo. En el cine había visto a tíos meterse el cañón en la boca y salpicar una pared detrás con su cerebro. Instantáneo. Colocó el bloque de acero entre los dientes y el olor y el sabor del metal le llenaron la boca, el fondo de las fosas nasales y sus dientes restallaban contra el acero y la mira le hacía daño en el paladar. Sintió que los ojos se le llenaban de lágrimas. Sostenía la culata con la mano derecha, el índice en el guardamontes.

Entonces lo vio entrar en el claro. Vio su pelaje brillando en tonos azules, los músculos rodando en las paletillas. Sin un ruido, lanzado al galope, casi tumbado en su carrera. El perro desapareció en la negrura, se disipó como el humo. Franck clavó la mirada mucho tiempo en el lugar donde había visto al animal absorbido por la noche, trató de percibir el martilleo sordo de sus zancadas en el suelo pero nada, ni un temblor, ni un sonido. Pensaba que tal vez el animal volvería sobre sus pasos, jadeando, y acercaría a él la nariz a ras de suelo con ese aire burlón, la piel trémula recorrida por una electricidad malsana, dispuesto a saltar sobre él, y esperó un buen rato, sin atreverse apenas a respirar, pero no pasó nada. Se dio cuenta de que aún tenía la pistola en la mano. Tuvo ganas de lanzarla lejos, hacia los helechos, y después expulsó el cartucho y lo deslizó en el bolsillo y ajustó el arma en el cinturón, contra los riñones.

Debía volver. Iba a tener que seguir. Cómo y por qué, lo desconocía. Pero sabía que Fabien lo habría abofeteado si hubiera visto el cañón del arma en su boca. Lo habría tirado al suelo y lo habría molido a golpes gritándole que tenía que vivir, que tenía que seguir y que era la única obligación a la que había que someterse completamente. Cuando ella los vio llorando a los dos alrededor de su lecho de muerte, les había hecho prometer vivir en su lugar, aprovecharlo bien porque le habría gustado tanto seguir en este mundo... «Yo no podré –había dicho Fabien–. No tendré fuerzas.» Ella había agarrado con su mano huesuda la manga de su camisa y había encontrado la fuerza para atraerlo hacia ella con una mirada terrible, llena de rabia y tristeza, y le había dicho: «Te lo prohíbo, ¿me oyes? Te prohíbo decir eso. Vas a vivir y serás feliz por mí. Serás todo lo feliz que puedas y me lo harás saber con el pensamiento, ¿de acuerdo? Deja de decir eso. Quiero que me lo prometas. Y tú también, Fransou. Sois mi vida... Mi vida que continúa con vosotros».

Volvió a caer agotada, sin aliento, y creyeron que iba a morir allí, bajo su mirada, después de haberles dicho todo eso. Pero como sus párpados cerrados todavía temblaban y su pecho seguía elevando la sábana se acercaron, las cabezas por encima de la almohada, y se lo prometieron y le besaron las sienes ardientes, tan hundidas, en las que habían sentido el latido lejano de su corazón.

Franck se pasó la mano por el pelo, sacudió la cabeza como para librarse del aturdimiento, y volvió a ponerse en marcha por el camino. Cuando desembocó en el campo, el cielo empezaba a clarear por el este. No pudo ver la hora que marcaba su reloj: no creía que se hubiese quedado tanto tiempo en el bosque. Poco a poco, con cada paso, le parecía retornar al espacio-tiempo habitual, el de los golpes bajos y las amarguras.

10

El Viejo reparaba un motor encima del banco de trabajo. Se estaba ensañando con una junta de culata que no conseguía desmontar. Gruñía, el escombro que era su cuerpo doblado sobre la labor. Cuando Franck entró en el taller, se detuvo un segundo, aguzó el oído, pero no se dio la vuelta. Después retomó su tarea, más ruidosa, más aparente. Olía a aceite, a hierro, a sudor. El Viejo iba vestido con unos pantalones cortos grises con churretones y manchas de aceite que sustituían al estampado y una camiseta interior mugrienta. Los brazos, los hombros e incluso el cuello estaban cubiertos de manchas negruzcas.

Franck tenía ganas de reventarle la cabeza contra el bloque de acero y darle la vuelta a su cara sanguinolenta y seguir borrándole los rasgos a golpe de martillo. Sintió en la piel un escalofrío casi doloroso. El cansancio contraía todos sus músculos, le pesaba sobre los hombros, la nuca, como si cargara con alguien.

–¿Qué pasa? –dijo el Viejo sin darse la vuelta.

Franck se acercó y se plantó a su lado delante del banco de trabajo. Cogió un destornillador largo y empezó a dar golpecitos en la tabla de madera.

–¿De qué es el motor?

–De un ID 19. A tu espalda. Un tío que los colecciona. Paga bien, se lo dejo nuevecito. Estos motores viejos son buenos.

Franck se dio la vuelta. El coche estaba apoyado sobre unas borriquetas, oculto bajo una lona, el capó abierto de par en par. El Viejo echó un vistazo al destornillador que sujetaba Franck.

–Oye, ¿me ayudas a darle la vuelta? Tengo que quitar el cárter.

El Viejo giró la horca de la grúa y ambos deslizaron las correas debajo del motor. La cadena chirrió cuando tiraron hacia arriba. El motor basculó lentamente. El cárter, grasiento, brillante de aceite, estaba accesible.

Franck buscó con los ojos un trapo y divisó uno en el suelo, delante del coche. Tomó aire y consiguió decir:

–Han matado a Fabien.

El Viejo se giró hacia él. Tenía las manos negras. Las mantenía lejos del cuerpo. Franck le lanzó el trapo, que pilló al vuelo pero no usó. Parecía reflexionar sobre lo que acababa de oír, como si no comprendiera o estuviera sopesando las consecuencias.

–Mierda –acabó diciendo–. ¿Cómo lo has sabido?

–Me han llamado esta noche desde su teléfono. Me han descrito su cuerpo. Los tatuajes, todo. El anillo. Me han dicho que les debía dinero y que no les había gustado la irrupción de la otra noche.

Franck retomó el aliento. Trataba de contener las lágrimas y los sollozos que lo atragantaban. El Viejo se limpiaba las manos mirándolo con aire abatido.

–Han dicho también que iban a venir aquí para haceros pagar de una forma u otra.

El Viejo asintió con la cabeza. Tiró el trapo sobre el banco de trabajo y después se acercó a una neverita que abrió para coger dos cervezas. Le tendió una a Franck, que la rechazó.

–Tenemos que hablar seriamente.

Roland acercó una silla de jardín manchada de aceite y se dejó caer encima resoplando. Abrió el botellín y le pegó un buen trago.

–Me da mucha pena lo que le han hecho a tu hermano. Siento náuseas… indignación… Era un buen tío. Legal. Cuando Jessica lo trajo aquí, nos preguntamos quién era, claro, porque nos tenía acostumbrados a lo peor, a gente como ella, un poco perdidos, drogatas, alcohólicos, ese estilo… A veces hemos tenido que ir a recogerla a tugurios donde no dormiría ni un perro… Pero Fabien era tranquilo. Eso la calmó, aunque tenía recaídas. Ya has visto cómo es, todo el rato cambiando, un día está de subidón y al día siguiente en el hoyo más negro… Nos las ha hecho pasar canutas, te lo juro…

El Viejo ya no lo miraba. Observaba el fondo de la botella de cerveza como si una mosca se acabara de caer dentro. Movía los pies molesto, se revolvía en la silla de plástico deformado. Franck sabía perfectamente que Jessica estaba loca y en ese momento sus idas de olla, sus derivas, sus desfases, ya no le interesaban. Intuía que Roland estaba mareando la perdiz, y que sin duda no sabía cómo soltarle lo que le tenía que decir.

–¿Qué era eso tan serio que quería decirme?

El Viejo levantó los ojos hacia él y lo miró fijamente y torciendo la boca, como si dijera: «Ya que insistes…».

–Fui a ver a Serge ayer. Sabe dónde encontrar al serbio.

El corazón de Franck dio un vuelco. Tragó aire con la boca abierta, como un pez tirado en la arena con la boca desgarrada por un anzuelo.

–No te lo quería decir, pero…

–¿Dónde está?

–Le pedí al gitano que se informara. El otro está escondido desde vuestro paseíto de la otra noche. Su colega, al que le habéis partido la cara, está bajo custodia y saben que el muy maricón se va a chivar. Pero bueno, el cabrón del serbio es conocido como el lobo blanco. Los únicos que no le abren la puerta son los maderos… y si fuera necesario, hablaría él también y lo dejarían en paz. De hecho, él…

Franck golpeó la mesa de trabajo con una llave fija que había por allí.

–¿Dónde está?

El Viejo sacudió la cabeza suspirando. Hablaba como con remordimientos.

–Está parando en Cenon. En casa de una nodriza, ya sabes, la que esconde la mierda…

–Sí, ya sé.

–Un primo de Serge conoce a su hijo. Está en un polígono, en una callecita. Ya nos encargaremos.

–¿Nos? ¿Quiénes?

–Quiero decir Serge. Y Serge es como si fuera yo. Déjale hacer.

–¿Y cómo se va a encargar?

–Tú déjale hacer. No te metas.

–Han matado a Fabien. Se lo han cargado allí, en España. Ni siquiera podré ver su cuerpo. Nunca volveré a verlo, joder. Estoy metido hasta el cuello en esta mierda. Y se lo voy a hacer tragar, y lo voy asfixiar, ¿entiende?

El Viejo movía la cabeza huesuda. Volvió a encenderse el purito.

–Déjalo, en serio. Serge le hará pagar lo que le ha hecho a tu hermano, lo que le ha hecho a Jessica. Me ha dado su palabra. Yo sé que no te gusta. Pero cuando se entere de que han matado a Fabien se va a volver loco, porque le tenía cariño a tu hermano. Los gitanos siempre pagan las deudas de honor, o las hacen pagar. Y esto ya no son negocios, esto es honor y amistad.

–Dame la dirección. Vuestras milongas de honor me la sudan. No necesito al gilipollas del gitano para solucionarlo. ¿Cada vez que tiene un problema… pum, le llama? ¿Qué pinta él en todo esto?

–Nada. Esto no es un juego, y no lo pillas. Pero bueno… como quieras.

El Viejo rebuscó en el bolsillo. Sacó, con la punta de los dedos sucios, un trozo de papel. Franck se lo arrancó de la mano.

–Te equivocas.

–De todas formas, me largo de aquí. A usted y a la guarra de su hija y a la puta de su madre... ya les tengo demasiado vistos.

El Viejo dio un brinco y la silla de plástico salió volando por detrás de él. Cogió un martillo del banco, lo levantó por encima de Franck.

–¡Te voy a partir la cara! ¿Cómo te atreves a tratarnos así, hijo de puta? ¡Te hemos dado comida y techo!

Echaba espuma por la boca. Su cara torcida atufaba a cerveza y a tabaco.

Franck agarró el brazo levantado y le pegó un rodillazo en el bajo vientre al Viejo, que se cayó de rodillas y soltó el martillo. Franck lo tumbó de un tortazo y el hombre se dejó caer sin un grito, sobre el costado, la boca abierta, sin aliento.

Rodeó la casa. Oía a la madre atareada en la cocina, el televisor a voz en grito, movimiento de platos y de cubiertos. Pasó cerca de la piscina y echó un vistazo al agua inmóvil, que apenas hacía temblar una avispa que forcejeaba en la superficie.

A lo lejos, el campo seco en la luz blanca. De espaldas, Rachel con su vestido rojo y un gran sombrero de paja que no le había visto nunca. Con gestos amplios, golpeaba la hierba quemada con un bastón. Estaba más o menos como en su sueño: sola y pequeña sobre esa superficie cegadora y desolada. Quiso llamarla, pero desistió porque no habría sabido qué decirle. Cuando iba a dar media vuelta, ella se volvió, el brazo en alto, y lo miró con gravedad, las cejas fruncidas bajo el ala del sombrero. Franck le hizo un gesto con la mano, que podía significar tanto hola como adiós, pero ella no respondió y se limitó a mirarlo parpadeando para verlo mejor, y después le dio la espalda y volvió a golpear la hierba, indiferente, bajo el aire abrasador.

Huyó. Recogió sus cosas en la caravana y entró corriendo en su coche, tirando su equipaje dentro.

Condujo mucho tiempo deslumbrado por la luz abrumadora del campo, la silueta de Rachel temblando a veces cuando intentaba recordarla con su vestido rojo. Las ganas de llorar le oprimían la garganta. Después, a medida que se alejaba de la casa, la imagen se fue disipando y una tristeza más profunda y más vasta le atrapó, el corazón desbocado, y el pensamiento de sorprender al tío ese en su madriguera y de matarlo le producía a veces escalofríos o hacía que le castañeteasen los dientes.

Cruzó el Garona sin verlo, pegado a más de cien kilómetros por hora a un muro de camiones que desprendían un estrépito maloliente. El río fluía por debajo lentamente, compacto y marrón, como una gigantesca lengua de barro, absorbiendo sin reflejos los rayos del sol. Tuvo que salir de la especie de aturdimiento en el que la rabia y el dolor lo habían sumido para abandonar la autopista y orientarse. Ya había estado por allí, hacía mucho tiempo, dos o tres veces. Seguramente borracho, de noche, apaleado por la música a todo trapo en el asiento trasero de un coche en el que gritaban y se reían en plan salvaje. Ya no recordaba a qué había venido. Tuvo que parar para mirar un mapa, y pocos minutos después encontró la calle donde vivía la nodriza. Por precaución, dio dos pasadas por delante de la casa, una casita corriente, detrás de un seto de laurel. Todo parecía normal. Persianas entrecerradas, portal abierto. Aparcó en la calle perpendicular para no tener que hacer ninguna maniobra al salir. Cogió la pistola de su bolsa y se la puso en el cinturón, y enseguida le molestó el arma, que le pinzaba un músculo o un nervio a cada paso que daba. En un momento, la imagen del cuerpo de Fabien invadió su mente y le hizo detenerse como si hubiera chocado de frente con el dintel de una puerta demasiado baja. Acurrucado, la sangre bajo su cuerpo. Cara deformada. Rictus forzado.

Franck gimió apretando los dientes y se encorvó en el asadero que era la calle desierta y apretó el paso hacia la casa. La puerta se abrió sin ruido. La empujó y escuchó con atención en el umbral de una penumbra silenciosa. Quitó el seguro, metió un cartucho en la recámara. Tuvo la impresión de que podrían haber oído el chasquido metálico desde el otro lado de la calle y entró con la cabeza hundida entre los hombros.

A su derecha, una cocina, armarios abiertos, puertas arrancadas, cajones tirados por el suelo. Latas de conserva, paquetes de cereales, todo tipo de comestibles desparramados por el suelo. Platos, vasos rotos. Solo la mesa y las sillas bien recogidas habían resistido al saqueo. Recorrió un pasillo con la pistola pegada a la pierna, el dedo en el gatillo. Todas las puertas estaban abiertas y las habitaciones devastadas. Armarios vacíos, ropa de cama del revés. Sin embargo, todavía olía a sueño, a tabaco. Se detuvo, escuchó, como si el silencio fuera a susurrarle al oído una explicación a todo aquello. Miró el arma que sujetaba con fuerza con la mano mojada de sudor. Después, algo se movió. Luego, un gemido detrás de una puerta, la última. Sin duda, el cuarto de baño. La abrió de una patada, apuntando con el arma. En la bañera había un hombre. Atado de pies y manos. Encima, restos de sangre en las baldosas verde claro. Estaba con el torso desnudo, la piel acribillada por multitud de cortes profundos, vestido únicamente con unos calzoncillos.

A Franck le costó entender lo que estaba viendo. La cara no era más que una masa deforme vuelta hacia él, la boca abierta, devastada. Un agujero brillante de flemas y sangre. Una masa gelatinosa le corría por los párpados entrecerrados del ojo derecho, pegada a la mejilla. En el otro lado de la cara, un globo rojizo, abierto de par en par. Franck retrocedió de un salto, se golpeó contra la puerta abierta a su espalda. La náusea le dobló en dos, pero solo pudo escupir un líquido ácido que le quemó la garganta y los senos y tosió y escupió de nuevo y se tiró sobre el lavabo con manchas marrones y bebió ávidamente del grifo y se volvió a secar la boca. Consiguió retomar el aliento e incorporarse y mantenerse erguido, inspiró hondo antes de acercarse al hombre sin ojos, y entonces vio el tatuaje en el hombro derecho y en el brazo hasta el codo: puñales cruzados que estrechaban una serpiente roja con la mandíbula abierta, colmillos negros y amenazadores.

Franck se inclinó hacia el serbio. No quitaba los ojos de esa cara destruida, de esos ojos reventados. Se secó las lágrimas que le corrían por la cara. Pensaba en Fabien, en lo que le habían hecho. Y lloraba ante ese cuerpo destrozado de un cómplice de los verdugos. Le hubiera gustado insultarlo, burlarse de su sufrimiento, mear encima de sus heridas abiertas. Tomó el aire suficiente para poder hablar.

–¿Por qué habéis matado a Fabien?

El serbio soltó un lamento agudo, como el de un niño. Y negaba con la cabeza y movía las piernas y todo su cuerpo parecía decir no.

–Tú no lo has matado pero tus colegas sí, ¿verdad? En España…

Un quejido salió del pecho hinchado del hombre, arqueado por el esfuerzo. Casi un grito.

–¡Claro que habéis sido vosotros! ¿Quién, si no? ¡Estás medio muerto y sigues mintiendo! ¡Hasta el final, joder!

Franck lo apuntó con el arma.

–¡Te voy a hacer un favor, hijo de puta! ¡Te voy a liquidar! ¡No puedes sobrevivir así! ¡Ya lo ves, tengo piedad!

El serbio se dejó caer al fondo de la bañera y giró la cabeza hacia la pared. Su cuerpo parecía relajarse y esperar.

Franck oyó un movimiento a su espalda. Al darse la vuelta, vio a un tío con un bate de béisbol y al instante el golpe en el hombro lo empujó y lo arrojó contra un armarito cuyo contenido entrechocó y tintineó y rodó. El tío levantó de nuevo el brazo, y Franck, en desequilibrio contra el armarito inestable, le disparó en el estómago y el tío salió del cuarto hacia atrás, sin un grito. Cuando se volvió a incorporar, Franck echó un vistazo al serbio, que no había cambiado de postura y no se movía y parecía que ya no respiraba.

En el pasillo, el tío estaba tumbado en posición fetal, las manos crispadas contra la herida, los dientes apretados, haciendo muecas. Ni una queja. Se miraba los dedos enrojecidos, respiraba con fuerza. La sangre se esparcía por debajo. Después, alguien desde la calle gritó. ¿Qué coño pasa, joder? Franck corrió hacia el fondo del pasillo, abrió una puerta que daba a un jardín bajo la sombra tranquila de una acacia de Constantinopla, pasó por debajo de un pórtico rosa y azul en el que había enganchado un columpio. Escaló una valla de paneles de madera que vibraron y cedieron bajo su peso, y estuvo a punto de caer dentro de una piscina hinchable en la que flotaba un barquito y muñecos de plástico, guerreros con lanzas y espadas. Entró en la casa por una ventana corredera y se topó con dos chavales sentados delante de una pantalla inmensa, jugando a la consola. Resonaban tiros, ráfagas. Había un hombre en el suelo, en un charco de sangre. Franck dudó, observando alternativamente a los niños y a la pantalla, los niños lo contemplaban estupefactos, mirando de reojo el arma que tenía en la mano.

–No es nada –les dijo poniendo el índice en los labios.

Atravesó el cuarto de estar por detrás del sofá donde estaban instalados los niños, vueltos hacia él, dejando abandonadas sus armas y sus muertos en la pantalla inmóvil. Pasó por delante de una puerta abierta donde oyó a alguien atareado bajo un neón endeble, una voz de mujer decir: ¿Estáis bien, amorcitos? Después salió al jardín y en ese momento la alarma de un coche de policía resonó en una calle vecina. Trató de orientarse para encontrar su Clio. A la izquierda y otra vez a la izquierda, le parecía. La pasma se acercaba, un coche pasó a toda velocidad al final de la calle con un aullido que lo estremeció. En cinco minutos estaría rodeado, tenía que arriesgarse por la acera. Pensó en volver a entrar en la casa de los dos niños, amenazar a la madre para que le diera las llaves del coche, seguramente ese viejo 205 aparcado allí delante, pero bastaba que la mujer resistiera dos minutos para que la trampa acabara de cerrarse, así que se ajustó la pistola en el cinturón, a la espalda, y caminó mirando de frente como si fuera un curioso que se acerca a ver un accidente. Desde la esquina de la calle vio un coche de policía atravesando la calzada, sirenas encendidas, puertas abiertas. Se detuvo cinco segundos para escuchar las llamadas y las voces que provenían de allí y luego llegó hasta el coche y se desembarazó de la molesta pistola deslizándola bajo el asiento. Se retorció para buscar la llave en el bolsillo de los tejanos y se dio cuenta de que temblaba y de que le costaba meterla en el contacto, temblaba como una hoja en un horno, y cuando el motor se encendió, el pie retumbaba en el embrague hasta tal punto que sabía que se iba a calar cuando arrancase, mientras un poco más lejos apareció un policía con un fusil. El hombre abrió el maletero de su coche y sacó un chaleco antibalas que le tendió a un compañero de paisano, la pistola enfundada en el costado, muy arriba, casi bajo el brazo, y el otro empezó a ponerse el chaleco.

Franck soltó el pedal del embrague, bajó las ventanillas de las puertas y tomó una bocanada de aire menos abrasador del exterior, que trajo una ráfaga de viento, y después arrancó sin dificultad, dejando a los dos policías preparándose entre grandes gestos. Doscientos metros más allá, se cruzó con un coche camuflado que iba a toda velocidad con dos hombres en su interior, una visera marcada con «policía» lo distinguía ante los escasos transeúntes de las aceras. Se ahogaba. No estaba seguro de haber pensado en respirar desde que había salido de la casa, así que cogió aire a todo pulmón dos o tres veces para poner fin a esa especie de apnea. Condujo un rato al azar bajo carteles que anunciaban autopistas que no conducían a ninguna parte, donde le habría gustado estar porque sería lo mismo en todas partes. O también le habría gustado meter quinta toda la noche hasta Valencia, cruzar España, esperando ver al amanecer el cuerpo de su hermano y tomarlo entre sus brazos y traerlo aquí para enterrarlo al lado de su madre, pero sacudió la cabeza para despertarse porque incluso en el pensamiento ese flaco consuelo era inaccesible para él, para ellos, y le parecía que les habían prohibido o robado un montón de cosas durante todos esos años en los que su infancia se había derrumbado como un castillo de arena asediado por la marea creciente.

Tenía en los ojos el sol de poniente y no pensaba en nada más que en protegerse hasta que la carretera se convirtió en una cinta rectilínea a la sombra de los pinos. Paró en un pequeño supermercado para comprar agua y algo de comer, y retomó la ruta hasta el laberinto de pistas y aparcamientos que comunicaban con las playas y aparcó lo más lejos posible de los accesos principales, en los que los veraneantes terminaban de abandonar el borde del océano. Se bajó del coche rodeado de un chisporroteo atronador de chicharras. El aire estaba inmóvil y olía a resina. Dio algunos pasos hacia la duna, las agujas de pino secas crujían bajo sus pies. Continuó a través de un bosque de árboles muertos que la invasión de arena había ahogado y engullía poco a poco. Franck avanzaba con dificultad entre las ondulaciones del suelo blando y tibio que por momentos fallaba a sus pies. Entonces divisó la curva azul del horizonte con el charco cegador en su centro que le obligó a parpadear. Soplaba una brisa suave y fresca, y se sintió conmovido por el bienestar que le proporcionaba.

Marea baja. El mar era de aceite. Ondeaba suavemente a cien metros de él, calmado como una capa arrugada. Se desvistió y corrió hacia el agua y dio algunos pasos en esa espesura fría que retenía sus piernas y atrapaba su fuerza. Se dejó caer y se puso de espaldas, jadeando, mirando al cielo, lamiendo sus labios salados, sin pensar en nada, y no es que fuera incapaz de pensar, sino que allí, en ese momento, ya no era necesario: ya no corría peligro, fuera del alcance de todo, tumbado sobre el mar y mecido por la dulzura del mundo.

Salió del agua cuando empezaba a entumecerse y se lanzó tiritando a lo que quedaba de calor de un sol oblicuo. Tenía la sensación de haber dormido y miraba a su alrededor con la curiosidad del que se despierta sin saber muy bien dónde está. La playa estaba desierta. Apenas distinguía a lo lejos algunas siluetas oscuras y a los que venían a picotear la arena mojada, los silenciosos pájaros marinos.

Volvió al coche y comió y bebió lo que había comprado en la carretera. Intentaba pensar en las semanas que había vivido desde que salió de la cárcel, en su situación actual, y se le aparecía la imagen de una bestia atrapada en una fosa después de que la trampa del suelo se derrumbara a sus pies, esperando a que vinieran a sacarla de allí para encerrarla de verdad. Creía que la cautividad no sería tan penosa como el agujero en el que daba vueltas y se agotaba intentando escalar las paredes abruptas y quebradizas.

Se tumbó en el suelo y vio caer la noche. Se fumó dos o tres cigarrillos dejando vagar los pensamientos y los recuerdos, y se sentía a la vez triste y sereno. La infancia, siempre, regresaba a su memoria. Volvía a verlos a los dos, aquella mujer y aquel hombre sonrientes y guapos en las fotos que había mirado tanto, más tarde, cuando la cosa ya no funcionaba, y que debían de haberse perdido. Trataba de remontar el curso del tiempo como si hubiera podido volver a tejer la materia y reparar enganchones y desgarros, y volver al mismo lugar y recuperar la vida que habrían tenido y que les robaron.

Les habló en silencio con palabras antiguas, las de antes, que solo pronunciaba en secreto, a solas. Un poco de viento avivaba las estrellas que se volvían a iluminar en estelas centelleantes.

Se adormeció y se despertó bajo un cielo negro salpicado de luz. Como el sueño insistía en atraparlo, se instaló en el asiento trasero del coche, todas las ventanillas bajadas, para recibir los olores y ruidos del bosque.

Volvió a ver la cara torturada del serbio, el desastre sanguinolento de su mirada arrancada, su cuerpo cubierto de heridas desplomado en la bañera. Se estremeció. Sabía que se torturaba atrozmente, desde siempre y en todas partes. Había visto películas, vídeos, con colegas, espantados, y siempre había alguno que daba al stop o cerraba la ventana –y otro que se quejaba del chasco– y enseguida comentaban lo que habían visto, atónitos, con las diez únicas palabras de indignación o de asco que manejaban. Había visto correr la sangre, había dado y recibido golpes bajos. Pero antes se había inclinado sobre el tío al que le hubiera gustado hacerle sufrir los maltratos más inmundos y había llorado y había temblado ante ese hombre asesinado. Había escuchado su penoso aliento, el silbido de sus bronquios, ese quejido viscoso, ese gemido ahogado había ascendido por él para negar, casi muerto, el asesinato de Fabien. Había querido liquidarlo, pero ¿habría apretado el gatillo si el otro no hubiera aparecido con el bate? La pregunta no le inquietaba. Prefería hacerla que haberla respondido.

Soñó que una ola inmensa ascendía por el océano y desbordaba la duna y se cernía sobre él. Se despertó gritando con los primeros destellos de luz, el corazón en la garganta. Le pareció oír la gran pulsación tranquila del mar y el terror de su pesadilla se disipó a medida que se adormecía de nuevo.

Voces de niños le sacaron del sopor que se parecía al sueño. Era completamente de día. Puertas que se cerraban, gente que se llamaba. Cuando se incorporó, los vio cargarse de sombrillas, de bolsas de playa, de neveritas. Eran casi las nueve y el aire era cálido, y cuando salió del coche Franck tuvo que mover las articulaciones doloridas por las malas posturas de la noche, y después de que los veraneantes desaparecieran en la duna se encontró solo bajo la brisa que corría por la cumbre de los pinos y necesitó algunos segundos para que la evidencia de su situación volviera a su mente y cabalgara por su espalda en un escalofrío desagradable. El serbio torturado, el tío en el pasillo con una bala en el estómago doblado en dos sobre la herida, la pasma, la huida hasta aquí, en lo que ahora le parecía un callejón sin salida. A un lado la arena de las dunas, al otro la pista que volvía sobre sí misma para cerrar el circuito que conducía a los aparcamientos.

Volvió a subirse al coche y condujo por una carretera casi desierta hasta que encontró una cafetería donde se pidió un desayuno, convencido de que la especie de vértigo permanente que sentía era por hambre. Se instaló en la terraza, no lejos de un grupo de cicloturistas alemanes, tal vez, u holandeses, grandes mochilas cerca de ellos, las bicis cargadas con alforjas un poco más lejos, devorando tostadas que mojaban en té mientras repasaban un mapa de carreteras.

Había un periódico tirado en la mesa de al lado. Franck lo abrió y recorrió los titulares, que hablaban de guerra y de terrorismo, de políticos cínicos y abominables, y que detallaba a los veraneantes que se hospedaban en la región los festivales de música, las fiestas tradicionales de verano en las que la muchedumbre bebía hasta desmayarse. Se acordó de sus andanzas alcohólicas, Fabien y él y algunos otros, y sobre todo de aquella vez con el tío ese en el puente Saint-Esprit en Bayona de pie sobre la barandilla que proclamaba a los cuatro vientos que era capaz de tirarse y que hacían falta un par de huevos para eso. Se cayó al final en el lado bueno, sobre la acera, echando toda la raba, y se durmió encima de su vómito y rodeado de transeúntes que se apartaban de él y se alejaban acelerando el paso.

Franck dobló el periódico y vio a los ciclistas subirse a sus máquinas, cargados como mulas, y alejarse casi tambaleándose por el esfuerzo. Calculó que le quedaban más o menos tres mil euros, con lo que podía estar tranquilo. Solo tenía que encontrar un lugar apacible en el que darse tiempo para reflexionar. Un lugar donde no hubiera nadie. Se puso a pensar en el macizo central como una comarca salvaje de pueblos abandonados y bosques impenetrables y pensó que se escondería allí, en lo profundo de algún bosque, y que tal vez podría encontrar trabajo de leñador. Dejó encima de la mesa un billete de diez y se levantó, casi aliviado. Eran casi las once. No había visto pasar el tiempo.

En el coche, se alegró de volver a encontrar sus cosas. Arrancó prometiéndose tirar la pistola en cuanto tuviera ocasión, en medio de ninguna parte.

Entonces sonó el teléfono. Lo buscó durante varios segundos palpando la bolsa. Era Rachel. Hablaba muy bajito, tratando de no gritar.

—¡Tienes que venir! ¡Socorro! ¡Ven pronto!

LOS LOBOS

11

En cuanto tuerce por el camino aparece la casa, las ventanas de par en par, la puerta de entrada completamente abierta. Franck empieza a temblar y se precipita al interior con un lamento. Al entrar tropieza con el cadáver del perro, enorme, tumbado a lo largo. Ha desaparecido de su cabeza toda la parte de arriba del cráneo, solo quedan las mandíbulas entreabiertas, sin ojos, el hocico levantado sobre los colmillos en una última rabia ciega. Nada más que esos dientes, ese morro cuadrado, ese aparato mordedor sin mirada. Una enorme mancha de sangre y de cerebro sobre las baldosas y en la parte baja de la pared. Más sangre que se extiende en una capa lisa hasta el pie de la escalera. Por el suelo están desparramados la tierra y los pedazos rotos de un tiesto de flores, las esquirlas de la ventana porque la puerta de entrada ha sido derribada.

Para entrar en la cocina tiene que pasar por encima del desmesurado cuerpo, y no puede evitar temer que la bestia se despierte y lo ataque de repente mientras está en desequilibrio sobre ella. Empuja la puerta y se encuentra allí a la madre. Yace boca abajo en un charco de sangre de contornos redondos, definidos y brillantes, como un barniz derramado. Ha caído delante del fregadero lleno de platos sucios y todavía lleva en el pie izquierdo, enganchada en el dedo gordo, una especie de babucha que se le oía arrastrar a lo largo del día por toda la casa, acarreando el olor acre del tabaco, echando en cualquier parte la ceniza de su cigarrillo. Franck busca con los ojos la otra pantufla, pero no la encuentra. La muerta lleva unos pantalones de chándal blancos que ha manchado al vaciar la vejiga. Entre los omoplatos, la descarga ha abierto un cráter recortado del tamaño de un platillo lleno de carne cruda. Las greñas pelirrojas se abren en corola alrededor de la cabeza lívida, apoyada en una mejilla. El ojo que se distingue debajo del pelo está medio cerrado. Solía tener ese gesto cuando sostenía el cigarrillo en la boca y le entraba humo en los ojos y entonces miraba a la gente desde abajo, los párpados entrecerrados, con aire de desconfianza o desprecio.

Se inclina hacia el suelo y tiene que apoyarse en la encimera para no caerse redondo del vértigo que le ha entrado. Los labios rojos de la mujer se han quedado entreabiertos en su último aliento, retorcidos en un rictus furioso. En eso se parece un poco al perro. La empuja con la punta del pie y le da una patadita en el costado. «Por fin estás muerta, zorra.» Lo ha dicho murmurando, pero su voz resuena en el silencio, ridícula. Le parece estúpido hablarle así a ese cadáver, pero en ese momento le sienta bien. El sudor le recorre la espalda. Se seca la frente con el dorso de la mano. Un olor agrio bajo las axilas. Echa un vistazo por la ventana, en la que apremia ya una claridad desbordante que le obliga a parpadear. El tractor antiguo, los armazones de los coches, la furgoneta, toda la chatarra apilada allí desde hace treinta años, todo con ese tono terroso, sin brillo, de lo que ha empezado a desaparecer, lentamente pulverizado por la corrosión del tiempo.

En el cuarto de al lado, la especie de salón con sofás y sillones deformados de escay agrietado como únicos muebles, el inmenso televisor difunde en voz baja su luz multicolor. Sentado enfrente, el Viejo está contraído sobre sus manos agarrándose el vientre, doblado en dos como si hubiera visto en el suelo, entre sus piernas, vaciarse su cuerpo y escurrirse gota a gota a través de la capa de espuma del sillón y esparcirse por debajo. Tiene en medio de la espalda más o menos la misma herida que su mujer: un agujero irregular del tamaño de un platillo. En el respaldo se incrusta una inmensa dalia de un rojo vivo, tosca.

Franck se agacha un poco y ve los ojos desorbitados, la boca abierta, el belfo colgando como el de un idiota estupefacto. Flota alrededor del cuerpo un tufo a mierda mezclado con el de la pólvora. Una súbita náusea obliga a Franck a escupir un poco de bilis y después sale del cuarto, en el que sigue sonando el tictac del viejo reloj, su puto reloj de 1850, según ellos, que dejó allí como fianza un anticuario tramposo con un cargamento de muebles viejos y un cuadro que se estaba pudriendo en el granero.

Sale de allí y pasa por encima de sillas volcadas, de cajones tirados al suelo, de ropa esparcida por el pasillo, sacada de armarios abiertos de par en par, y sube al piso donde están las habitaciones. Están todas abiertas. Batiburrillo de armarios registrados y vaciados, espejos rotos, colchones levantados yaciendo de través en los somieres.

Salvo la de la pequeña. En la puerta azul cielo sigue el recorte de un enorme gato naranja que mira con aire hostil, los brazos cruzados sobre su barriga regordeta. Franck abre golpeando con el hombro como si pudiera estar cerrado con llave o bloqueado y se encuentra sin aliento en medio del cuarto, el corazón a mil. No han tocado nada. La cama está hecha, los peluches alineados encima de la colcha dorada y pegados a la pared, muñecas rubias colocadas en su decorado rosa y dorado y rodeadas de sus accesorios: una caravana, una mesa de picnic, una pequeña palmera. Imágenes en las paredes, pósters mostrando personajes de dibujos animados, una balda con algunos libros y figuritas monstruosas y personajes al tuntún. Verde y azul. Un papel estampado con motivos vegetales. El pez rojo en su acuario, dando vueltas en medio de un decorado de plástico.

Se acuerda del día en que sorprendió a Rachel ordenando su cuarto, canturreando, un trapo en la mano. El orden meticuloso, casi quisquilloso que restaura todas las mañanas. «Cuando sea mayor, le mandaré limpiar la choza, y se acabará este desastre», bromea a menudo Jessica, apretando contra ella a la niña silenciosa, seria, con la mirada gacha y los brazos colgando como los de una muñeca de trapo.

Franck se siente aliviado en este lugar intacto en el que reina el ligero perfume a menta y lavanda del gel de ducha que siempre usa Rachel, en su pelo, en su piel, cuando viene a estrujarse a tus brazos sin decir nada y después se suelta de pronto de tu abrazo, casi con violencia, y huye sin una mirada, como un gato lunático. Parece que nada grave puede sucederle porque este orden que mantiene a su alrededor, en su pequeño universo, la protege tal vez del caos circundante. Eso y el silencio en el que se encierra y que ahora resuena en los oídos de Franck.

Le da de comer al pez rojo. El animalillo sube a la superficie para engullir los insectos disecados. «Por supuesto, tú no sabes dónde está ella.»

Vuelve a cerrar la puerta con precaución y se queda un momento en el umbral, acechando el menor ruido. Solo oye el murmullo de la televisión, y tiritando se imagina el cadáver del padre derrumbado delante. La espalda arrancada, el aire estúpido, agachado sobre su propia muerte.

«¿Rachel?»

Le da vueltas la cabeza, zumbando como si se hubiera metido en un nido de abejorros. Piensa que se va a despertar y va a escapar de uno de esos sueños terribles, tan reales, en los que se produce a menudo lo irremediable, y te persiguen en la oscuridad, los ojos bien abiertos mientras te preguntas durante algunos segundos si todo eso no habrá pasado de verdad. Pero no está dormido, la realidad se impone, evidente. Toca el tabique con la palma de la mano, mete en el bolsillo la llave del coche y la examina de cerca como si fuera un objeto cuyo uso desconoce, esforzándose por pensar en lo que ha pasado y encontrar en esa carnicería y en ese caos signos de la confusa disposición en que ha estado dando tumbos, ese suelo desencajado y podrido en el que lleva renqueando y tropezando algunas semanas. Distingue en la habitación de Jessica ropa apilada delante del armario, los cajones tirados por tierra en el resplandor blancuzco que entra por la ventana. Da algunos pasos en dirección a esa leonera y luego se da la vuelta hacia la puerta donde el enorme gato rojo lo mira desafiante.

No han revuelto la habitación de la pequeña. Deberían haberlo hecho. Es lo que él habría hecho en su lugar. Se le ocurre incluso registrar debajo del colchón, entre la ropa guardada en el armario para tratar de encontrar lo que hay allí, y luego rechaza la idea asqueado de sí mismo, repugnante, sería como meter los dedos en las bragas de la cría. Yo no me he convertido en uno de ellos.

Lo que esos tíos han venido a buscar podría haber estado perfectamente debajo de ese colchón, y tal vez todavía está allí. Pasta, droga. Es posible que la pequeña lleve durmiendo días o semanas encima de fajos de billetes o de coca o de hierba escondidos debajo de su cama o en un peluche hábilmente recosido. Y no han tocado nada. Puede que no estuvieran buscando nada. Puede que hubieran venido solamente para reclamar por última vez el pago de la deuda, ajustar las cuentas, vengar al serbio.

El timbre del teléfono lo estremece. Da un paso para descolgarlo, pero cambia de opinión. Suena siete u ocho veces, y él se queda allí delante, inmóvil cuando salta el contestador, y después jadeando cuando oye el aliento de alguien que decide no dejar un mensaje y cuelga. No se atreve a moverse, casi ni a respirar, como si pudieran oírlo o adivinar su presencia. Cuando el aparato deja de sonar, está convencido de que saben que está allí. De que le han podido ver girar en el camino. Sale a la entrada y mira la carretera vacía, los árboles y los arbustos brillando bajo el sol, los pinos horribles y sombríos, todo ese paisaje inmóvil, paralizado por la mañana de verano. Desde el lugar donde se encuentra no puede ver la caravana, pero supone que también han entrado en ella. Rodea el Mercedes, da algunos pasos hacia el campo desierto, contempla el bosque y vuelve a pensar en su pesadilla y se imagina un aluvión de vegetación dispuesto a abatirse sobre la casa. Vuelve sobre sus pasos. La angustia entre sus escápulas, apretando como un puño.

Han dejado la puerta de la caravana cerrada, y lo asalta la idea de que podría ser una trampa, un hombre escondido en el interior con una escopeta, por eso duda antes de girar el picaporte. Piensa que es ridículo. Un tío sudando en una caravana solo para meterle un tiro en la cabeza. Cuando habría sido mucho más fácil atacarlo en la casa. Y ese tío y sus cómplices habrían dejado marchar a Jessica y la emprenderían contra él. Por qué no. ¿Y los Viejos? Ellos habrían tenido derecho. ¿Y ella? ¿Dónde estaba ella en ese momento? ¿Con la pequeña? No entiende nada. Trata de pensar, la mano en el picaporte de esa puta puerta tras la que... Pero no llega a ninguna conclusión, así que tira de la puerta hacia él como si fuera a arrancarla.

Han abierto y vaciado los armarios, los baúles. Los cojines de las banquetas levantados, destripados. Sus libros desparramados por el suelo. Recoge tres que ha pisado, los coloca sobre la encimera del rincón de la cocina. Acaricia con la punta de los dedos la suavidad de las tapas, y aparecen en su mente destellos de recuerdos y se queda un momento inmóvil, asaltado por las sombras y las siluetas que se imaginó surgiendo de entre las páginas. Después, como el aire empieza a hacerse más denso a su alrededor y lo embota, mueve los hombros y deja correr un poco de agua tibia por las manos, los brazos.

Cuando sale, el sol le pega de lleno y lo obliga a encorvarse. Distingue la casa con los párpados entrecerrados por la luz, oscura, masa impenetrable. Podría prenderle fuego para que no quedara nada de ese caserón maldito propio de un relato de terror, y que la pasma encontrara los cuerpos carbonizados de dos viejos entre los escombros humeantes en medio de chatarra de coches y devastación, pudriéndose sobre palés debajo de una lona. Duda un instante de si ir a buscar un bidón de gasolina al almacén. Le encantaría ver brotar las primeras llamas por las ventanas reventadas y oír el rugido implacable del fuego queriendo devorarlo todo al mismo tiempo, monstruo enloquecido de cien lenguas hambrientas. Le gustaría que acabase así, en una enorme llamarada que lo limpiase todo. Como si el fuego pudiera purificar cualquier cosa. Creencias medievales. Cuerpos calcinados, almas perdidas.

Se queda parado bajo la luz blanca en medio de un silencio espantoso. Un vacío, un agujero que le zumba en los oídos. Es la muerte que le habla con la boca abierta, inmensa. De pronto tiene miedo. Entonces corre al coche y arranca de golpe y levanta polvo y grava bajo las ruedas. Mientras se aleja, justo antes de girar en el camino, mira si alguien ha salido de la casa para seguirlo.

12

Conduce un buen rato con la esperanza de ver aparecer el coche de Jessica al tomar una curva o a lo lejos, en la autopista. Acelera hacia Burdeos al límite de lo que puede dar el viejo motor de su Renault. Marca tres veces el número, salta tres veces el contestador, y deja siempre el mismo mensaje: «Llámame, no sé dónde encontraros».

Cuando suena el móvil, casi pega un bandazo delante de un camión. Jessica alza la voz por encima del estruendo del motor, la velocidad retumba con las ventanillas bajadas.

–¿Has estado allí?

–Sí. Lo he visto. ¿Qué ha pasado?

–¿Cómo lo has sabido?

–Rachel...

–¡Joder, no puede ser! ¿Qué te ha dicho?

–Que fuera. Y he ido.

–Ya veo.

–¿Estáis bien? ¿Qué...?

–Estamos bien. Ya te contaré. Nos vemos en el aparcamiento del Carrefour Drive en Mérignac. No estoy lejos. Te espero.

Cuelga. En la carretera de circunvalación, camiones y autocaravanas, coches cargados con bultos, bicicletas. Franck recuerda que el país está de vacaciones. Salir. Aunque solo sea por cambiar la rutina. Envidia a esa gente que entrevé en sus coches. Envidia las pequeñas costumbres a las que se dirigen, el ritual de la playa, la tele mientras la caravana avanza, el aperitivo a las siete de la tarde turnándose con los vecinos del camping, el restaurante de vez en cuando. Desde ayer va a la deriva de masacre en masacre, y lo único que querría en ese preciso momento sería estar dentro de uno de esos coches que toman la autopista a Bayona, a España, un niño dormido o pegado a la ventanilla, o incluso un adolescente despatarrado contra la puerta, enfadado y ofuscado, los cascos en las orejas. A salvo. Dejándose llevar sin preocupaciones hacia otro lugar, aunque sea una ilusión.

Jessica ya ha llegado. Aparca detrás y ella no se mueve, y él tiene que bajar del coche y acercarse y agacharse para que ella gire la cabeza hacia él, la cara cansada, los ojos brillantes, las manos al volante como si fuera a arrancar de un momento a otro. La mejilla hinchada, amoratada. No ve a Rachel en el asiento de atrás. Solo una bolsa de viaje grande.

–¿Rachel no está contigo? ¿Dónde está?

–¿Has visto lo que han hecho?

–¿Dónde está Rachel?

–A salvo, en casa de amigos. No te preocupes.

Abre la puerta con violencia y él tiene que apartarse para no cerrarle el paso. Coge su bolsito de tela roja y busca un paquete de cigarrillos, se enciende uno, apoyada contra el coche, y después mira un poco más lejos a unos que están lavando su vehículo con mangueras de agua a presión.

–¿Qué ha pasado?

Ella niega con la cabeza. Traga aire y luego suspira.

–Llegaron hacia las ocho. Yo estaba arriba y oí a mi madre gritar y justo después un disparo, y después otro. Encerré a Rachel en su cuarto y me quedé en el rellano sin saber qué hacer, aguantándome las ganas de gritar, joder, ¡habían matado a mis padres y yo allí sin poder hacer nada!

Se detiene y se seca las lágrimas con el dorso de la mano temblorosa y le pega dos caladas al cigarrillo.

–Venían gritando que iban a hacernos lo mismo que al serbio, yo no entendía nada, y en ese momento dos de ellos subieron la escalera y me vieron, y para distraer su atención, para que no encontraran a Rachel, avancé hacia ellos y empecé a pelearme, a darles de hostias, pero claro, me tiraron por la escalera y me pusieron el cañón de la escopeta en el morro... No conseguía verles la cara, me aplastaban contra el suelo y no me podía mover. Uno dijo ¡Está buena, nos la follamos! Y el otro respondió Fóllatela tú, yo no meto la polla en ese coño asqueroso. Yo pensaba que si no me follaban me iban a matar, joder, y pensaba en Rachel en su cuarto, y habría preferido que me pasaran cincuenta por encima aunque me desgarraran hasta el ombligo, y luego de repente oí a uno que decía ¿Qué cojones es esto? Lo entendí cuando oí gruñir al perro y grité ¡Ataca!, pero dispararon y sentí algo pesado y mojado que me caía por las piernas y luego comprendí que era el perro, tenía ganas de vomitar, no conseguía darme cuenta de lo que estaba pasando, ¿sabes? Mis padres muertos, yo con una pipa pegada en la jeta, y mi niña allí arriba, no conseguía unirlo todo y pensar en algo, de todas forma no habría servido de nada... Mientras, los oía destrozándolo todo, seguramente buscaban pasta y lo saqueaban todo, y yo tenía miedo de que la emprendieran con la cría y estaba ese pedazo de cabrón encima de mí apuntándome con la pipa y preguntándoles si encontraban algo y ellos gritaban que no... En un momento me apartó las bragas y me metió un dedo, me hizo daño, pero le dije Sí, me gusta, sigue, quería que se desconcentrase y quitarle la escopeta, te juro que los habría hecho picadillo a esos hijos de puta, quería hacer cualquier cosa para desviar su atención y que dejaran tranquila a

Rachel, sabes muy bien, me dijo, el cabrón se lamía los dedos, no te preocupes, vas a cobrar bien en cuanto vengan los otros.

Están a pleno sol y Franck tiembla, lleno de escalofríos, y se apoya en el guardabarros delantero del coche porque tiene la impresión de que le van a fallar las piernas. Al oír a Jessica vuelve a verlo todo, los cuerpos, el caos, y se pregunta por qué motivo no derribaron la puerta de la pequeña esos tíos, y entonces se lo pregunta y Jessica lo mira primero como si no entendiera y después se sorbe los mocos y se enciende otro cigarrillo y echa el humo con dificultad, como si las palabras no pudieran salir.

–Al cabo de un rato volvieron a bajar, el otro me decía guarradas y yo le decía Venga, hazlo si tienes huevos, y él gruñía como un perro, estoy segura de que se pajeaba mientras me aplastaba la jeta contra el suelo con el cañón de la escopeta. Uno dijo ¿Y ella? Yo sabía que tenían los ojos pegados a mi culo y que dudaban y que se miraban mientras decidían algo. Y decidieron irse. Me pegaron una patada en las costillas, me quedé sin respiración, y cuando me di la vuelta para verles la cara cogieron al perro y me lo tiraron encima diciendo ¡Fóllate a este, a ver si se te baja el calentón! Era tan asqueroso, no te puedes imaginar, el cadáver del perro chorreando sobre mí y encima, el olor a mierda... No me atreví a moverme hasta que los oí arrancar, y después me levanté, estaba llena de sangre y de mierda de perro y entonces oí a Rachel llorar en su cuarto, y eso me armó de valor, subí a decirle que le abriría la puerta, pero que tenía que esperar, no podía aparecer en ese estado y me quité la ropa y me pegué una ducha, estuve veinte minutos debajo del agua hirviendo, froté y froté, y si hubiera podido arrancarme la piel, lo habría hecho... Después fui a ver a los Viejos, no llegaba a creerme que estuvieran muertos, solo espero que no hayan sufrido...

Jessica resbala hasta el suelo y se sienta, la frente pegada contra las rodillas, toda ella agitada por un llanto silencioso. Franck la mira, replegada sobre sí misma, tan pequeña que podría ser cualquier mocosa hundida en la pena. La gente que viene a por su compra echa un vistazo a través de las ventanillas subidas de su burbuja climatizada y luego va a aparcar y abre el maletero y espera a que le traigan el pedido sin preocuparse de nada más.

–¿Y Rachel? ¡Ha tenido que oír algo! ¡Los disparos, los gritos! ¿No vio nada cuando bajaste con ella?

–Le había dado el jarabe para dormir. Cuando subí, se había vuelto a quedar dormida. Se despertó en el coche. No quiero ni imaginar lo que habría hecho para que no viera todo aquello.

Franck se pone en cuclillas a su lado. La coge por el cuello, apoya su boca en su pelo pero ella se resiste y lo rechaza suavemente.

–Venga, no vamos a quedarnos aquí. Vamos a buscar a Rachel y veremos qué podemos hacer. De todas formas, no saben dónde estamos.

–Antes me ha parecido ver un coche detrás de mí. Un cuatro por cuatro como el del serbio. Puede que me estén siguiendo. De todas formas, el asunto no va contigo.

–¿Que no va conmigo? Estoy metido hasta el cuello. Porque ayer fui a buscar al serbio. Mataron a Fabien en España. ¿Sabías eso, tú? Así que tu padre me dijo dónde podía encontrar a ese cabrón. Y cuando llegué, estaba tumbado en la bañera, cosido a puñaladas, los ojos reventados. ¿Tú entiendes algo de esta mierda? Por eso vinieron esta mañana. Para vengarlo, porque creen que soy yo el que le ha hecho eso. Me topé con uno y le pegué un tiro. ¿Te haces una idea? ¿Ves un poco cómo está el asunto? Si llegan a encontrarnos, de ninguna manera nos van a dejar escapar.

Jessica se encoge de hombros. Vuelve a sorberse los mocos, levanta la cabeza sin mirarlo.

–¿Qué propones?

–Vamos a buscar a Rachel y nos escondemos para poder pensar.

Ella sonríe con ironía, niega con la cabeza.

–¿Pensar? ¿Pensar en qué?

–En lo que vamos a hacer. La pasma se va a meter y eso complica la cosa. He dejado huellas por todas partes, en la casa, en el cuarto de baño. Y los dos niños que me vieron escapar... Me vieron la cara perfectamente. Mañana mi careto estará en todas las comisarías y en el salpicadero de sus coches.

–¿Y a mí qué me importa? Te están buscando a ti.

Franck se estremece y se pone de pie. Se sacude como si pudiera deshacerse de una especie de electricidad que le recorre todo el cuerpo. Otra vez esas ganas de pegarle para acabar con la sucia miserable que alberga dentro de ella. Pero están esos hombros, esos pechos que percibe por el escote de su camiseta, esos muslos, todo ese caramelo que el sol ha dejado sobre su piel. Y esos ojos que atrapan toda la luz filtrada por las pestañas largas y espesas.

–Muy bien. Entonces me entrego y paso de todo.

–Eso es. Venga, pasa de todo, ya tenías ganas.

Franck se sube al coche y arranca. Por el retrovisor ve cómo se aleja y desaparece, y vigila durante mucho rato el tráfico a su espalda esperando ver el capó rojo de su Renault. Cuando ya se encuentra en la carretera de circunvalación, suena el teléfono.

–¿Dónde estás?

–Llego a la comisaría en dos minutos.

–Imbécil. ¿Dónde estás?

–Hay un hotel al borde de la carretera de circunvalación. Salida 13. Te espero en el aparcamiento.

Hay seis o siete coches aparcados. Son todos de otro departamento. Ni una sombra. Baja todas las ventanillas, abre las puertas y espera al volante. A ratos, un poco de aire consigue remover el asadero. Jessica aparece un cuarto de hora más tarde. Se baja del coche, la bolsa grande en la mano.

–¿Nos quedamos aquí? ¿Hay habitaciones?

Quedaban cinco en el segundo piso. Franck ha pagado en metálico dos noches por adelantado.

En cuanto entran se pisan uno al otro, cargados con sus bolsas, deslizándose alrededor de la cama. Amontonan sus cosas en un armario y, sin decir nada, Jessica se acuesta en posición fetal como una niña gruñona. Franck entra en el pequeño cuarto de baño. Primero se aclara la sal del mar que le queda en la piel y después se enjabona con la muestra que ofrece el hotel. Cuando vuelve a la habitación, sin duda ella duerme porque no reacciona cuando le habla de ir a comer algo para despejarse las ideas. Se viste, y después, rodeando la cama, se da cuenta de que ella tiene los ojos muy abiertos, la mirada fija.

–¿En qué piensas?

–En nada.

–¿En Rachel?

–En nada, te digo. Bueno, ¿qué, vamos a comer?

Van en coche hasta un centro comercial cercano, pasan por la galería comercial delante de tiendas vacías donde las dependientas se aburren y luego entran en una cafetería y piden el plato del día y se sientan a una mesa lejos de los empleados en su descanso y empiezan a comer sin decir nada. Jessica echa de vez en cuando un vistazo a la entrada mientras picotea el plato y Franck gira la cabeza cada vez y no ve nada más que clientes empujando carritos o adolescentes ociosos vagando por los escaparates.

–Tengo constantemente la sensación de que van a venir.

–¿Estás segura de que te han seguido?

Asiente con la cabeza.

–Sí… Dieron conmigo en la autopista.

–¿Por qué se fueron y te dejaron, para seguirte luego? ¿Son gilipollas o qué?

–¡Y yo qué sé! ¡Estoy harta de tus interrogatorios! Se han cargado a mis padres, a mi padre y a mi madre, ¿te enteras de una puta vez? ¡Y mi hija estaba encerrada en su cuarto, sola en el piso de arriba mientras buscaban la pasta o lo que fuera! Y todo eso, por supuesto, porque te buscaban a ti, que viniste a echar mierda en sus asuntos. ¡Así que los porqué y los por quién me la sudan! Salvé el pellejo y el de mi hija, no quiero saber ni cómo.

Empuja el plato y mira a su alrededor, a la gente que come hablando en voz baja. Sin aliento, los ojos brillantes.

–Si me buscan a mí, ¿por qué me has llamado?

Ella duda, negando con la cabeza, la miradas baja.

–Porque contigo tengo menos miedo. No tengo a nadie más, ahora que ellos están muertos.

–Y a Rachel.

–Rachel no me tranquiliza. Más bien, por el momento no hace más que joder.

Ella le mira directamente a los ojos, al acecho de su reacción. Sus pupilas parecen captar toda la luz de las lámparas y los neones y se iluminan como ojos de gato. Se esfuerza en no mostrar nada, pero tiene ganas de darle una bofetada o de tirarle el plato a la cara.

–Entonces ¿te la llevas a casa de esa gente, la dejas a salvo y te libras de ella al mismo tiempo?

–¿Te sorprende?

Él se encoge de hombros.

–Es tu hija…

Franck prefiere guardar silencio. Tiene la impresión repentina de que discuten al borde de un barranco, de que hay un bosque en llamas detrás de ellos. Y de que el pirómano demente está justo a su lado.

Mientras vuelven al hotel, aleja esos pensamientos de su mente. Son fugitivos, las piernas entre las zarzas, y considera las probabilidades de escapar muy arriesgadas o casi nulas. Lo más sensato sería ir a la policía y tratar de explicarlo todo. Toda la historia. La droga, la deuda, la banda del serbio, la muerte de Fabien en España, hasta la matanza de hoy. Ellos dos ahí dentro tratando de defenderse. Y el gitano, que parece saber más que todo el mundo. Tal vez la buena fe, al decir simplemente lo que ha pasado, abogue en su favor. Rechaza esta idea porque se imagina enseguida a los policías guasones en su despacho o apoyados contra una mesa con los brazos cruzados esperando que les cuenten una mejor, enseñándole de vez en cuando muestras de huellas dactilares entre las que suele estar la suya. Y, para empezar, la cárcel. Las imágenes y los recuerdos que le vuelven a la mente le hacen temblar. Está plantado delante de la ventana, mirando el tráfico de la carretera de circunvalación mientras Jessica, tumbada en la cama, ha encendido la tele y zapea y le pregunta en qué está pensando, y él contesta En nada, miro, nada más.

Después piensa en Rachel. Sobrevive a una matanza y la dejan dos horas después como un paquete molesto en casa de cualquiera. Y pronto, cuando les pille la policía o den con ellos los otros... Le vuelve de nuevo la imagen de la pequeña con su vestido rojo en medio del campo reseco. Sola.

–Ahora vuelvo.

Su cuerpo entiende antes que él por qué ella ha dicho eso. Oye el agua correr, escucha cada uno de sus gestos, sigue el movimiento de sus manos. Se tumba y espera. Le gustaría, sin embargo, poder rechazarla, despreciar ese cuerpo y su languidez y su elasticidad. Escapar al hechizo. Le gustaría que en ese callejón sin salida se extinguiera completamente el deseo, que toda su energía se concentrara en huir o en buscar una salida en vez de estar sometido, como un perro, a las pulsiones del celo. Pero también sabe que en las peores circunstancias, en las condiciones más extremas, la gente todavía encuentra fuerzas para abrazarse, para amarse, incluso en la más profunda desesperación. No es algo animal. Es solo la vida que insiste y se empeña. No sabe nada más. Decide abandonarse.

Cuando Jessica sale del cuarto de baño, su piel húmeda todavía brilla en algunas zonas. Mira a Franck fijamente, como si pensara en otra cosa, y él se pregunta si en ese momento ella lo desea. Se queda así unos segundos y luego le sonríe con tristeza antes de tumbarse encima de él.

Luchan en silencio. A él le gustaría hacerle daño, ella se abre y se tiende sin mirarlo nunca, extraña. Gozan con violencia, los dientes apretados, como si estuvieran enfadados. Casi jadeando, ella se levanta enseguida y se da una ducha.

Pasan la tarde en la habitación, dormitando, viendo la televisión. No hablan. Franck trata de reflexionar sobre la situación y solo llega a conclusiones descorazonadoras. Mira las paredes a su alrededor como su única perspectiva y comprueba el margen de maniobra en los diez metros cuadrados del cuarto. Adormilado sin haberse dado cuenta, le despierta la voz de Jessica hablando por teléfono.

–Sí... ¿Qué le pasa? ¿Ha dicho algo? No me sorprende... Nunca come demasiado... ¿Se porta bien con vosotros, al menos? ¿Ni una palabra? Bueno. ¿Puedo ir esta tarde? Ya se lo explicaré. Sí, vale... ¿Como a las siete y media? Muy bien. Hasta luego.

Jessica se da la vuelta hacia Franck:

–Nos han invitado a tomar el aperitivo.

–¿Quién era?

–Delphine. La amiga con la que he dejado a Rachel.

–¿Cómo está Rachel?

—Tenemos que pasarnos. No habla, se niega a comer, se queda encerrada en el baño.

—¿Tu amiga sabe lo de tus padres y todo lo demás?

—No. Delphine no pregunta. Y Damien tampoco. Solo les dije que me harían un favor quedándose con ella dos o tres días porque estaba en un lío, y aceptaron enseguida. Conozco a Delphine desde hace diez años. Es como una hermana. Y a Rachel no le he dicho nada. ¿Qué podría haberle dicho, de todas formas? No me ha preguntado nada, creo que el jarabe la había dejado fuera de juego y no oyó nada desde su cuarto. Le dije que nos íbamos de viaje y que el abuelo y la abuela vendrían más tarde, porque tenían un montón de cosas que hacer. Ya sabes cómo es. No se queja, obedece. Preparó sus cositas, cogió ese móvil viejo que le di el año pasado con el que te llamó, salimos por detrás, ella no vio nada. Así que Rachel no les va a contar nada de nada. Y a veces me pregunto si entiende bien todo lo que le decimos. Es muy rara. A veces me da miedo, ¿sabes?, como esos niños de las películas de terror, que caminan por el pasillo por la noche y se quedan al pie de la cama con un cuchillo en la mano. Alguna vez me ha pegado un susto, cuando era más pequeña. Venía en plena noche sin decir nada a mirarme dormir.

—Tu padre dice... bueno, decía lo mismo. ¿Nunca te has preguntado por qué es así?

—La profe del colegio, el año pasado, pensaba que no era normal. Decía que era inteligente, pero se hacía muchas preguntas. Nos concertaron una cita con una asistenta social y todo... Yo había vivido algo parecido de pequeña. A esa gentuza le gusta remover la mierda y buscarte problemas. Pero bueno... ¿Por qué estamos hablando de esto?

—Empezamos con Rachel.

—Ah, sí...

Jessica se queda pensativa, los ojos perdidos en la pantalla del televisor encendido, y después sale de sus pensamientos. Se viste: pantalones blancos, corpiño negro. Se desordena el pelo con los dedos. De pronto está radiante, y se vuelve hacia Franck con una sonrisa que desarma su rabia y su desconfianza.

13

Es una torre de viviendas en una barriada del sur. En el undécimo piso. El ascensor huele a orina, las puertas de acero están cubiertas de dibujos obscenos, de logos, de insultos. Jessica y Franck, cada uno por su lado, descifran ese arte sin misterio. El pasillo por el que avanzan huele a cebolla frita, a especias. Truena un rap detrás de una puerta, un tío se ríe a carcajadas. Delphine viene a abrirles en camiseta de tirantes y pantalones de baloncesto, descalza. Es rubia, lleva el pelo rizado detrás de la cabeza, en una enorme mata amarillenta. Piel mate, labios carnosos. Abraza a Jessica, se besan y se frotan una contra otra como amantes. Cuando han terminado, Delphine estrecha primero la mano de Franck y luego decide darle dos besos.

Rachel está al fondo del pasillo, inmóvil. Franck la ve y la llama y entonces ella se acerca con pequeños pasos. Jessica se dirige hacia ella.

–¿Qué pasa? ¿No te has portado bien con Delphine y Damien?

La pequeña se acerca a ella y estrecha las piernas de su madre con los brazos, la cabeza presionada contra el vientre.

–Venga, ya está.

Empuja suavemente a la niña y la separa frotándole la cabeza con la palma de la mano.

Un tío alto, seco como un madero, en bermudas y camiseta del equipo de fútbol de Portugal, se acerca a ellos con un teléfono en la mano. Agarra a Jessica con los brazos y la levanta en volandas. Gruñido de esfuerzo, chillidos de placer. Saluda a Franck calurosamente, le tritura la mano con la suya, fuerte y grande, y después les invita a pasar al cuarto de estar para tomar un aperitivo. Hay dos niños instalados en una mesa. Una chiquilla en una trona, delante de un plato rojo lleno de puré de verduras. Un niño está sentado de espaldas a una ensalada de tomate. Tiene la cabeza agachada, la servilleta alrededor del cuello.

–Está castigado –explica Delphine–. El señor no quiere comer nada, así que no se levantará de la mesa, pero se quedará así cuando vengamos a comer todos. Como no quiere comer, no tiene derecho a estar en la mesa con nosotros, pero tampoco tiene derecho a levantarse. Se llama Enzo. La pequeña es Amalia.

El niño levanta los ojos hacia los recién llegados y la voz de Damien cruza la sala como un cuchillo.

–¿Qué te he dicho?

El crío baja enseguida la nariz y se pone a llorar en silencio y los hombros se levantan con cada sollozo.

–Tendré que probar este método con Rachel –dice Jessica–. Ella tampoco quiere comer nada.

La pequeña Amalia estalla en carcajadas agitando la cuchara de plástico y luego se pone a picotear el puré con la punta de los dedos y enseña las manos sucias a los adultos, muy orgullosa. Su madre se acerca a ella y le da de comer dos cucharadas explicándole que se hace así. Le limpia los dedos, le vuelve a colocar la cuchara en la mano y le da un beso en la frente.

Rachel se ha sentado al fondo de la mesa y los mira a todos, niños y adultos, con aire que podría ser de sorpresa, antes de acercarse a los ojos la pequeña consola.

Damien trae bebida y algo para picar y se sientan en sillones de plástico alrededor de una mesa de jardín. Damien explica que el sofá de cuero llegará ese otoño. Después beben y picotean y hablan de todo y de nada. Jessica y Delphine mencionan a algunos conocidos comunes. Se parten de risa, se sorprenden, se preocupan por turnos. A veces hacen aclaraciones a los hombres que las escuchan. Damien se encarga del servicio. ¿Cerveza o gin-tonic? Franck se toma dos cervezas belgas, come cacahuetes, se siente pesado, agobiado en el fondo de su silla. El otro le pregunta desde cuándo conoce a Jessica. Y Franck se lo cuenta. El talego, Fabien, Jessica y sus padres, el perro. Nada más. Ninguna alusión a la droga, a la deuda, a los tiros, a la carnicería. El perro. Qué casualidad, a Damien le encantan los perros. Es una de las grandes pasiones de su vida. Le hubiera gustado ser adiestrador de perros en la policía o en el ejército. Tenía un rottweiler antes de empezar con Delphine. Pero el maldito perro no soportaba a los niños, y no tenían ganas de que atacara a Enzo, que entonces era un bebé, sí, porque Enzo no es hijo suyo. Tuvieron que deshacerse de él. Del perro, claro. Se lo había dado a Bilail, un colega que tenía un kebab donde lo habían atracado dos veces en seis meses.

Ese niño es un regalo de su vida anterior. Bueno, un regalo si se puede decir así. No es que sea malo, no. Pero es testarudo, se encierra y no dice nada durante días. Un poco como Rachel, mira. Y eso a mí me cansa. Fue por eso. Le dije a Delphine que con uno ya teníamos bastante, por eso llamó a Jessica antes.

Las dos mujeres han dejado de hablar y lo escuchan. Delphine echa un vistazo a su hijo, que juguetea con los dedos mientras se sorbe los mocos.

–Lo entiendo –dice Jessica–. No es fácil. Es mi hija, ¿eh?, pero, sinceramente, a veces me cuesta seguirla.

–Enseguida me di cuenta de que no iba a funcionar. En cuanto te fuiste, se sentó en el suelo en un rincón con su bolso y no se quería mover. Hacía como si no nos oyera, ¡como si no existiéramos! Y al mediodía, más de lo mismo. No tocó la comida, ¡ni siquiera nos miraba de reojo! Hay críos que son como esos perros que comen más cuando su amo no está cerca.

Jessica aprueba sacudiendo la cabeza. Parece reflexionar intensamente sobre lo que acaban de decir.

Franck mira a Rachel, que está con la cabeza sobre los brazos cruzados, como si estuviera durmiendo. Franck tiene ganas de irse. Podría levantarse, decirle a la pequeña Venga, Rachel, nos vamos, coge tus cosas, y se largaría de allí, conduciría toda la noche con la niña dormida en el asiento trasero y por la mañana se despertaría en un lugar nuevo, ante un paisaje inmenso, un valle profundo, montañas al fondo... Solo un poco de viento en recuerdo de la noche...

Se levanta bruscamente y los demás se sorprenden al verlo de pie.

–Voy a fumar al balcón.

Abre la ventana corredera y la vuelve a cerrar a su espalda y se siente aliviado de no oírlos más. Hace buen tiempo. Corre un vientecillo que se parece al del sueño de hace un rato. Oye las voces, las músicas, trocitos de programas de la tele. La ciudad se extiende a sus pies, se enciende con la llegada de la noche. Burdeos a lo lejos, los puentes sobre el río.

–¿No fumas?

No ha oído llegar a Jessica. Enciende los cigarrillos.

–¿Estás bien?

–¿Por qué lo preguntas?

–No sé... No te veo bien. Raro.

–Como Rachel, ¿no?

–Nos llevamos a Rachel. Así te pondrás contento...

–¿Cuándo nos vamos?

–Han pedido pizzas, comemos y nos largamos.

Se toman las pizzas con cerveza o Coca-Cola. Rachel come un trozo con hambre, ha dicho gracias cuando Delphine se lo ha servido.

–¡Si habla y come! –dice Damien.

Jessica mira a su hija partiéndose de risa.

–¿Qué es lo que habíamos dicho?

Franck no ve más que la espalda del niño castigado que se levanta de vez en cuando emitiendo un gran suspiro.

–¿No querrá un poco? –pregunta Franck.

–Si quiere comer, tiene un plato que le espera en su sitio. Entonces sí que podrá sentarse a la mesa.

Al decirlo, Damien ni siquiera ha mirado al niño, y después se vuelve hacia él.

–Hala, se acabó. Venga. A la cama. Y cuidadito con despertar a tu hermana.

El niño se va de la sala sin decir ni mu, mirándose los pies. Franck busca los ojos de Jessica, pero ella baja la mirada hacia su plato vacío, simulando coger con la punta de los dedos unas miguitas para llevárselas a la boca y masticarlas. Le gustaría saber lo que está pensando en ese momento, le gustaría, aquí, ahora mismo, mientras oyen al pequeño arrastrando los pies por el pasillo, leer en sus ojos que se enternece, que se conmueve un poco por tanta crueldad, pero la siente cada vez más encerrada en sí misma, a cal y canto en su armadura de carne y piel. A los padres de esa chica los han matado esta mañana, prácticamente delante de ella. Se van a pudrir allí sin estar ni siquiera escondidos bajo la tierra, como conviene a los muertos, y la imagen de su carroña licuándose en esa casa que conoce, en la que creyó poder reencontrar su libertad, le cubre la piel de un sudor agrio que le parece oler. No sabe cómo lo hace ella. Allí están a la fuga, una niña bajo el brazo, arrinconados. Y ella parlotea, se ríe, como si todo aquello no fuera más que la continuación lógica de una historia que empezó hace tiempo, como si la forma en la que acaba no le interesara. De hecho, sigue corriendo en el vacío, como esos personajes de dibujos animados que se dan cuenta demasiado tarde de que ya no hay camino ni salida.

Nota que en la mesa todos se han callado, escuchando tal vez cómo se alejan los pasos del crío. Cuando la puerta de la habitación se cierra casi sin ruido, Franck tiene la impresión de respirar de nuevo, y Delphine vuelve a animarse como una criatura humanoide que se hubiera recargado, y ofrece café.

El café. Comparten un porro, Jessica le pega una calada con una voluptuosidad forzada. Franck no ha fumado desde la cárcel, y con el olor y el sabor del hachís le llegan otras sensaciones. Peste a sudor, tufo de retrete, aliento fétido de una boca demasiado cercana. Así que la segunda vuelta no fuma, la lengua pastosa, y se enjuaga el asco en un gran trago de cerveza.

Cuando salen del edificio, Franck tiene la impresión de escapar de un mecanismo infernal de paredes que se van cerrando poco a poco hasta aplastarlos a todos. Rachel dormida en los brazos, él acelera el paso hacia el coche para alejarse lo antes posible de ese lugar. Detrás, Jessica remolonea, un poco borracha, riéndose sola. Se deja caer en el asiento mientras Franck instala a la pequeña detrás.

–¿Conocías a ese niño, Enzo? ¿Lo habías visto antes?

Jessica baja la ventanilla de la puerta y enciende un cigarrillo.

–No, nunca lo había visto. Ya ves, cuando nos íbamos de juerga o nos metíamos en líos, no había mucho espacio para un niño. Bueno, sí, lo debí de ver una o dos veces cuando era un bebé. Pero ella solía dejarlo con su abuela, porque su madre pimplaba demasiado para ocuparse del pequeño.

En el hotel, el recepcionista mira de reojo a Rachel, que sigue dormida apoyada en el cuello de Franck, pero no dice nada y acuestan a la pequeña sin desvestirla para que no se despierte.

Franck se tumba en la moqueta, una manta bajo la cabeza, y oye a Jessica dormirse enseguida en un sueño con débiles gemidos de niña.

La última vez que mira la hora en el teléfono son más de las tres de la madrugada. Encima de él, el piloto del televisor es un astro rojo en un cielo vacío.

14

Rachel devora la tostada con mermelada, bigotes de chocolate bajo la nariz. En un momento dado, le pregunta a su madre si van a ir a la playa y Jessica la mira, sosteniendo la taza de café en el aire, y le dice que sí, por supuesto que iremos, pero hoy no, Franck y yo tenemos que arreglar algunas cosas. La pequeña asiente con la cabeza, satisfecha, y se pone a comer otra vez, los ojos hacia la ventana, el césped amarillento por la sequía, los tres árboles anémicos a punto de sucumbir por falta de agua.

–No podemos seguir así. Hay que tomar una decisión. Ya has visto cómo estamos los tres en una habitación. Y lo que cuesta, no vamos a seguir tirando la pasta en hoteles de mierda donde, al final, nos van a pillar.

Franck la escucha. Habla calmada, le mira bien a la cara, parpadea por la inquietud. Fresca, tersa bajo los ojos, sin el menor rastro de cansancio. Regenerada.

–¿Qué propones?

–No te va a gustar.

–Dilo de todos modos.

–Vamos a casa del gitano, Serge. Es el único que nos puede ayudar. Mi padre confiaba en él, y era recíproco. Y a mí siempre me ha querido…

Franck imagina de qué forma puede querer el gitano a Jessica. La sombra de una duda atraviesa su mirada a su pesar y traiciona sus pensamientos, porque ella se inclina sobre la mesa y le araña el dorso de la mano con las uñas.

–No es lo que piensas. ¿Sabes?, también hay tíos que no me he follado.

Murmura algo con lágrimas en los ojos y luego desvía su mirada húmeda, que se pierde al fondo de la estancia. Rachel examina a uno y a otro, sus grandes ojos abiertos por la curiosidad o la sorpresa, y luego mueve la cabeza imperceptiblemente, con aire abatido. Franck se inclina hacia ella.

–¿Estás bien, Rachel?

Dice que sí con un ligero movimiento de la barbilla, la mirada perdida al otro lado del cristal.

Franck no reconoce el itinerario que habían seguido con el Viejo. Incluso al salir de la carretera de circunvalación le parece que Jessica, que conduce delante, no sabe adónde se dirige y que se van a perder. No se acordaba de esa zona de bosque y terrenos baldíos perforada por vías rápidas y sembrada de zonas industriales en la que termina la barriada oeste. Un avión pasa a trescientos metros de él, descendiendo por encima de los árboles, lento y pesado. Rachel, la cara encajada entre los dos asientos delanteros, le pregunta cómo es ir en avión y él le contesta que no sabe, que nunca lo ha probado.

Cuando entran en el campamento, tres mujeres que charlaban debajo de un árbol los miran bajar del coche y no se mueven y no les quitan la vista de encima hasta que Jessica se acerca a ellas y les pregunta si está Serge. Ninguna responde. La más joven, con el pelo decolorado, amarillo, un barreño de ropa debajo del brazo, se aleja hacia la casa más cercana, pero se detiene cuando el gitano aparece en la terraza, a la sombra del alero. No se mueve, las manos en los bolsillos de unos pantalones caqui.

Jessica camina delante, balanceando el bolso al final del brazo. Franck ha cogido a Rachel de la mano y la pequeña se deja arrastrar, como si no tuviera ganas de andar. Mucha gente, sobre todo niños, se asoma al umbral de las otras dos casas y de las caravanas para mirar. Dos hombres que descargaban trastos viejos de un pequeño camión plataforma se han detenido y vigilan la escena encendiendo un cigarrillo. Serge les hace una señal con la cabeza y entonces se apoyan en la cabina del camión y fuman sin preocuparse de nada.

Abraza a Jessica y la estrecha durante mucho tiempo, sin una palabra, y después se dirige hacia Franck y le aprieta la mano.

–No pensaba que volverías a dejarte caer por aquí.

–No, ni yo…

–Eso era antes –le corta Jessica–. Todo ha cambiado.

–¿Y esta quién es?

–Rachel, mi hija. Ya sabes…

–Pasa.

Jessica duda, lanza una mirada a Franck, y vuelve donde el gitano.

–Está conmigo, ¿sabes?

Los ojos dorados de Serge se posan en Franck, mirándolo de arriba abajo. Escupe en el suelo y le da la mano a Jessica.

–Vamos, pasa.

Ella avanza y se vuelve hacia Franck.

–Tal vez sea mejor que Rachel se quede fuera, por lo que tengo que contarle a Serge.

Sigue al gitano al interior de la casa. Rachel y Franck se quedan un momento de pie en la terraza, y luego Rachel descubre una mecedora y se sienta y se balancea mirando a dos chiquillas que juegan bajo el toldo de una caravana. Franck se sienta en un banco a su lado.

–¿Iremos a la playa?

–Sí, pero no hoy. Ya has oído a tu madre.

Las dos chiquillas dejan de jugar para escuchar a Rachel, luego se dicen algo y se parten de risa.

Rachel desvía la mirada y se concentra en una lagartija que acaba de trepar a una baldosa y que se mantiene inmóvil, la cabeza levantada.

–¿Qué les ha pasado al abuelo y la abuela?

Ha hecho la pregunta sin perder de vista la lagartija. Franck siente que se le encoge el estómago como si hubiese recibido un puñetazo.

–¿Por qué preguntas eso?

No contesta. Deja de balancearse, se levanta, se acerca lentamente a la lagartija, que levanta la cabeza hacia ella.

–¿Es su corazón?

–¿Cómo que su corazón?

–De la lagartija. Se le ve latir en los costados. Mira.

Señala el bicho con el dedo, pero la lagartija se va pitando un poco más lejos.

–No lo he podido ver. Venga. Ven a sentarte.

Rachel obedece y se sienta suspirando. Juguetea con los dedos. Los párpados bajados, sus largas pestañas ensombreciendo su mirada, Franck tiene la impresión de ver a una bordadora inclinada sobre su labor.

–¿Cuándo van a volver?

–¿Quién?

–Pues el abuelo y la abuela.

–No lo sé. Pronto, seguro.

Recorre con la mirada la vasta explanada donde se han instalado las cinco caravanas y se han construido las tres casas. Una mujer, un pañuelo amarillo en la cabeza, pasa empujando un carrito lleno de botellas de plástico vacías que chirría y se tambalea sobre la grava.

A Franck le gustaría que la pequeña no hablase más. Nunca ha hablado tanto en tan poco tiempo y tiene la impresión de que con cada palabra la presión que siente en la garganta es más fuerte. Echa un vistazo a la puerta por la que han desaparecido Jessica y el gitano y se pregunta qué se estarán contando, qué coño estarán haciendo. Le parece que llevan ahí por lo menos media hora. Mira la hora en su teléfono: son un poco más de las doce. Han llegado hace veinte minutos. Se levanta, se apoya en un poste y enciende un cigarrillo, dando la espalda a la pequeña.

Un coche llega y frena en seco levantando polvo. Un BMW de un modelo antiguo, pero como nuevo. Se bajan dos jóvenes de apenas veinte años que corren hacia la casa de Serge y se detienen en el umbral.

–¡Eh, Serge! ¡Sal!

Desde el interior se oye al gitano preguntar qué pasa.

–¡Tienes que salir! ¡Es muy fuerte, joder!

–¡En un rato salgo!

–¡No, ahora! ¡Es muy fuerte!

–¡No me toques los cojones! ¡Te digo que saldré en un rato, así que vete a casa y tómate algo!

El joven conduce a su amigo hacia el coche maldiciendo entre dientes. Se montan y conducen lentamente unos treinta metros para aparcar delante de una inmensa autocaravana.

–Igual están muertos...

Rachel lo ha dicho a media voz, como para sí misma. Franck se estremece. Se esfuerza por no darse la vuelta, no sabe si debe reaccionar porque no podrá fingir, la chiquilla adivinará el disimulo o el engaño.

Jessica y Serge salen hablando en voz baja y aprovecha para moverse, ya no aguanta más, y se acerca a ellos.

–Esta tarde iré con mi primo. No puedo dejar así a Roland y a tu madre. Los muertos no perdonan que se les trate mal. Los meteré donde me has dicho, así podrás encontrarlos. Venga, hija. Ten cuidado. De los otros ya me ocuparé después. Tengo que pensar.

La estrecha entre sus brazos y le besa la frente. Luego se vuelve hacia Franck y le da la mano.

–Cuida de ella. Ahora estamos en el mismo bando.

Su mano seca y dura en la de Franck. Puño firme. En sus ojos dorados, el destello de una sonrisa, o de ironía. Franck no encuentra nada que decir. Se limita a asentir con la cabeza, la garganta seca.

Rachel se ha acercado y el gitano le acaricia el pelo.

–No hay que tener miedo, ¿eh?

–¿A que no tienes miedo? –dice Jessica.

La pequeña se mira los pies.

–No–dice con firmeza–. No tengo miedo a nada.

Durante una hora, se pierden por antiguos pantanos a lo largo del estuario de la Gironde, a pocos kilómetros de la central nuclear, por carreteras rectas, desiertas, rodeadas de canales y de setos, cruzando de vez en cuando un camino de tierra que conduce a una casucha o a una granja en ruinas. Franck sigue a Jessica, con sus frenazos bruscos y sus cambios de sentido, y se da cuenta de que están en medio de ninguna parte, de que se lanzan a la nada sin referencias, donde todas las direcciones se confunden y se pierden. De aquí no volverán, de eso está seguro, de este infierno tranquilo, de este desierto esponjoso. De vez en cuando, Rachel lo saluda por el espejo retrovisor y él responde con una mueca o moviendo la mano, esforzándose por sonreír. Habría que llevársela lejos de aquí, ponerla a salvo, pero en el calor que entra por las ventanillas bajadas todas las soluciones imposibles que contempla se dispersan como el humo de su cigarrillo.

Entonces Jessica da un giro brusco en un camino señalado por un pequeño cartel blanco donde pone SANTA SARAH en letras irregulares. Para el coche delante de una gigantesca caravana aparcada debajo de tres grandes acacias y sale rápidamente del coche y abre la puerta trasera y le pide a Rachel que salga, que venga a ver la nueva casa. Se vuelve hacia Franck, dando saltitos.

–No está mal, ¿eh?

Se baja del coche y la alcanza. Gira sobre sí mismo para observar los alrededores. Zumbido de insectos. Tufo a agua estancada. El camino continúa en una gran curva, bordeada de bosquecillos y de zarzas. La caravana está instalada encima de una losa de cemento, montada sobre bloques de hormigón. Delante, una enorme terraza cubierta de hojas secas. Un cable eléctrico desciende desde un poste de madera hasta el contador.

–Parece que tiene todas las comodidades. Como si estuviéramos de vacaciones.

–Sí, eso parece –dice Jessica.

Coge las llaves del bolso y va a abrir. La puerta se atranca un poco y después chirría en los goznes. Rachel no se ha movido. Mira a su alrededor, las cejas fruncidas por el sol. Franck le tiende la mano.

–¿Vienes a ver?

–¿Hay serpientes?

–No. No creo. Y si las hay, las mataré todas y estaremos tranquilos.

La chiquilla se aleja hacia el bungaló mirando dónde pone los pies. En el interior, Jessica está abriendo las ventanas y después aparece por la puerta.

–¡Es supergrande! Ven a ver tu cuarto, cariño.

Rachel se queda plantada a la entrada de un pequeño cuarto ocupado casi por completo por una cama. El colchón descubierto, azul pálido, un cuadrado de luz encima.

–¿Qué?

–Tengo sed.

Franck se ha quedado en el umbral. Lo ha detenido el olor a moho, a cerrado, el calor abrasador.

La única agua disponible viene de un pozo perforado a unos veinte metros de la caravana. No es potable, a veces se pone rojiza, ha advertido el gitano. Cierra bien la boca al ducharte. Hay que reactivar la bomba, esperemos que el filtro no esté cegado. Primero sale un chorro amarillo, luego se aclara hasta que sale limpia. Se podría beber. Para el resto, es decir, cocinar y beber, lo mejor será ir a repostar a la boca de incendios de la entrada del pueblo, cerca del estadio. Franck encuentra en una bodega sólidamente construida tres bidones de veinte litros y una llave de paso y se pone a la faena. A la vuelta, compra tres packs de botellas de agua mineral. Mientras se encarga de las labores de organización, no piensa en otra cosa. Chorreando de sudor, el dolor de cabeza le aturde. Además del agua, compra un paquete de cerveza fría y se bebe una al volver y durante algunos minutos, recuperado por lo que ha bebido, se atreve a creer que todavía tienen una oportunidad.

Jessica ha encontrado muebles de jardín, dos tumbonas, una gran sombrilla que ha dejado a la sombra. Ha barrido las hojas. Franck la oye atareada en el interior. Abre y cierra armarios. Canturrea. Rachel está tumbada en una de las hamacas y él se acerca y le pregunta si quiere beber. Ella abre los ojos, la frente brillante, las mejillas rojas. Su cara se retuerce como si fuera a llorar. Franck abre una botella de agua y ayuda a la pequeña a sostenerla y bebe con avidez y se le derrama por la barbilla y por el cuello y cuando ha terminado inspira una gran bocanada de aire, como para retomar el aliento.

Cuando cae la noche, después de una cena templada y blanda porque no ha dado tiempo a que se enfriara la nevera, se atrincheran en la caravana para escapar a las nubes de mosquitos que se lanzan sobre ellos. Jessica juega a las casitas toda la noche, y Franck tiene la impresión de que es una niña con un juguete de tamaño natural. Al terminar de cenar, Rachel se cae de cansancio y se duerme lloriqueando sobre el colchón, en el que

Jessica ha extendido una especie de sábana que ha encontrado en un baúl. Luego se toman unas cervezas, todavía frescas, dándose palmadas en los muslos y en los brazos y en el cuello para aplastar los mosquitos que se meten en el bungaló. Al final, Franck encuentra en el fondo de un armario un spray insecticida, y en medio del olor picante y tóxico Jessica le cuenta la conversación con el gitano, que ha prometido por sus muertos que le daría al Viejo una sepultura y que luego se encargaría de la banda del serbio, que les haría pagar todo lo que habían hecho. Dice que todo irá bien, que pronto será como antes. ¿Antes de qué?, pregunta Franck. Ella no contesta. Después de un buen rato en silencio, añade que no podría haber hecho todo eso sola. Trasladar los cuerpos, enterrarlos, precisa. Se pasa por el cuello, por el pecho la lata fría y luego se inclina en la silla y pone los pies encima de la mesa, las piernas separadas, y dice que tiene un calor de la hostia y que le han entrado ganas de ponerse en pelotas. El cansancio y el dolor de cabeza y una inquietud que vibra en su interior como un ruido de fondo impiden que Franck se lance a pegar la boca en el triángulo de algodón claro que distingue entre sus muslos.

Se acuestan atontados por el calor, desnudos sobre la tela rugosa del colchón. En la oscuridad, mientras el sueño lo atrapa, Franck siente que está atado en el fondo de un pozo, aplastado por su propio peso.

15

Esta noche, Rachel los ha despertado con un grito. Ha tenido una pesadilla y se han quedado un buen rato a su lado esperando a que volviera a dormirse. Temblaba, ardiendo. Franck la ha refrescado poniéndole un guante lleno de hielo sobre la frente. Jessica le acariciaba la mano, los ojos cerrados, medio dormida.

–No pasa nada, es solo una pesadilla. Venga, déjale la luz encendida, estará bien.

–Vuelve a la cama, yo me quedo un poco.

La cría se puso de lado, de espaldas a su madre, las manos delante. Se quedó dormida casi enseguida. Por las ventanas, Franck distinguía el amanecer gris. Se tumbó y entreabrió una ventana y el aire fresco entró y dejó que corriera sobre él.

Ahora, la pequeña se bebe su tazón de chocolate al borde de la terraza, frente al seto que delimita el terreno. Observa los insectos, sigue su vuelo desenfrenado, levanta de vez en cuando los ojos hacia el ramaje de los árboles sobre ella.

Franck oye que Jessica mueve objetos en el interior. Se cierran puertas de armarios, se revuelven cubiertos con estrépito. Dice en voz baja cosas imprecisas y furiosas. Sale a la terraza y se sienta, luego se sirve una gran taza de café y vuelve a dejar con violencia la cafetera encima de la mesa. Primero no dice nada, la mirada perdida sobre los arbustos, y luego le pregunta a Rachel si ha comido, y como la chiquilla no contesta, le grita:

–¡Joder, Rachel, te he hecho una pregunta, así que contesta! ¿Se te va a caer la lengua a pedazos por contestar cuando te hablan?

Rachel se da la vuelta y examina a Jessica con esa expresión de temor y compasión mezclados que muestra cada vez más a menudo cuando mira a su madre. Se miran fijamente durante algunos segundos y luego la niña baja los ojos y murmura dándole la espalda:

–Sí, mamá, he comido biscotes con mermelada.

Jessica suspira, se enciende un cigarrillo, clava una mirada rencorosa en la espalda de su hija.

–Sí, ha comido. Yo estaba con ella –dice Franck.

–¿Te he preguntado algo? ¿No puedo hablar tranquilamente con mi hija sin que metas las narices?

Franck no sabe qué responder, así que se calla y se limita a mirarla preguntándose qué es lo que le impide pegarle. Puede que la presencia de la chiquilla. O el cansancio. Al mismo tiempo que reprime las ganas de abalanzarse sobre ella, vuelve a ver la cara asustada de su madre tirada en el suelo por una bofetada con el dorso de la mano, el labio partido. El miedo, la sorpresa, una inmensa tristeza se confundía en su mueca forzada, las lágrimas emborronando sus ojos, la sangre empapando la barbilla. El hombre de su vida encima de ella, vociferando, la mano levantada. Se acuerda del silencio, de repente. Mientras Fabien se precipitaba hacia su madre para ayudarla a levantarse, su padre se había incorporado y se había sentado en una silla, encorvado, la cara entre las manos, llorando.

Nunca más volvió a levantarle la mano. Hubo lágrimas, excusas, abrazos, palabras de amor. Pero la grieta invisible había empezado a actuar entre ellos, contra ellos. Y la tristeza nunca volvió a abandonar la cara de su madre, la base pálida que ninguna sonrisa conseguía borrar. Hasta que meses después la enfermedad lavara su piel, puliera la frente y los pómulos, enrojeciera los párpados. Las mejillas heladas o ardientes. Un terror desesperado que se depositó poco a poco sobre ella.

Y todavía después, sin barandillas donde agarrarse, había levantado el puño contra sus hijos. Y se había golpeado la cabeza contra la pared, perdida de alcohol.

–¿Por qué me miras así?

La voz de Jessica es casi dulce, sorprendida, como si hubiera visto pasar las sombras que había convocado.

Él se levanta, la garganta amarga.

–Por nada. Perdona.

Rachel levanta los ojos hacia él y sonríe. De pronto, las lágrimas no salen y viene a sentarse a su lado. Le da un golpecito con el hombro, ella aprieta en las manos su tazón vacío suspirando: Eres tonto. Ráfagas de viento traen de vez en cuando vagos olores a agua estancada y podredumbre, y la chiquilla se tapa la nariz y agita la mano delante de la cara como un pequeño abanico. Se quedan un rato así. Sentados sin decir nada, mientras Jessica se ha ido a darse una ducha. Muy lejos, se oye a un perro ladrar.

–¿Hay gente?

–Sí, pero lejos. Por aquí está desierto.

La pequeña asiente con la cabeza, pensativa. Franck se agacha hacia ella y le habla al oído.

–¿Cómo era el sueño de esta noche?

–¿Qué sueño?

–El que te ha despertado. El que te daba miedo.

No contesta. Examina el fondo de su tazón, gira el objeto entre las manos.

–¿No me lo quieres contar?

Dice que no con la cabeza.

–Daba demasiado miedo. Como si fuera verdad.

Ella se levanta y recoge la mesa y luego se pone a fregar. Franck la distingue por la ventana: aplicada, metódica. En ese momento, Jessica sale del baño y pasa una mano apresurada por el pelo de su hija. Está desnuda. Franck vuelve a entrar en la caravana porque tiene ganas de mirarla. Ella se viste frente a él, sin quitarle los ojos de encima.

–¿Qué? ¿Alegrándote la vista?

Rachel se ha vuelto hacia ellos. Una taza rueda y tintinea en el fondo del fregadero.

–Ten un poco de cuidado, o si no, deja que friegue yo –dice Jessica.

Coge el móvil y sale, y se aleja bajo el sol. Franck ve cómo mueve los brazos, levanta los hombros, agita la cabeza mientras habla, y después cuelga, de buen humor. Enseguida llama a otro número y se la ve más tranquila. Se da la vuelta hacia la caravana, mira la hora en la pantalla de su teléfono, y asiente a lo que le dicen. Después de colgar parece más relajada, como aliviada, y los rasgos de su cara han recobrado un poco de dulzura. Coge en los brazos a Rachel, que salía del bungaló con su consola, y la aprieta contra ella y la besa sonoramente en las mejillas, la frente, el pelo, como si la viera después de mucho tiempo.

Había que ir a hacer la compra. Se han puesto de acuerdo en una lista de cosas indispensables para no tener que aventurarse al exterior cada dos días. La han escrito en un trozo de papel. Jessica tamborileaba constantemente sobre la mesa, molesta por el tiempo que perdían en escribir todo aquello. Suspiraba y resoplaba porque Franck no escribía lo bastante rápido.

–Joder, ¿vas a dibujar unas florecitas también?

Cuando se ha levantado, él le ha rozado el brazo para recuperar el bolígrafo y ella se ha estremecido como si la hubiera pinchado con una aguja electrificada. Le ha pedido perdón antes de salir, y la ha dejado postrada, la cabeza agachada, un cigarrillo apagado entre los dedos.

Conduce media hora hasta encontrar un supermercado lo bastante alejado, los ojos pegados en el retrovisor, la pistola debajo de una bolsa grande de plástico. Sabe que los otros nunca los encontrarán aquí. No los han seguido, no pueden conocer el punto de referencia del gitano. Sin embargo, espera ver aparecer el 4 × 4 con el que se cruzó un día en casa de los Viejos para no abandonarle jamás.

Uno no siempre cree en lo que sabe. Lo que sabe a ciencia cierta es que están en un callejón sin salida, sin fondo ni pared. Eso es el final del camino, el borde del abismo o del precipicio. Sabe que pronto tendrá que saltar al vacío. En diez días, en tres meses, caerá. Hasta los peces gordos se dejan coger a pesar de sus escondites, de sus contactos, del dinero que van soltando. Y él... Sale de la cárcel y termina en un nido de culebras, peleando contra víboras.

Da vueltas a todo esto mientras recorre el asfalto recalentado del aparcamiento, el carrito por delante, y piensa que también podría atacar a una cajera y que lo trincaran ya, empuñando el arma, como dicen en los libros. En vez de eso, se deja atrapar por el aire acondicionado y deambula por tiendas vacías donde las dependientas se aburren de pie detrás de la caja o se dedican a ordenar las perchas en los burros. Vaga un rato como en una región extraña, cruzando siluetas oscuras recortadas por las luces directas de los escaparates que se borran enseguida a pesar de su torpe lentitud bajo la mirada helada de los maniquíes de plástico. Tiene la impresión de venir de otro mundo, paralelo o subterráneo, y de que debe volver lo antes posible para resguardarse y perderse allí.

Llena el carro de paquetes y latas, añade algunos helados para Rachel y paga en metálico a una rubia guapa y sonriente, y cuando le devuelve el cambio siente en el hueco de la mano la punta de sus dedos fríos. Al salir, recorre las cajas y pasa por delante de un guardia de seguridad, un coloso con auricular, que siente que le sigue con la mirada, y cuando llega fuera, cegado por el sol, espera que dos tíos le caigan encima, pero no distingue más que tres empleados cerca de una puerta de servicio, apurando un cigarrillo.

En el camino de vuelta, se pierde un poco en medio de las viñas, atisba el estuario detrás de una curva, apagado y marrón, brazo terroso del océano, y termina encontrando la carretera perdida que conduce a su refugio. Cuando se baja del coche, el silencio le choca y enseguida se da cuenta de que no están allí. Las ventanillas del coche de Jessica están bajadas, la puerta de la caravana está abierta de par en par. Llama por si acaso, escucha con atención, y después decide llevar las provisiones dentro y las coloca de cualquier manera en un armario y en la nevera. Encima de la mesa, tres colillas en un cenicero, al lado de un paquete de cigarrillos y del pequeño mechero verde de Jessica. Todo está en orden. La vajilla que ha lavado Rachel termina de secarse sobre el escurridor del fregadero.

Sale, vuelve a escuchar el silencio. Ni el canto de un pájaro. Ni siquiera un soplo de aire entre el follaje por encima de él. Nada más que el zumbido de los insectos en el aire caliente. Luego, a su derecha, a lo lejos, los gritos de Rachel, luego el llanto. Corre a buscar el arma en el coche y se lanza al camino abierto entre los setos. Franquea rodadas con el fondo embarrado por un fango oscuro. El rastro desaparece de vez en cuando bajo montones de hierba, invasiones de zarzas. El llanto ha parado. Se detiene y oye un lamento sordo. Sale corriendo y desemboca en un pantano rodeado de juncos secos y de pequeñas acacias. Distingue a la cría y a su madre al otro lado, muy cerca del agua. No entiende lo que hacen. Jessica está de espaldas, un bastón de madera en la mano, y Rachel está erguida delante de su madre, tiesa, los brazos pegados al cuerpo. Les pregunta si están bien y Jessica se da la vuelta bruscamente y tira al agua el delgado palo. Franck hunde el cañón de la pistola en el bolsillo de sus tejanos para no asustar a la pequeña y se dirige hacia ellas por un sendero apenas trazado que parece rodear el pantano.

–¿Qué ha pasado? He oído a Rachel gritando y llorando.

La niña se da la vuelta y mira a su madre con rencor, las mejillas todavía mojadas por las lágrimas.

–Nada, no ha pasado nada. Solo que la señorita se pone a chillar por cualquier cosa, le ha parecido ver una serpiente, y me he acojonado, ¡y me he puesto un poco nerviosa! Luego se sorprende y se pone a llorar.

–¿Le has pegado una torta?

–Sí, ¿por qué? ¿Tú también quieres una?

–A ver si te atreves.

Se dirige hacia ella. Con solo que ella amague el gesto, él tendrá un buen motivo para hacerle daño. Siente en los brazos las ganas de pegarle. Rachel sigue sin moverse, y luego se vuelve hacia el pantano, que no es más que un espejo lleno de cielo azul.

En ese momento, percibe unas marcas rojas en las pantorrillas de Rachel y se acerca a la pequeña y se pone en cuclillas.

–¿Le has pegado con el palo? ¿Estás loca o qué?

Jessica se aleja por el sendero y luego se da la vuelta:

–Oye, no me des la puta brasa con tus preguntas de poli de mierda. Se lo ha hecho con las zarzas. No sé si te habrás fijado, pero está lleno.

Se marcha con aire decidido y al instante, al otro lado del pantano, su reflejo oscurecido que avanza por el agua es el de una bruja o una ahogada.

Franck le pregunta a Rachel si está bien, pero ella no contesta, y cuando le coge la mano ella la rechaza y camina delante de él a grandes zancadas.

Se alimentan de una lata de raviolis y algunos tomates crudos. Jessica apenas toca el plato, muda, ensimismada. Observa a Rachel, que come despacio, con cierta aplicación, y Franck cruza la mirada con ella dos o tres veces, pero la desvía enseguida.

En un momento dado, ella se levanta, coge la silla y se instala en la otra punta de la terraza para fumar.

El calor del mediodía los persigue y los agobia y se refugian contra el bungaló, donde el sol perfora la sombra y arroja sobre ellos medallones de luces móviles. Dormitan. Jessica gime en su sueño, acurrucada en un colchón tirado en el suelo. Rachel está hundida en su tumbona, los ojos abiertos, fijos en las hojas encima de ella. Franck no sabe si duerme o si se ha sumergido en una especie de afasia estupefacta. Cuando le pregunta en voz baja si tiene sed, no reacciona, parpadeando suavemente.

No pasa el tiempo. Se atasca como el aire abrasador, como el agua estancada que llena las acequias y los pantanos a su alrededor. La vida averiada. Sus cuerpos paralizados por el cansancio.

Un ruido acompasado, chillón, los despierta. Jessica tiende la mano hacia el teléfono y descuelga. Escucha y murmura, primero; después se levanta.

–¿Qué has dicho?

Mira a Franck, se pone la mano en la frente a modo de visera.

–¿Cómo puede ser?

Vuelve a escuchar, silenciosa, asintiendo despacio con la cabeza, y luego se deshace en agradecimientos con el gitano. Los muertos estarán tranquilos bajo los árboles. Podrá ir a visitarlos cuando todo acabe. ¿Cómo se lo podría agradecer? Se lo devolverá, por supuesto. Un saludo también a los primos, que han manejado la pala como si fueran enterradores. Aleja el teléfono de la boca y sigue diciendo todavía gracias y hasta pronto, porque lo que ha hecho no se olvida, después cuelga y deja el aparato a su lado y suspira aliviada. Se levanta y se sacude la camiseta para quitarse el sudor y luego se seca las axilas y los pechos con la tela. Entra en la caravana para coger el tabaco y se sienta en el umbral y fuma primero sin decir nada y luego se pone a hablar a media voz, como para sí misma:

–Bueno, ya está hecho. Los han metido bajo un gran roble que a mi padre le gustaba mucho, a la orilla del bosque. En otoño buscaba setas allí. Joder… cuando lo pienso…

–¿Y el perro?

–¿El perro, qué?

–¿Qué han hecho con él?

–¿Te hablo de mis padres y tú piensas en el perro? ¿Y a mí qué coño me importa? Lo han tirado en el bosque, creo.

–Puto perro.

Franck piensa en la Vieja, que se va a pudrir con el Viejo, se pregunta si su cara de muerta será más fea que la que tenía cuando estaba viva.

Jessica se levanta, tira la colilla lejos. Delante de ella, en la tumbona, Rachel ha cerrado los ojos. Mira a su hija con una mueca, sin acercarse, y luego se encoge de hombros.

–Bueno. Me tengo que ir.

–¿Adónde vas? –pregunta Franck.

Ella no contesta y se mete en el bungaló y se pone a hurgar en un armario y cierra puertas y abre y cierra grifos. Tararea la canción de *Titanic* con voz de pito. Cuando vuelve a salir, está vestida como el primer día que fue a recogerlo a la salida de la cárcel. Tejanos cortados, camisa de hombre azul cielo. Lleva al hombro el bolso de siempre, esa especie de alforja de tela negra decorada con grandes flores malvas y rojas. Sin maquillaje. Solo su piel morena, la inmensidad pálida de sus ojos. Duda un momento al lado de Rachel, las llaves del coche en la mano, y luego se aleja.

Franck la sigue bajo el sol ardiente aunque bajo.

–¿Adónde vas?

Abre la puerta, tira el bolso en el asiento del pasajero y se detiene y suspira.

–Si te preguntan…

–Es peligroso, ¿no? Te arriesgas a darte de bruces con ellos.

Lo mira con cara extrañada, como si no entendiera.

–No... Y, además, no aguanto más aquí, en este agujero. ¡No puedo más! Necesito algo o voy a perder la cabeza. Tengo que ver a un colega que tiene lo que necesito.

–No vuelvas muy tarde. Rachel se preocupará.

Jessica echa un vistazo a la pequeña y luego sonríe con ironía.

–¿Preocuparse, ella? No la conoces bien. Y no me jodas con tus consejos de maridito. Vuelvo cuando me da la gana. No me esperéis para comer, eso es todo.

Se mete en el coche y cierra la puerta y arranca de inmediato. Se lanza marcha atrás hacia la carretera, avanza sin precaución. El motor se embala, los neumáticos patinan levantando un poco de polvo. El silencio vuelve de golpe, como si el coche hubiera desaparecido en otra dimensión. Cuando Franck se da la vuelta, casi choca con Rachel, que estaba de pie detrás de él.

–¿Estás bien, bonita?

Mira fijamente la entrada del terreno por la que ha desaparecido su madre y no contesta.

–¿Jugamos a algo?

Dice que no con la cabeza y entra en la caravana. La oye abrir la nevera y vuelve con dos polos en la mano.

–Toma –le dice.

Se toman el helado delante de la hilera de arbustos que limita su campo visual, el follaje temblando por un vientecillo. Hacia el oeste, el cielo se carga, lechoso. Vientos más frescos se mezclan con el aire caliente.

–Va a haber tormenta. ¿Tienes miedo de la tormenta?

–No. Los relámpagos son bonitos. Y los truenos dan un poco de miedo, pero no son nada.

–Lo veremos juntos, bien resguardados.

La pequeña levanta los ojos hacia él, parpadeando. No sonríe, dirige hacia él su cara dulce y tranquila.

–¿Qué pasa?

Ella no contesta y vuelve a su hamaca, donde recupera su muñeca de trapo.

–Tengo que hablar con Lola. Es un secreto.

Se aleja arrastrando una silla de plástico, la muñeca apretada contra su cuerpo. Se sienta al pie de un árbol, coloca a Lola frente a ella encima de las rodillas y se pone a cuchichear y luego se detiene, atenta, como si escuchara la respuesta de su juguete. Franck se sorprende de saborear un momento apacible. El aire refresca, el sol se ha desvanecido en la masa gris que se eleva por encima de ellos. La vida podría ser eso, una serie de instantes silenciosos en los que no se oye más que el cuchicheo de una niña.

El chillido de un pájaro le saca de su ensoñación y vuelve a hundirse en la inquietud amarga del callejón sin salida en el que está, y vuelve a vigilar el murmullo del viento, el rumor lejano de un motor, tal vez de un tractor, el ladrido de un perro, y se da cuenta de que la burbuja que se había creado a su alrededor acaba de reventar por esas vibraciones ínfimas, desvanecida como una ilusión. Entonces da unos pasos por la hierba, se acerca al coche y abre una puerta y deja pasar la bocanada caliente de aire viciado, el olor a tabaco, a plástico. Tendría que conducir y marcharse lejos de allí y pararse en un lugar donde los recibiría gente anciana y les proporcionaría un lugar seguro sin hacer preguntas. Había leído historias así en un libro cuando estaba en la cárcel, una mujer a la que perseguían unos hombres porque había matado a su hermano se refugió unos días en casa de una vieja que no le preguntaba nada porque lo adivinaba todo y dejaba que cogiera fuerzas para volver a irse. También se acuerda de su encuentro con un trampero en la armonía salvaje de las montañas. Piensa que si se pueden imaginar cosas así, es que pueden ocurrir en la realidad, y trata de reflexionar sobre eso, sobre esa verdad fabricada de las novelas, pero renuncia porque se hace un lío en la cabeza y el cielo ya murmura por el sur y se oscurece y ahora parece que desciende hacia ellos como una lona.

Después de cenar, ven caer la noche y el rayo a lo lejos lanza destellos tras las nubes y refunfuña en la oscuridad. Franck ve las horas pasar en su reloj: hace ya más de tres horas que se ha ido Jessica. En la cena, Rachel ha preguntado de buenas a primeras si su madre volvería pronto, y como Franck no sabía qué contestar, ha apartado el plato.

–Muchas veces la abuela le riñe y a veces hasta se pelean.

–¿Cómo que se pelean?

–Se pegan tortazos y a veces oigo cuando se gritan y los ruidos en la cocina.

–¿Eso pasa a menudo?

–Cuando ella vuelve tarde y no duerme en casa.

Rachel se sobresalta un poco por un trueno más cercano, y luego posa su mano sobre la de Franck.

–¿Dónde están el abuelo y la abuela?

Dos relámpagos centellean al mismo tiempo, y el estruendo hace retumbar el tabique de la caravana a su espalda. Rachel aprieta el puño de Franck.

–Vamos dentro, se está poniendo feo.

Franck coge una linterna de un baúl y comprueba que funciona.

–Voy a apagar la luz, no tengas miedo. La linterna está ahí.

Se sientan en las banquetas, a un lado y al otro de una mesa cuadrada, la linterna entre los dos. Franck aparta las cortinas para que la pequeña pueda ver la tormenta.

Durante casi una hora, el cielo les declara la guerra. Franck tiene a veces la impresión de que un relámpago va a partir en dos su débil refugio con un golpe de hacha cegador. Por momentos, Rachel enciende la linterna para examinar el techo, los rincones, y luego la apaga suspirando.

–¿Buscas algo?

Casi tiene que gritar para hacerse oír por encima del martilleo de la lluvia en el techo. La cría niega con la cabeza. Después, cuando parece que la tormenta se aleja por fin, mientras el viento y la lluvia siguen luchando fuera, se inclina hacia Franck:

–¿Dónde están el abuelo y la abuela?

Franck sonríe y coge la linterna y la enciende y apunta a la chiquilla, que forcejea contra el haz de luz.

–¿Los estás buscando con la linterna?

Suspira con los labios temblorosos y lo mira consternada.

–¡Eres tonto!

–Se han ido de viaje unos días. ¿No te habían dicho nada?

Rachel vuelve a encender la linterna y se la pone debajo de la barbilla. Con esa luz, los ojos como platos, parece un pequeño fantasma.

–Así das miedo.

Se troncha de risa y hace una mueca. Después se oye un ruido sordo junto con el de la lluvia y el viento. Un coche que pasa por la carretera. Chirrido de neumáticos en la calzada empapada. Puede que sea Jessica, borracha o puesta, pero no cree, ya no cree, sabe que en ese momento estará tirada en alguna parte en el fondo de un sofá o de una cama, aturdida, un tío entre las piernas sin duda cobrándose lo que es suyo.

–¡Apaga!

La cría obedece. Ella también escucha con atención, sin respirar apenas. Más que verla, la adivina en esa oscuridad abandonada por el rayo. Siente su mirada sobre él, agarrada a él. Chapoteo de lluvia. La tormenta resuena al fondo.

–No te muevas.

Franck agarra la pistola que ha guardado en un armario alto al volver del pantano y abre la puerta. Fuera, el frescor, la lluvia fría, lo estremecen. Camina un poco y se da cuenta de que en la noche cerrada no se ve ni los pies. Muy lejos, las luces del pueblo lanzan al cielo un inútil vapor anaranjado. Luz muerta. Vuelve a la caravana y, en la oscuridad, al principio no ve a Rachel y la llama con una voz sofocada. Ella le responde encendiendo la linterna contra su mano. Está sentada debajo de la mesa, la muñeca cerca, su bolsito colgado del hombro.

Franck no sabe qué hacer para mantenerla a salvo. Se pone de cuclillas a su lado y le pregunta si está bien, ella asiente con la cabeza y le tiende la linterna. Busca algo para protegerla de lo que va a pasar, tendría que arrancar la puerta de un armario, se vuelve a poner de pie, abre una despensa que hay al lado de la nevera, tira del batiente y consigue que ceda una bisagra pero no la otra, y en ese momento distingue el destello de una linterna a la entrada del terreno, justo para guiar los pasos del que la lleva. Abre una ventana de la parte trasera de la caravana y se desliza fuera, cae en falso sobre un bloque de hormigón y se tuerce el tobillo y da los dos primeros pasos cojeando ligeramente para ir hasta la esquina del bungaló y entonces oye pasos lentos en el camino de entrada y luego en la hierba, a unos diez metros. No ve nada, mantiene el arma pegada al muslo, contrayendo el brazo para dominar el temblor.

Durante unos segundos no pasa nada. Ya no oye al hombre caminar, lo imagina también al acecho, y de repente la capa de nubes palidece por un relámpago y Franck distingue la silueta de pie escopeta en mano y dispara al azar en la oscuridad y el tío grita y cae. Cuando Franck enciende la linterna, lo ve tumbado boca arriba con los brazos en cruz, una mano sujetando todavía la escopeta, y se precipita hacia él y le arrebata la escopeta, que lanza a la terraza. El tío está herido en el pecho, a la derecha. No se mueve, los ojos muy abiertos, jadeando, en estado de shock. La sangre empapa su camiseta bajo un chaleco sin mangas, lleno de bolsillos. En uno, abrochado, cinco cartuchos. En otro, una navaja de muelle. Franck lo lanza todo lejos. El hombre tiene la cara cuadrada, el pelo cortado a cepillo muy negro, los ojos claros. Joven. Franck no sabe dónde lo ha visto, pero está seguro de haberse cruzado con él. Como mueve lentamente un brazo buscando tal vez un lugar donde agarrarse,

Franck le rompe la nariz con la culata de la pistola. El tipo gimotea y tiembla y mira alarmado a su alrededor, como si se preguntara dónde está. Franck se acuerda entonces de los dos jóvenes que buscaban al gitano ayer.

–¿Te envía Serge? Es el único que sabe dónde estamos. ¿Por qué?

El otro tuerce la cabeza a derecha e izquierda, los ojos descompuestos, los labios replegados sobre dientes ensangrentados. Gime, trata de hablar tal vez, parpadeando bajo la lluvia que le cae encima.

Cuando iluminan los postes del portal, los faros golpean a Franck como si hubiera chocado contra el coche y se cae hacia atrás, soltando el arma. Mientras se incorpora, oye maullar la marcha atrás y distingue las luces de posición alejándose y el motor acelerando, el crujido de la caja en cada cambio de marcha. Corre por la carretera y ve desaparecer los faros y se queda un rato inmóvil, esperando que vuelva el coche, pero no hay nada más que la lluvia, la capa de nubes que palidece por momentos en relámpagos ahogados en esa noche lluviosa.

Vuelve a la caravana y distingue con la luz de la linterna al tío, que sigue en el suelo moviendo lentamente las piernas, una rodilla doblada. Gira la cabeza hacia Franck y lo ve acercarse con terror y mueve la cara y se retuerce de dolor.

–¿Por qué habéis venido? Es Serge, ¿verdad? Está haciendo limpieza para la otra loca, ¿no?

El hombre cierra los ojos y suspira y luego tose, sangre en los labios. Vuelve a abrir los ojos y consigue levantar la cabeza.

–¡No sé nada y me la pela! Estás muerto, de todas formas.

Habla con la boca inmóvil, llena, como si fuera a vomitar.

Franck apunta su arma hacia él, mira por el objetivo bajo la luz debilitada de la linterna, los ojos entrecerrados, no sabe si por desprecio o por agotamiento. Sería tan fácil borrar cualquier expresión de esa cara y no preguntarse más sobre los pensamientos o las intenciones de ese tío y de sus colegas. Apretar el gatillo, suprimirlo todo en el estruendo de la detonación. Pero le tiembla demasiado la mano. Le pega una patada a la pierna que también está temblando y luego desliza la pistola en el bolsillo y se aleja. Recupera la escopeta, un arma larga y pesada, y busca los cartuchos que ha tirado antes. Al llegar al bungaló, enciende la luz y busca a Rachel con la mirada y la encuentra acurrucada debajo de la mesa.

–Tenemos que irnos, preciosa. ¿Sabes dónde están tus cosas?

Se pone de pie y va al cuarto y la oye abrir un armario. Él recoge su bolsa, los tres o cuatro trapos que ha sacado, su ropa sucia, con idea de dejar tras de sí el menor número posible de huellas. Sabe que no servirá de nada, pero piensa que le complicará un poco la labor a la pasma, al menos durante media hora. La pequeña está lista antes que él. Lo espera en la puerta, una bolsa de deporte a sus pies.

–¿Lo has cogido todo? Espera. No salgas.

Se echa la carga al hombro y conduce a la pequeña hasta el coche y mete bolsas, escopeta y cartuchos en el maletero sin ningún orden. Rachel escruta la oscuridad, en la que gime el herido. Cuando Franck le dice que suba detrás, ella se resiste un poco y luego se instala. Él maniobra para salir. Al pasar, los faros iluminan el cuerpo tumbado y luego lo devuelven a la noche.

–¿Le hace daño?

–Por supuesto que le hace daño. Quería hacernos daño a nosotros. Y yo se lo he impedido.

Por el retrovisor, ve a la pequeña de rodillas en el asiento de atrás, mirando por el cristal trasero, tratando de distinguir algo.

Le lleva casi veinte minutos encontrar la A63, y cuando llega a la autopista, durante algunos kilómetros siente que ha dejado los problemas detrás.

Rachel está de pie entre los asientos. Le pone una mano en el hombro. Las lágrimas brotan en ese momento porque no sabe qué hacer a partir de ahora, como si un pájaro hubiera aparecido buscando refugio. Franck se gira un poco y ve sus ojos agrandados por la curiosidad, fijos por encima del parabrisas.

–¿Y ahora adónde vamos?

–Todavía no lo sé. Ya te diré. Tienes que dormir.

La niña no se mueve. Después de algunos minutos de silencio, le pregunta si quiere que le cante una canción triste.

16

Rachel al final se ha tumbado y se ha dormido. Franck conduce por la noche de la autopista, el mundo suprimido alrededor de las trayectorias luminosas que se cruza o que deja atrás y se siente poderoso y desesperado como el último de los hombres. Coge el teléfono y lo intenta dos veces antes de marcar el número. Al oír el tono, respira hondo para tratar de calmar los latidos de su corazón y piensa que a esa hora su padre no lo oirá o no responderá, pero cuando la voz resuena contra su oreja, tan cerca, tan clara, se le hace un nudo en la garganta.

–Hola, ¿Franck? ¿Qué tal?

Se ha dado mucha prisa en contestar. Sabía que era su hijo. La inquietud retumba entre las palabras.

–Bien. ¿Puedo verte?

–Claro que sí. ¿Cuándo?

–Estoy de camino. Estoy cerca de la autopista de Pau.

–¿Sabes dónde es?

–No muy bien. Solo sé que es el valle de Ossau. Después de Laruns, antes de Artouste.

El padre le da indicaciones. Repite el nombre de los lugares, los cambios de dirección. Franck vuelve a encontrar su voz tranquila, un poco tomada. La dicción precisa. Se acuerda de los deberes, cuando intentaba explicarle cosas que a él mismo le costaba entender. Sentados a la mesa, hombro contra hombro. Su madre venía a veces a decirles que fueran a comer, que después lo verían con más claridad. Enseguida vamos, ya estamos acabando. Franck lo escucha todo: las voces, los suspiros de impaciencia, la tele parloteando en el cuarto de al lado. Su vida de antes, fantasma a bordo, murmurando en el lugar del muerto.

–Si te pierdes, vuelve a llamar. Porque de noche...

–No te preocupes.

El hombre suelta una risita nerviosa.

–Ya sabes que nunca me preocupo por vosotros dos.

Pinchazo en el corazón. «Por vosotros dos.» Franck inspira hondo para poder seguir hablando.

–Ya te contaré.

–Ten cuidado con la carretera si hablas por teléfono. Cuelga ya.

Franck tiene los ojos llenos de lágrimas. Se seca con el dorso de la mano, se sorbe los mocos. En el asiento trasero, Rachel se mueve y gime mientras duerme. Enseguida se queda solo en la autopista y el tiempo empieza a ralentizarse y el armazón del coche se estremece en cuanto trata de ir más rápido. Intenta imaginar su llegada, las primeras miradas, sus propios gestos, los que hará su padre, y solo se le ocurren escenas hasta tal punto lamentables que por momentos se pregunta si no será mejor dar media vuelta.

Al poco, con la frescura del aire, bordeando las paredes que caen sobre él y las masas tenebrosas de árboles que surgen a la luz de los faros cuando toma las curvas, sabe que las montañas lo rodean con su enorme tranquilidad y empieza a creer que aún se puede arreglar todo. Rachel se despierta y pregunta dónde están y se apoya en su asiento. Le explica que están en las montañas, que enseguida llegan, y ella pega la cara contra el cristal.

–No se ve nada.

–Es de noche. Mañana ya verás qué bonito es.

–¿Ya has estado aquí?

–No.

Silencio. Lo mira con su aire serio, las cejas fruncidas. No puede verla, pero sabe que está haciendo un gran esfuerzo por creerlo.

De pronto, es ahí. Está seguro. Todas las ventanas de una casa iluminadas, una lamparilla encendida sobre una puerta. El hombre aparece en el umbral y se acerca y se convierte en una silueta con las piernas firmes, las manos en los bolsillos, muy recto.

–¿Quién es?

–Mi padre.

Después, Franck se queda sin aliento. Sale del coche y baja a Rachel, eso le ayuda a contenerse antes de darse la vuelta. Franquea los diez metros que le separan de su padre como un borracho, cada piedrecita que pisa de un pavimento irregular es capaz de hacerlo tropezar.

Levanta por fin los ojos hacia la cara impasible, hacia los labios entreabiertos a causa de una especie de asombro o bien por el esbozo de una sonrisa. No ha envejecido. Ya no está aquel cansancio, aquel gesto amargo. Se abrazan, un poco rígidos. Franck siente en su hombro la presión de los dedos fuertes, la mano gruesa.

–¿Y ella quién es?

–Rachel.

Franck le hace un gesto a la pequeña para que se acerque y ella camina hacia ellos dando pasitos, parpadeando bajo la luz encendida del tejadillo. Se queda inmóvil delante de ellos, la cabeza gacha.

–Luego haremos las presentaciones –dice el padre–. Entrad, aquí hace frío por las noches.

Franck levanta los ojos hacia el cielo. A pesar de la lámpara y de su luz amarilla, distingue manojos de estrellas por encima de él, dispuestas a caer si metiera la mano dentro. No se le deshace el nudo en la garganta, apresada por un bocio de emociones confusas.

Olor a lumbre. La lámpara colgada encima de la mesa, en la cocina, difunde un cono dorado. El padre le acerca a la cría una silla sobre la que se encarama para poner los codos encima del hule.

–Yo soy Armand. ¿Tienes hambre?

Dice que no con la cabeza.

–Tengo leche, si quieres.

Ella acepta. Él coge de la nevera una gran jarra de cristal, alcanza un cuenco y lo llena.

–Ya verás qué rica. Mañana te presentaré a la vaca.

Rachel levanta los ojos hacia él, sin comprender, las cejas fruncidas, con aire enfadado, y luego moja los labios y se bebe la leche a grandes sorbos.

Armand le ofrece tomar algo a Franck. Un café. Algo de comer. Un poco de queso.

–Me tomaría una cerveza.

El padre sonríe. Coge un vaso y va a llenarlo al grifo.

–Lo dejé hace cuatro años, cuando decidí comprar esto. Visité la cabaña, me senté en el banco de piedra que hay delante y miré las montañas y me puse a llorar. Supe que terminaría aquí, pero firme. No tambaleándome. No como un borracho. He perdido todas las batallas, a todos los que quería, pero en eso, no cedo. Y cada mañana, cuando salgo a la puerta de la casa, sigo teniendo las mismas ganas de llorar. No solo porque es tan bonito que te caerías de espaldas. Bueno… ya lo verás mañana. Merece la pena.

Franck se toma el agua de un trago, los dientes helados. Le gustaría decir algo, pero como no le suelen salir las palabras, mira cómo termina de beber su leche Rachel, casi toda su carita hundida en el cuenco. El padre también mira a la niña y se quedan en esa contemplación común y comparten eso y les hace mucho bien, tanto a uno como a otro.

Cuando la pequeña deja el cuenco en la mesa, Franck le pregunta si estaba rica y ella dice que sí en voz baja y apoya la cabeza en su brazo y cierra los ojos.

–Tiene que dormir –dice el padre–. Ven, te enseño dónde es.

Suben por una escalera de madera que chirría un poco y llegan a un pasillo con vigas a la vista iluminado por una bombilla y una pantalla rojiza. Armand abre una puerta y enciende la luz de un cuarto pequeño que huele a antipolillas y a cera. Un armario enorme, una sola cama, una mesilla de noche coronada por una lámpara.

–A veces alquilo esta habitación y la de al lado a unos españoles, en verano. Aquí duerme su hijo.

Abre otro cuarto, más grande.

–Y tú, aquí. Hay un baño pequeño ahí al fondo, la puerta azul, con retrete. La ducha está abajo.

Franck lleva a Rachel hasta la habitación y la deposita sobre la cama. Le explica que estará justo al lado, que deja la puerta abierta. Ella dice que sí en sueños y luego le vuelve la espalda.

Abajo, el padre está de pie en el umbral, frente a la noche, fumando un cigarrillo.

–Si quieres uno, el paquete está encima del aparador.

Franck lo imita. Fuman un rato sin decir nada, la estela de la Vía Láctea sobre ellos.

–Bueno, ¿me cuentas?

–¿Ahora?

–Mañana será demasiado tarde. Ya no podrás decírmelo y yo ya no querré escucharte.

El padre muestra con un amplio gesto del brazo la extraordinaria claridad de la noche.

–No hay nadie mirándote, nadie puede vernos llorar.

–¿Por qué dices eso?

–Porque estamos aquí para eso. Tenemos la luz que nos hace falta.

Levanta el dedo hacia el cielo y Franck ve de pronto la multitud salpicada en la negrura como un velo protector. No sabe por dónde empezar. Enciende otro cigarrillo para ganar algunos segundos.

–¿En serio no tienes nada para beber?

Su padre suspira, se levanta, entra en la cocina y abre un armario. Tintineo de cristal. Pone una botella y un vaso delante de Franck.

–Coñac español. Mis inquilinos me lo dejaron hace dos años. No sé si será muy bueno. «Coñac» y «español» no me da mucha confianza, y además ya no estoy para estas cosas.

Va a sentarse en un banco de granito situado bajo la ventana y Franck lo sigue con su botella y su vaso. El trago de licor le quema el esófago y le calienta la cara como una hoguera. Su padre se ha apoyado en la pared y espera, la mirada perdida en la oscuridad, tal vez en la ladera que se adivina detrás del granero.

Entonces Franck habla. Empieza contando la muerte de Fabien y al hablar sigue oyendo la voz del tío al teléfono, esa voz de acero, y sus propias palabras se alejan y se pierden en la confusión de su recuerdo y se oye hablar a través de una campana de cristal y ve a su padre llevarse la mano a la boca, que aprieta como para impedir que salga alguna cosa, como para no bramar de dolor o vomitar de rabia. El hombre dirige al cielo sus ojos secos, parpadea en busca de las lágrimas que no brotan, y se queda así, contemplando el gran desplazamiento de la bóveda de estrellas, y Franck se calla y lo mira y se estremece porque un vientecillo travieso aprovecha la noche para venir a trotar por los campos. En el silencio profundo solo se oye el aliento entrecortado del padre, que se va calmando poco a poco.

Armand reprime los sollozos y se golpea las mejillas con la palma de la mano. Se incorpora y se enciende un cigarrillo.

–¿Has venido para contarme esto?

–Querías que te lo contara sin esperar. Puedo dejar de hablar y marcharme mañana.

El padre coloca la mano encima de su brazo.

–No, eso sí que no. He perdido a dos hijos, encuentro a uno y me lo quedo.

Vuelve a callarse, suspira y carraspea. Un gemido ahogado escapa de su garganta.

–¿No podríamos encontrar su cuerpo y enterrarlo?

–No lo sé. No creo.

–¿Qué habrán hecho con él? ¿Lo habrán tirado en algún sitio, en un vertedero, o lo habrán cubierto de cemento? O puede que…

–Déjalo. No hurgues en la herida. No sirve de nada.

El padre sigue mirando al cielo. Franck ve sus mejillas húmedas, el débil destello de las lágrimas en sus ojos.

–Y pensar que hay quien cree en Dios… Imbéciles.

Franck levanta también los ojos y no lee nada en el caos profundo que centellea allí arriba. Nunca se ha preguntado esas cosas. En la trena estaban todos esos bestias que invocaban a su dios como quien maldice al quemarse o al pillarse los dedos con la puerta, pero no eran más que unos capullos que buscaban un buen motivo para serlo todavía más después de absolverse mutuamente con dos toques de magia.

–¿Y esa niña de dónde sale? ¿De esa familia de la que hablabas?

Franck habla de los Viejos, esa gente que compró una vieja granja hace diez años con el dinero que les había llovido del cielo, precisamente... El Viejo camuflaba coches y reparaba motores antiguos para los gitanos o para los amantes de los cacharros, la Vieja hostil, áspera como papel de lija. Y Jessica. La deseó en cuanto la vio. No era solo por el talego, los casi cinco años a palo seco aparte de las pajas y las fantasías porno, el deseo obsesivo de agujeros y orificios que llenar a lo bestia, no. Franck no sabe cómo explicarlo. Una trampa hacia la que te precipitas presintiendo la trampa. O un pescado delicioso que actúa lentamente y te engancha como una droga. Una flor tóxica. Una fiera dulce que puede despedazarte en cualquier momento. Y, en medio, esta niña casi muda que jugaba sola y casi nunca lloraba, ni siquiera en el colmo de la pena. Ni siquiera tras la matanza. No dice nada, se limita a estar triste y a observarte con disimulo o a mirarte pensativa, y te sientes sopesado y juzgado por esos grandes ojos negros a los que la estupidez y la maldad de los adultos defraudan una y otra vez. Tienes la impresión de que, con seis añitos, sabe mucho más que tú sobre muchas cosas.

–Resumiendo. Su madre se fue ayer a buscar droga a Burdeos y yo dudaba de que fuera a volver por la noche, y ese gitano nos envió a sus chicos, que se presentaron ayer, y aquí estamos. Desde el principio, han jugado conmigo. Me han manipulado. He dejado huellas en todos los lugares donde querían que las dejara, y eso me estallará en la cara.

Se quedan en silencio. El padre respira por la nariz, con fuerza, enfadado tal vez.

–¿Qué piensas hacer?

–¿Cómo?

El hombre se vuelve de pronto hacia él, la cabeza hundida entre los hombros.

–Ahora, en las próximas horas, para ser más concreto. La niña que tienes a tu cargo, la madre que se presentará con los asesinos pegados al culo y la mierda en la que estás metido hasta el cuello. ¿Qué vas a hacer?

–Ni idea. No dejo de darle vueltas. Tal vez ir a la pasma y contárselo todo.

–¿Para qué, para que te metan en el trullo otros diez o quince años?

–¿Tienes una idea mejor? Puede que sea mi lugar. Puede que no valga para nada más, o que no sepa hacer nada más. A veces nos lo decías. Y a mí me decías que dejara de seguir los pasos de mi hermano. Y tenías razón. Ya ves dónde estoy ahora.

–Yo he dicho y hecho un montón de chorradas. Os decía eso a ti y a tu hermano cuando…

–Déjalo –murmura Franck.

El padre se levanta, frotándose las lumbares.

–Cuando estaba borracho, cuando no me tenía en pie, cuando no sabía decir nada a nadie… Cuando os pegaba, a vuestra madre y a vosotros, sin saber por qué, hasta que me cansaba o me…

Se detiene porque le falta el aliento.

–Os he hecho tanto daño… Y era más fuerte que yo. Necesitaba beber para transformar mi rabia y evitar que saliera a matar a alguien, a ese cabrón de presidente holandés que nos echó a la calle de la noche a la mañana a pesar de que la empresa funcionaba bien, no sé si te acuerdas, eras pequeño y tu madre os llevaba a la fábrica mientras la ocupábamos, jugabais al fútbol con los otros niños. Habíamos conseguido saber dónde encontrarlo y te juro que hubo tres o cuatro que estuvimos pensándolo seriamente durante seis meses. Sabíamos cómo conseguir pistolas, estábamos preparados, de verdad, nos daba igual. Y después Ahmed se pegó un tiro cuando su mujer se largó y eso nos acojonó y cada uno se quedó en su rincón y yo me hundí, pero mis colegas también, de otra manera. Tenía que acobardarme, porque si no habría ido yo solo o me habría cargado a cualquier ricachón a la salida de un hotel de lujo, yo qué sé... No te lo puedes imaginar. Había días que tenía ganas de destruir el mundo.

Silencio. El hombre mira hacia el este, las manos en los bolsillos. Y percibe la palidez que recorta las cumbres.

–Mira –dice–. A falta de grandes noches, tengo amaneceres. Solo para mí.

Franck se levanta también y se acerca a su padre y se quedan ahí hombro con hombro y contemplan esa fuerza que se revela detrás del horizonte negro y dentado como una mandíbula destruida.

–No sabes cuánto deseo que ella estuviera aquí –susurra el padre.

Franck quiere decir sí pero se le atasca en la garganta. Coge a su padre del brazo y lo estrecha contra él.

–Cuánto hemos perdido –dice el hombre–. Dios santo, cuánto hemos perdido... Y todas las mañanas llega esta luz para espantar las pesadillas y los fantasmas. Hace poco he leído un libro que hablaba de ese tipo de cosas. El alba como una especie de nueva oportunidad que se presenta un día tras otro. No es que me lo crea, lo de la nueva oportunidad, quiero decir, pero trato de disfrutar el momento. A tu madre le gustaba eso. Las estrellas, el cielo, los amaneceres, y yo me burlaba de ella cuando éramos jóvenes, y ella me decía: «¡Ya cambiarás! Te abriré los ojos, ya verás».

Vuelve a callarse, la mirada baja. Franck siente que se estremece y le pregunta si está bien. El padre responde con un movimiento de la barbilla y levanta la cabeza y se enfrenta al nuevo día, y dos o tres veces suelta aire para expulsar la tristeza que lo ahoga.

Franck camina un poco para calmar la afluencia de recuerdos, imágenes superpuestas, voces mezcladas, caras confundidas, teatro de sombras. Su padre apoya una mano en su hombro y lo sobresalta.

–Voy a hacer café.

–¿Quieres que te ayude?

El padre se ríe.

–¿A hacer café? No… quédate aquí y disfruta.

Franck se pregunta cuánto tiempo aguantará huyendo, al abrigo de los árboles, en el hueco de los barrancos, bajo los resaltos o en las cuevas, obligado a improvisar sus leyes de supervivencia oyendo pasar por encima los helicópteros y ladrar a los perros. Le vienen las imágenes de una película de acción en la que un antiguo soldado superentrenado, armado únicamente con un cuchillo, derrota a cientos de hombres que van en su busca, y calcula que la huida durará uno o dos días, el tiempo suficiente para errar un poco más en el callejón sin salida en el que está y pillar una neumonía por culpa de una noche demasiado fría.

Cuando su padre vuelve con la cafetera italiana y dos tazas, se beben el café mirando el cielo que palidece, el sol todavía lejos de saltar por encima de las crestas.

–¿Qué me aconsejas?

–Que pienses hasta esta noche. Que veas un poco la belleza de las cosas, porque no creo que hayas tenido mucho tiempo de hacerlo a lo largo de todos estos años. Puede que comprendas lo que tienes que ganar y perder en lo que decidas hacer. La única obligación: seguir con vida. Tienes veintiséis años. Todavía tienes mucho tiempo disponible. Te lo suplico: sigue con vida, hijo mío.

El hombre levanta los ojos, se vuelve hacia el bosque, que va saliendo de las sombras.

–Nos vendría bien dormir una hora.

Franck levanta los ojos hacia el cielo transparente, en el que no se ve nada más que algunas bandas de niebla perezosa. Se acuestan, dando una victoria provisional al día. En la planta de arriba, Rachel duerme boca arriba, los brazos en cruz, la sábana y la manta en el suelo. Franck la cubre con cuidado, ella gira la cabeza y entreabre los ojos y a él le entra la duda de si la habrá despertado, pero su cara sonríe y sus labios hacen una mueca antes de darse la vuelta hacia el otro lado suspirando.

17

Se despierta por el balbuceo de Rachel en el exterior, ve el sol colándose por el contorno del postigo y se pregunta qué hora es. Apenas ha dormido dos horas, pero se siente descansado y tranquilo, tal vez porque al venir aquí ha hecho lo que debía hacer.

Abajo, la cocina está llena de luz, y por la puerta abierta de par en par vislumbra el espectáculo deslumbrante del cielo azul claro sobre la cadena de montañas. Se sienta en el banco, apoya los codos en el hule. La mañana resuena en la cocina, más apacible que el silencio. Rachel juega y parlotea en voz baja mientras él se sirve el café y le pone mantequilla a una tostada y la cubre de mermelada y se la come con buen apetito, sin contención y sin reservas. Franck oye a su padre en el cuarto de baño, el agua corriendo, las cañerías retumbando. Una mosca entra haciendo ruido, se pega contra las paredes, vuelve a salir. Franck se deja caer contra la pared, a su espalda, con un suspiro de alivio. Atrapa esos minutos y los retiene como se aprieta un puñado de arena. Sabe que pronto abrirá la mano vacía.

Sale al umbral y se acerca a Rachel. Está jugando con un gatito que salta y da vueltas para atrapar un corcho atado con una hebra de lana. Levanta la cabeza hacia Franck, parpadeando, y murmura un buenos días iluminado con una sonrisa. El gato se tumba en el suelo, dispuesto a saltar, y ella lanza un gritito cuando coge el corcho y hace malabares con él, boca arriba. Franck se sienta en el banco en el que estuvieron la noche anterior y cierra los ojos en ese frágil instante.

Su padre aparece y explica que ha adoptado al animalito, que ronda desde hace dos semanas por esos pagos y que le deja ratones de campo destrozados delante de la puerta. Se preguntan el uno al otro si han dormido bien. Bien, poco, pero suficiente.

–¿Se lava ella sola?

–Sí. Hace muchas cosas sola. Como una niña mayor. ¿Eh, Rachel?

La cría asiente con la cabeza. El gato está sentado y desatiende el juego y ella lo llama, pero él ni caso, se aleja, se vuelve a sentar, mira a su alrededor, levanta el hocico hacia un pájaro que pasa, se pone a lamerse.

–Hay que ir a ducharse. Te voy a enseñar dónde está.

Rachel se levanta y sigue a Franck.

–Tengo que ir a buscar la ropa limpia –dice la niña antes de trepar por la escalera.

Franck se encuentra con su padre delante de la casa. Se encienden unos cigarrillos y un vientecillo travieso da vueltas a su alrededor y empuja el humo y lo aleja de ellos.

–Entonces ¿dices que la madre va a aparecer?

–Por supuesto que va a venir. Es su hija. Vendrá a recuperarla.

–¿Y qué va a hacer con ella? Con lo que me has contado... Después de esa carnicería, estáis hasta el cuello de mierda, tú y ella...

–Yo qué sé.

Se oye acercarse un coche y el corazón de Franck se acelera y después piensa que no puede ser Jessica. Es el cartero, que aparca y baja del coche y los saluda con un gesto amplio. Deja el correo bajo el limpiaparabrisas del coche de Franck.

–¡No tengo tiempo! ¡Tengo que sustituir a un colega en la oficia, mañana nos vemos!

–¡Venga, hasta mañana!

El padre lo mira dar marcha atrás con una gran sonrisa.

–Es buena gente. Y además, hemos pasado un poco por la misma historia. Se convirtió en empleado de correos después de que lo echaran de la empresa. Se reinventó, como se suele decir. Es delegado sindical y le dan por todas partes, pero él se las devuelve, y por ahora va tirando.

–Aquí todo parece sencillo –dice Franck.

–Aquí y ahora, sí. Lo de antes ya lo conoces, qué te voy a contar. Y mañana, quién sabe.

Franck no encuentra respuesta a eso. Solo le gustaría que el tiempo se detuviera. Que se ralentizara, al menos.

Oye a Rachel volver a cerrar la puerta del cuarto de baño y Franck se estremece cuando la ve aparecer: lleva su vestido rojo, el que llevaba en el campo seco bajo el sol, tan sola en medio del asadero. En ese sueño extraño y aterrador.

–Bueno –dice Armand–, ¿vamos a ver las vacas?

Ella asiente con la cabeza.

–Nos llevará una hora. Está un poco más allá, en el valle, hacia Gabas. Si quieres, hay un paseo que empieza ahí, detrás del granero derrumbado. Bajo los árboles, asciende suavemente. Con un poco de suerte, verás un zorro.

En cuanto se van, él empieza a tener miedo. Sabe que el hechizo está a punto de romperse. Mira a su alrededor el paisaje clarísimo en el aire limpio como si sintiera esa armonía por última vez antes del cataclismo. El instante anterior. Los últimos momentos de inocencia. Decide dar el paseo que le ha recomendado su padre, sabiendo que le será más fácil subir que bajar.

Entra de nuevo en la cocina y se sirve un fondo de café tibio que se bebe lentamente, de pie ante ese desorden banal que encuentra tan tranquilizador. Cerca del cuchillo de la mantequilla, lanzando un destello más mate que el acero cromado, está ese objeto, en medio de las migas de pan. Se sienta cuando comprende de qué se trata. La inscripción en la cara interna del anillo es la misma: NUNCA VENCIDO.

Necesita un buen minuto para darse cuenta de lo que está pasando. Rachel ha dejado el anillo de Fabien encima de la mesa antes de irse. Rachel tenía ese anillo desde hace días o semanas. Ese anillo nunca salió de la casa de los Viejos. El tío del teléfono le coló una escena falsa de asesinato. Todavía no sabe por qué quisieron hacerle creer que a Fabien lo había matado la banda del serbio. Lo que sabe es que Fabien, como su anillo, nunca salió de la casa. Y que todavía está allí. Rachel lo sabía y no podía decir nada. Franck vuelve a pensar en ese perro que se erguía a veces delante de ella, guardián instintivo de la manada. Vuelve a ver esos ojos de aceite negro en los que se perdía la luz, la densidad mortal de esa mirada fija. Tiembla. Coloca la palma de las manos encima de la mesa, el anillo delante de él, y sus brazos y sus hombros vibran y el dolor se le clava en la nuca rígida. Se levanta para tratar de desprenderse de la electricidad que le quema desde el interior como un horno microondas y sus piernas tiemblan hasta tal punto que tiene que apoyarse en la mesa. Desliza el anillo en su dedo y tiene que cerrar el puño porque es demasiado grande, así que consigue ajustarlo en el pulgar y la magia del anillo surte efecto, y puede dar algunos pasos hasta la puerta y colmarse una última vez de todo lo que echará de menos a partir de ahora, lo sabe, es lo único que sabe: la luz, el viento, el azul del cielo y la inmensidad que se eleva y se curva a su alrededor.

Está en la ducha cuando suena el teléfono. Por mucho que se lo espere, se sobresalta, y al cogerlo casi se le cae de las manos llenas de jabón.

Jessica aúlla. Cierra el grifo y la escucha concentrándose en el cuadrado de cielo azul recortado por el ventanuco abierto.

Le entra un ataque de tos y entonces él le dice que puede venir, que Rachel está a salvo con él. Aprieta entre los dedos el anillo de Fabien mientras le explica cómo llegar hasta allí, a casa de su padre, en el valle de Ossau.

Se ríe sarcástica, con la voz ronca.

–¿Tu padre el borracho? Joder, ¿es lo mejor que se te ha ocurrido para poner a mi hija a salvo?

–Te espero, ya verás.

Corta la comunicación y las ganas de vomitar le obligan a agacharse en el lavabo, pero no sale nada y la náusea retrocede. Termina de asearse dejando correr agua helada sobre él. Jadea y gimotea y golpea las frías baldosas con el puño. Se vuelve a vestir tiritando y vuelve a encontrar el sol con alivio y se queda un rato quieto, tratando de pensar en lo que ha pasado, en lo que inevitablemente va a ocurrir. Atisba el final del camino que lleva a la casa esperando ver en cualquier momento llegar el coche de Jessica a toda velocidad, aunque sabe que todavía le quedan casi cuatro horas de carretera por delante. Se siente como si estuviera de pie en medio de un campo de ruinas, un puzle gigante cuyas piezas no encuentra fuerzas para montar. Piensa en el paseo del que le ha hablado su padre, da algunos pasos hacia el granero destruido, pero se echa atrás. ¿Caminar una hora bajo los árboles? ¿Buscar con la mirada si aparece un zorro? No sabe cómo, hace apenas veinte minutos esa perspectiva podía llegar a seducirle. Le parece que despierta de un sueño feliz, de los que tienen los niños, con su juguete tan deseado entre las manos que desaparece en cuanto se despiertan. Ha vuelto a caer en el camastro pegajoso en el que ha dormido mal todas esas semanas, entre el sudor y a veces entre lágrimas.

Se sienta en el banco de granito para esperar a que regresen su padre y Rachel, porque le parece que su presencia le volverá a dar los puntos de referencia que le faltan en el corazón de ese paisaje ahora ya demasiado grande para él. Y porque está impaciente por ver la reacción de la pequeña cuando vea en su dedo el anillo que le ha dejado y lo que dirá, si es que quiere decir algo. Por un instante tiene la impresión de que su padre va a llegar y dará con la solución, le enseñará la salida secreta que él mismo no podía adivinar, como un crío desamparado o perdido que ve llegar a sus padres y se calma, aliviado.

Cuando el coche se detiene, Rachel se baja casi al mismo tiempo, pero espera cerca de la puerta abierta a que Armand salga también y vaya hacia el maletero para coger el bidón de leche. Lleva también un trozo de queso envuelto en papel y entonces la niña le sigue los pasos, los ojos fijos en el suelo, como si estuviera atenta a no poner los pies en cualquier parte.

–¿Qué? ¿Tomando el aire? ¡Esta niña no le tiene miedo a nada! Le han enseñado cómo se ordeña ¡y ya quería meterse debajo de la vaca para probar! Hasta el perro, que no es fácil, la seguía para que lo acariciara. ¿Eh, Rachel? ¡Eres como un hada! ¡En cuanto apareces, todo va bien!

Rachel asiente con la cabeza, sonriendo contenta, pero no le quita de encima los ojos a Franck. El padre entra diciendo algo que Franck no entiende, no escucha, y la pequeña se acerca, las manos en los bolsillos del vestido. Él le enseña el anillo en su dedo.

–¿Tenías el anillo desde hacía mucho tiempo?

Ella asiente en silencio, traza con la punta del zapato pequeños arcos en el polvo. Mira al suelo. El pelo le cae por la cara y se queda escondida en esa sombra.

–¿Cómo lo has conseguido?

Se muerde el labio. Saca una mano del bolsillo y se limpia la nariz con el dorso.

–Se lo cogí a mamá.

–Pero…

–Lo había dejado encima del aparador, una vez, después de cuando se hizo daño contigo, de noche.

–¿Por qué lo cogiste?

De pronto, mira a Franck directamente a los ojos.

–Porque me había regañado y luego me había hecho daño.

–¿Sabes de quién es este anillo?

Rachel vuelve a bajar la mirada. Hace un gesto de que sí, que lo sabe. Ha sacado las dos manos de los bolsillos y las junta delante de ella y se retuerce los dedos.

Franck inspira hondo para coger el aire que le falta. Le gustaría pasar una mano por el pelo de la chiquilla para tranquilizarla, pero no se atreve. Tendría la impresión de capturarla, ella podría forcejear. No sabe cómo hacer la última pregunta. Busca las palabras, teme que la cría huya y se resguarde en su silencio.

–¿Sabes dónde está Fabien?

Ella vuelve a mirarlo a los ojos. No sabe qué leer en esa mirada: tristeza y miedo. Pero un miedo real, presente, despierto, como cuando se toca el origen de un dolor punzante. Respira rápido, su pecho se levanta a lo loco en pequeñas sacudidas y Franck le tiende los brazos, pero Rachel retrocede un paso y se sienta allí, en el polvo, el vestido rojo como una corola a su alrededor. Desde dentro, oye la voz de su padre preguntando qué pasa. Franck se levanta para entrar.

–¿Te quedas ahí? Vas a coger una insolación.

Rachel no responde, pero se levanta y lo sigue adentro.

–Si quieres, te enciendo la tele –dice el padre.

–No, tengo mi juego.

Sube la escalera y oyen cómo se vuelve a cerrar la puerta de la habitación.

–Fabien no murió en España. No lo mató la banda del serbio. Han sido ellos, la familia. Los Viejos y Jessica. Lo enterraron en el bosque, detrás de la casa. Ya sé lo que me queda por hacer.

El padre exhala con fuerza por la boca, se vuelve hacia la puerta abierta de par en par.

–No es posible –murmura–. ¿Qué tipo de gente es esa?

Se seca con el dorso de la mano los ojos llenos de lágrimas.

–Iré contigo. Y esa desgraciada va a venir aquí, ¿no?

Su voz se apaga, ahogada.

Franck deja que asimile el golpe. El hombre deja que su mirada se deslumbre con la luz que pisotea el umbral de la casa, abatido en la silla.

–Estará aquí dentro de dos horas. Se subirá al coche y nos iremos para allá. Tú podrías quedarte con la niña. No sé lo que ha visto, pero ha visto demasiado, de todas formas. Es mejor ahorrárselo, ¿no?

El padre asiente.

–Como quieras. Pero de una forma u otra, iré a ver dónde ha muerto mi hijo. Será mejor que seas tú quien se ocupe de ella. Porque si me dejas a mí, le pego un escopetazo.

Se quedan callados un buen rato. En el silencio, se oye un helicóptero en el valle.

–Vamos a comer –anuncia el padre levantándose.

–¿Tienes hambre?

–No. Pero hay que comer. Para coger fuerzas. Porque nos harán falta. Y la cría tiene que comer. Voy a abrir un tarro de axoa.

Durante la comida, el padre bromea con las vacas que sabían que Rachel era su amiga y la chiquilla lo escucha, una sonrisa en sus ojos brillantes. Después habla de los rebecos, de los osos, desgrana todo el bestiario de la montaña, los buitres que pueden volar sin batir las alas, los zorros de ojos dorados. Cuenta historias de pastores, dice que el hijo de Fourcade, adonde han ido a por la leche, es pastor, y que a veces le pasan cosas curiosas, oye ruidos por la noche alrededor de su cabaña y los perros se ponen a ladrar enloquecidos de rabia o de miedo, como esa mañana, cuando se ha encontrado a casi todo el rebaño delante al abrir la puerta con las primeras luces del alba y los perros tumbados, extrañamente tranquilos.

Rachel escucha todas esas historias con el tenedor en el aire, los ojos como platos, sus largas pestañas batiendo incrédulas de vez en cuando. Por momentos recae el silencio, que vigilan los tres como si esperaran oír el coche de Jessica acercándose, y la pequeña observa la cara de los dos hombres para descifrar sus temores. Entonces el padre cuenta otra historia antigua, la leyenda del niño oso, el terror de un pueblo rodeado de lobos una noche de Navidad, la maldición que recayó sobre una aldea en la que aparecía el fantasma de un contrabandista abatido diez años antes por un policía originario del lugar, profiriendo amenazas terribles, a finales de enero, la noche en la que lo mataron, amenazas que continuaban siete días después de la muerte de uno de los habitantes.

Se quedan un poco fuera del tiempo, y el propio Franck hubiera dejado que siguiera contando más historias atrapados por la nieve o aterrorizados por las noches de antes, en las que era mejor no salir, cuando los pastos estaban embrujados o amenazados por osos escurridizos. No recuerda que su padre tuviera el talento de contar historias cuando eran pequeños. Era su madre la que se inventaba cuentos, la nariz metida en un libro en cuanto tenía un momento para ella. Le gustaría acordarse de su voz firme, casi grave, un poco ronca. No ve nada más que sus manos bailando delante de ella, dibujando los personajes y los decorados.

Rachel se ha ido a echar la siesta, el padre trastea en el almacén arreglando una silla. Franck está delante de la tele, pasando de un canal a otro sin conseguir interesarse por nada, el tiempo se desgrana con una lentitud agobiante. En el momento en que oye el coche de Jessica metiéndose por el camino, una presentadora está preguntándole a una mujer si las numerosas relaciones que va encadenando con los hombres son la causa o la consecuencia de su insatisfacción. Apaga la tele en el mismo instante en que se cierra la puerta.

No lleva la misma ropa con la que se fue ayer. Camiseta, bermudas de tela caqui. Se dirige hacia él a grandes pasos y él distingue su cara pálida, su piel brillante, su mirada fija. En cuanto se acerca, le llega el olor a sudor que ha tapado con perfume y los efluvios de otras cosas, tal vez alcohol, no sabe. Su padre estaba en ese estado al volver algunas noches, pero en su mirada incierta no había más que un cansancio tenso, no esta locura sin fondo, inexorable, que durante algunos segundos impide hablar a Jessica, los labios apretados, la mandíbula temblando como si estuviera a punto de desgarrarle la garganta.

–¿Dónde está?

Ella da un paso a un lado para rodearlo, pero él extiende el brazo para detenerla y se queda allí, contra él, empujando como si fuera una barrera.

–Duerme. Está echando la siesta. Cálmate.

–¿Que me calme? ¿Raptas a mi hija y tengo que calmarme?

Ella retrocede y se enfrenta a él con los brazos colgando, dispuesta a pegar. Respira con fuerza por la nariz, las aletas dilatadas.

Franck siente que el corazón le da vuelcos en el pecho. Piensa en tumbarla de un puñetazo, tirarla al suelo, aplastarla contra la grava. Retiene la fuerza que tiembla en sus brazos.

–Ya no es momento de pegarse. Y además, saldrías perdiendo.

–¡Te juro que te voy a matar! ¡Déjame pasar, voy a recuperar a mi hija!

–No la vas a recuperar porque vas a ir al trullo. No te das cuenta de que para ti todo se ha acabado.

Franck le muestra en el dedo el anillo de Fabien. Ella se incorpora. Desvía la mirada, busca otro lugar donde fijarse, vuelve a él.

–¿De dónde has sacado eso?

–Pensaba que estaba en el dedo del tío que mató a Fabien. Me lo describió todo con detalle por teléfono, el otro día. ¡Y mira por dónde, me lo da Rachel! Qué curioso, ¿no te parece?

–¿Y bien? ¿Qué prueba eso?

–Que no fue la banda del serbio la que mató a mi hermano, sino tus padres y tú. Fabien nunca se fue a España. Le pillasteis el dinero y os metisteis en negocios con el serbio, y os encontrasteis en deuda con él... Y como no es de los que juegan con eso, empezó a perder la paciencia y a buscaros las cosquillas.

Jessica lo observa con curiosidad. Todo el furor ha desaparecido de su cara. Incluso sonríe, con cierta inocencia.

–Tienes razón, tenemos que hablar –dice con voz dulce–. Voy a buscar mis cosas.

Se da media vuelta y vuelve al coche.

–¡Rachel!

El padre sale corriendo. Se tropieza y se sujeta al brazo de Franck.

–¡Se ha escapado! ¡Acabo de verla subiendo hacia el bosque, allí!

Señala a lejos la ladera llena de árboles y Franck trata de distinguir el principio del camino sin ver nada. El estruendo de la detonación los tira al suelo y el padre se sujeta el hombro gesticulando, las piernas debatiéndose como si quisiera huir del dolor que lo clava al suelo. Su mano presiona la herida, la sangre corre por sus dedos. Franck se arrastra hacia él en medio del polvo levantado. No oye a Jessica pasar cerca de ellos y correr hacia el bosque. Aparta la mano convulsa de su padre y abre la camisa, descubre cinco o seis agujeros en el músculo, un tajo por encima del bíceps. Con un trozo de camisa, limpia la sangre que enseguida vuelve a brotar de las heridas. El padre se cuelga a su cuello y los dos juntos se levantan y se caen quejándose por el esfuerzo y se vuelven a levantar tambaleándose como borrachos. Cuando están de pie, el padre se mira el hombro.

Tira de la camisa arrugada sobre la piel azulona y desgarrada y presiona la tela jadeando.

–No es nada, ya me apaño. Tengo con qué limpiar esto. ¡Atrapa a esa chiflada!

Se desequilibra, se sienta en el banco.

–Estoy bien, no te preocupes. Piensa en la cría. Hay una escopeta en el almacén. Cartuchos en el cajón de un aparador viejo.

Franck lo ayuda a ponerse de pie y el hombre le suelta las manos y le dice que está bien. Entonces Franck corre hacia el coche y coge la escopeta y los cartuchos. Cruza los dedos para que las municiones no se hayan mojado demasiado y carga el arma y se apresura hacia el bosque.

Silencio. Solo sus pasos y su aliento corto en la penumbra inmóvil de los abetos. El camino es amplio, bien trazado, las lluvias han dejado surcos en el centro. Tiene que pararse después de doscientos metros para volver a coger un poco de aire y descansar las piernas, que flaquean. Empieza a caminar con una marcha más regular, tratando de estabilizar su respiración. La escopeta le molesta, no hay correa para llevarla al hombro, y los cartuchos en el bolsillo de los tejanos le aprietan a cada paso en la parte alta de los muslos. El camino asciende suavemente sin ningún rellano y le devora lentamente los músculos. Tiene que pararse otras dos veces para recargar un poco de energía y se da ánimos en voz baja, imaginándose a Rachel huyendo en medio de esa soledad sombría. A Jessica también debe de costarle la subida. O puede que la rabia furiosa que la invade suprima el cansancio. Por una abertura divisa el valle, los coches pasando por la carretera sin hacer ruido. Vuelve a arrancar de nuevo, se apoya sobre grandes piedras como una escalera derrumbada. El sudor le corre por la espalda, las arterias le golpean las sienes. Se detiene delante de un arroyo que desciende con un murmullo y cae por una roca en un moquillo límpido. Se moja la cara, toma algunos tragos en el hueco de las manos.

Más arriba percibe el verde claro de un bosquecillo frondoso meciéndose con un poco de viento. Jirones de cielo. Se pone de nuevo en marcha, pisoteando rastrojos de luz, las piernas endurecidas y quemadas. Aguanta dos serpenteos más y alcanza el abrigo de las hayas y desemboca en una gran cuesta herbosa salpicada de rocas enormes y de troncos de árboles muertos. La huella del camino no es más que un trazo rectilíneo que desciende por una suave pendiente. Y a unos doscientos metros de él, minúscula, divisa a Jessica.

No sabe de dónde saca la fuerza para echar a correr. Le parece que su carrera no es más que una caída y que rebota al azar en cada pisada. Un viento cálido desciende del acantilado que domina la pradera, bullicioso y confuso, removiendo las hierbas altas, zumbando en sus oídos. Jessica no lo oye llegar, y cuando está a diez metros de ella, se da la vuelta y lo apunta con el arma, y él hace lo mismo y los cañones de sus escopetas se mueven al ritmo de sus jadeos como si sus bocas vacías y negras se buscaran.

–¿Qué piensas hacer?

–Recuperar a mi hija.

Tienen que hablar alto porque el viento dispersa sus palabras.

–¿Con una escopeta?

Jessica no contesta. Agarra más fuerte el arma, calza la culata en el hombro, la cabeza inclinada para alinear los ojos con el punto de mira.

–¿A cuántos vas a matar así? Como a tus padres, ¿no?

Niega con la cabeza. Su dedo se desliza por el guardamontes, se posa encima del disparador.

–Mi madre empezó. Tenía miedo de que te chivaras a la pasma o de que te pillaran los del serbio, y se puso a gritarme que la había cagado, que le estaba jodiendo la vida desde que nací, que yo lo jodía todo.

El grito de Rachel es lejano, ahogado por el viento y los árboles. Jessica se vuelve hacia la linde del bosque y Franck se abalanza sobre su escopeta y se la arranca de las manos, y como ella se aferra, la empuja de una patada. Cae por la cuesta, rueda algunos metros y deja de moverse, tumbada sobre un costado, replegada sobre sí misma. Jadea o llora silenciosamente, o se ahoga de rabia. Franck abre la escopeta y lanza los cartuchos lejos y luego tira el arma en la hierba. Se desabrocha el cinturón. Jessica se incorpora cuando lo ve llegar, pero a él le da tiempo de derribarla contra el suelo y de atarle las manos a la espalda. Ella no dice nada, gime y gruñe. Un perro herido y peligroso.

Vuelve a ascender por el sendero y recoge la pistola. Saca de sus piernas un poco de fuerza para correr hacia el bosque, que rodea un pico rocoso. Cuando penetra bajo el manto, sus ojos se pierden en la penumbra y después distingue de nuevo el ejército de oscuros troncos erguidos, como paralizados en un asalto. Llama a Rachel y en el silencio de vuelta la oye gritar de nuevo, más bajito, y llorar.

Se la encuentra inmóvil en medio de un talud en una franja de sol.

–¿Qué pasa?

Casi no se atreve a darse la vuelta hacia él, los brazos caídos a lo largo del cuerpo. Lloriquea, el pelo pegado en la cara.

–¡Una serpiente! ¡Allí!

Encima de una piedra plana hay una pequeña víbora enrollada, la cabeza apoyada sobre el cuerpo, la lengua explorando el aire a su alrededor. Franck coge en brazos a Rachel.

–Mira.

Tira una piedra cerca de la serpiente y esta desaparece debajo de una roca.

–¿Lo ves? Solo estaba entrando en calor. No te iba a hacer nada.

La pequeña lo estrangula con sus brazos y él siente correr sus lágrimas en el cuello. Da media vuelta, y en el descenso sus piernas tiemblan y siente que vuelven a tensarse músculos cuya existencia desconocía. Deja a Rachel en el suelo y le da la mano.

–Voy delante. Pero por aquí no hay serpientes, las habría visto.

Ella dice que vale. Dice que aun así tiene miedo y aprieta dos dedos de Franck en su mano mojada de sudor.

Se encuentran a Jessica sentada al borde del camino, encima de una piedra. Levanta hacia ellos su cara embadurnada de lágrimas y de polvo. Franck siente que la mano de la chiquilla aprieta la suya. Apoya el hombro contra su muslo.

–Hola, cariño –dice Jessica–. ¿No me das un besito?

La cría da un paso hacia delante sin soltar a Franck, dudando.

–¿De qué tienes miedo?

–Había una serpiente.

Rachel camina hacia ella y la abraza fuerte y la aprieta contra ella y luego se suelta bruscamente y Jessica se inclina hacia ella, las manos inmovilizadas a la espalda.

–Bueno, ¿estás contento?

–Vamos. Luego hablaremos. Venga, muévete.

Se levanta y pasa delante, con paso decidido, recta, un poco rígida. Al principio Rachel sigue a Franck y después camina a su lado, en cuanto el sendero lo permite. Ninguno habla. El sol ha caído sobre la otra ladera y bajo los árboles hay un poco de frescor. Franck sueña con una silla y con un vaso de agua. Le pregunta a Rachel si tiene sed, ella tiene ganas de un vaso de leche.

Empiezan a ver la casa y Franck atisba un 4 × 4 mugriento. Echa mano de la escopeta que lleva al hombro y agarra a Jessica por el brazo. Se acercan despacio. El 4 × 4 tiene matrícula del departamento. A juzgar por la capa de barro que hay en la parte baja de la carrocería, el coche es de alguien de por allí.

En la cocina, un hombre en mangas de camisa está sentado frente al padre, que aprieta los dientes y suda. Encima de la mesa, una palangana quirúrgica, una jeringuilla, frascos de antiséptico.

El padre se relaja al ver a Franck.

–Te presento al doctor Pierre Etchart, veterinario.

El hombre no levanta la nariz de su tarea. No se distingue más que su enorme espalda, sus gruesos antebrazos, sus manos con guantes de látex azul.

–¡Joder, deja de moverte! Encima que no veo nada...

Se incorpora, una especie de pinza de depilar en la mano, y deja caer un perdigón en la palangana, y en ese momento Franck distingue los otros cinco entre restos sanguinolentos.

–Ya está. Se acabó. Ahora solo queda el apósito.

Se vuelve hacia Franck y Jessica y los mira de arriba abajo. Su mirada resbala hacia la escopeta.

–No; sé a qué estáis jugando, y no quiero saberlo. Pero si podéis ir a divertiros a otro lado, os lo agradecería.

–Deja, Pierre...

–No, deja, no. Veinte centímetros más a la izquierda y te vuela el hombro. La descarga solo te ha salpicado.

Vuelve a limpiar las heridas supurantes y luego coloca el apósito e improvisa un cabestrillo con el vendaje.

–Vendré a cambiarlo mañana, después de pasar a ver las ovejas de Lescarret. Peor para ti, vas después de ellas.

Se levanta y recoge su material en una mochila. Le da la mano al padre y se dirige hacia la puerta. Cuando pasa cerca de Franck, coloca el índice en su pecho.

–No estropees demasiado el reencuentro. Cuida de él.

Aparta a Jessica sin mirarla para poder salir y se apresura hacia el coche. El motor del 4 × 4 se embala, los neumáticos patinan y levantan polvo y grava.

–No hagas caso –dice el padre–. Este tío vale su peso en oro. Ha venido en cuanto lo he llamado. Y como es un amigo, le conté lo que ha pasado.

Se pone de pie resoplando, se apoya en la mesa.

–Estoy bien –dice–. Y, además, es el brazo izquierdo.

Distingue a Rachel, de espaldas, y la llama.

–¿No tienes sed, preciosa?

Entran todos. Jessica se queda de pie cerca de la puerta, las manos todavía atadas a la espalda. Ella los mira uno a uno y su cara no expresa nada, como si no reconociera a nadie, como si los viera de lejos o desde un lugar que solo ella conoce y es inaccesible a nadie más.

Franck saca vasos, los llena de leche, de agua. El padre mira de reojo a Jessica. En dos ocasiones se dispone a decir algo, pero se echa atrás por Rachel y luego se dirige hacia ella para preguntarle si está bien, si no le hace falta nada más. Ella niega con la cabeza, levanta los ojos hacia su madre y busca su mirada y no la encuentra porque Jessica parece no ver nada al posar sobre Rachel su mirada clara y ciega. Entonces Armand propone a la chiquilla ir a ver la tele y la pequeña se levanta y lo sigue al cuarto contiguo, la cabeza baja. Ruidos, palabras, música, resuenan al momento. Cuando el padre vuelve, pregunta qué van a hacer ahora, le dice a Jessica que se siente y ella lo hace en una silla que él empuja hacia ella.

–Voy a buscar a Fabien –dice Franck–. Va a enseñarme dónde lo han enterrado y después llamaré a la pasma. Hay que acabar con esto.

Durante un rato, nadie dice nada. Solo se oye el televisor en el cuarto de al lado. Los tres tienen pinta de estar rendidos, sentados en las sillas, alrededor de esa mesa, como peleles inanimados.

Franck tiene la impresión de salir de un saco en el que lo han arrastrado y zarandeado durante semanas, aturdido y molido, y a veces le gustaría volver a entrar en él para replegarse en posición fetal y pedirle a alguien que lo cierre bien y lo tire por un barranco. Se inclina hacia Jessica, que mantiene la mirada pegada a los dibujos del hule.

–¿Lo mataste tú?

Ella lo mira por fin. Sus ojos están llenos de lágrimas, mueve los párpados y se desbordan y sus mejillas sucias chorrean líquidos más claros.

–No, no fui yo.

Mueve los brazos a la espalda porque le gustaría mucho secarse la cara.

–No sé nada –añade.

–¿Cómo que no sabes nada?

–Mi padre. Es mi padre. El lote de droga del serbio… Nos hacía falta dinero, no queríamos pedírsela al gitano, queríamos hacerlo sin ayuda, pero Fabien no estaba de acuerdo.

–¿Y el resto de la pasta?

Se encoge de hombros.

–Nos la fundimos. Siempre hace falta pasta, joder.

–Y cuando el serbio empezó a impacientarse, el gitano salió otra vez a jugar. Conmigo como balón, ¿verdad? Y me envió a sus chulos para dispararme, ¿verdad?

–Le dimos la droga al gitano para que la pasara, pero le hacía falta tiempo y el serbio no quería esperar más. Entonces Serge decidió pasar a la acción. Y como estabas tú por medio, nos aprovechamos.

Sigue hablando con una voz monocorde.

Franck la escucha y la observa como si estuviera delante de una pantalla, viendo una grabación. El gitano que elimina al serbio aprovechándose de él, que se mete de cabeza en todas las trampas que le tienden. Una especie de máquina trituradora que se ponía en marcha con cada uno de sus actos y de sus gestos, que fabricaba sus engranajes sobre la marcha. No siente ninguna emoción, ningún sentimiento capaz de hacer que el corazón le lata más fuerte o que le tiemblen las manos. La rabia y la tristeza se anulan mutuamente para fundirse en una lucidez dolorosa. Apenas reconoce a esa mujer que habla con voz sorda mirándole directamente a los ojos, las lágrimas cayendo sin cesar por sus mejillas manchadas de tierra. Solo ve el lugar destartalado del que ha escapado antes de que le hiciera pedazos.

Prefiere mirar hacia otra parte. Se levanta porque siente que su lucidez es una combinación inestable.

–Tenemos que ir allí. Salimos mañana.

18

Salen al amanecer, sin haber dormido realmente.

Franck y su padre se han encontrado en la cocina hacia las cinco, empujados por el insomnio y las preocupaciones. Han intercambiado palabras prácticas y banales mientras desayunaban. Café, azúcar, pan. Dos frases sobre el tiempo que iba a hacer.

Han atado a Jessica y la han tumbado en el asiento trasero. No ha dicho nada, se ha dejado atar, levantar, sentar con aire perdido, completamente indiferente a lo que en adelante pudiera ser de ella. Ha rechazado el café que le han ofrecido, ha aceptado un cigarrillo. El día anterior, no dijo nada más después de las pocas confesiones que había hecho, recayendo en su mutismo, encerrada en sí misma, lejos. Le habían permitido ir al baño, le habían dado agua y le habían limpiado la cara, y ella había accedido a todo sin protestar, quejarse ni dar las gracias.

Franck ha dejado cerca la pistola, ha metido la escopeta en el maletero, ha cogido algunos cartuchos de calibre 12.

El padre mira cómo se aleja el coche en la misma postura que cuando llegaron la otra noche. Con las piernas firmes, las manos en los bolsillos. Franck agita la mano por la ventanilla bajada y luego acelera en cuanto está en la carretera y va todavía más rápido cuando llegan al valle. Quiere salir de la influencia de las montañas, de ese poderoso encanto en el que sentía apagarse su desconfianza, su rabia, sus miedos, y que lo dejaba sin la energía malsana que lo había mantenido en pie durante esas semanas. Sin embargo, hay en él, por fin, algo contento y feliz. No sabría decir qué. Puede que haya hecho, al venir aquí, hacia su padre, algo que se creía incapaz de hacer. Lo que más miedo le daba, incluso después de todo lo que había aguantado y cometido. Tenía miedo de encontrarse con un anciano amargado y llorón, y se ha encontrado con un hombre nuevo en un país nuevo. Un hombre nuevo para el que cada arruga es una cicatriz. Que sale y camina, a pesar de su cansancio. Que vive con sus fantasmas amados y que respeta la propia muerte, impidiendo que se acerque demasiado rápido. Cosas que sabe confusamente. Que algunas almas que han pasado por el infierno han tenido una segunda oportunidad.

En cuanto se alejan por la llanura, en cuanto la rapidez y el estruendo de la autopista los aísla un poco más del mundo exterior, Jessica sale de su aturdimiento y Franck la oye por primera vez moverse y hacer rechinar el asiento de escay. Cuando se da la vuelta hacia ella, ve sus ojos fijos en él. Tal y como la han atado, no puede incorporarse para sentarse.

–¿Y qué te crees que vas a hacer ahora? –pregunta ella.

Su voz es cortante, áspera.

–Lo que tengo que hacer.

–¿Lo que tienes que hacer? ¿Qué respuesta es esa? ¿Te crees que estás en una película?

–Eso es, tienes razón. Es una película, pero pronto se acabará. Sobre todo para ti.

–Ah, ¿sí? ¿Vas a matarme y a enterrarme en el bosque? ¿Por qué no lo hiciste ayer?

–No delante de Rachel.

Durante un buen rato, ella no dice nada más. Franck no quiere volverse para no encontrarse otra vez con esa mirada transparente cada vez más vacía.

–Me vas a matar, ¿verdad?

–Por supuesto que no. Yo no estoy tan colgado como vosotros.

Lo insulta entre dientes y después se calla. A medida que se van acercando, el corazón de Franck se acelera cada vez más a menudo y a veces tiene que hacer esfuerzos para encontrar el aire que necesita para respirar.

Entran en la autopista hacia Burdeos. Todavía tres cuartos de hora de trayecto. Son un poco más de las diez. Franck decide hablar. Le gustaría que a ella empezara a dolerle.

–Enseguida vas a encontrarte con los tuyos. ¿No estás contenta de volver al lugar de tus crímenes?

–No son crímenes.

No puede impedir darse la vuelta para ver con qué cara se atreve a decir eso. Sigue tumbada de costado, clavando en él sus ojos claros, sin pestañear, segura de la evidencia que acaba de anunciar.

–Tres muertos, ¿cómo llamas a eso?

Ella no contesta enseguida. Está pensando, seguro. Franck frena al llegar al peaje y le cuesta concentrarse en lo que tiene que hacer. En un momento dado, se encuentran en una carretera desierta que se interna en un bosque de pinos y el corazón de Franck se encoge a pesar de notar los olores dulces a resina y a tierra.

–Había que hacerlo, eso es todo. No había otra solución. Con mis padres ya no era posible. Había que acabar con eso.

No la ve, pero su voz pausada, el tono apacible con el que habla, esa evidencia tranquila que transmite cada una de sus palabras hace que a Franck le entren ganas de parar el coche y abandonarla atada a un árbol para que tenga una muerte lenta pensando en lo que ha hecho y en lo que acaba de decir. Tiene ganas de alargar el brazo hacia atrás y pegarle al azar, como hacen algunas veces los padres sobrepasados por sus hijos tras varias horas de carretera.

Recorren los últimos kilómetros sin decir nada más. La casa surge en una luz descarnada, y para Franck la fachada grisácea con postigos cerrados es, sin duda alguna, una tumba monumental. Los gitanos han cerrado la puerta al salir y parece que no vive nadie allí desde hace años.

Coge la pistola, va a buscar la escopeta al maletero, la carga y se embute algunos cartuchos en los bolsillos. No sabe muy bien por qué se carga con tanto arsenal. No sabe qué amenaza vendrá a entorpecer lo que quiere hacer ahora, pero prefiere no dejar un arma atrás. Desata a Jessica con cuidado de dejarle en los pies una cuerda aflojada y la ayuda a incorporarse y después a salir del coche. Ella se queda inmóvil y mira a su alrededor y permanece absorta contemplando la casa, los ojos levantados hacia las ventanas como si esperara que se abriera una de ellas. Franck la empuja con el cañón del arma y rodean el edificio y pasan por delante de la caravana y llegan cerca del almacén en el que el Viejo guardaba las herramientas de jardinería. Jessica camina con la cabeza alta, las manos atadas a la espalda, como un condenado hacia su ejecución.

–Quieta. No te muevas.

Entra en el almacén caminando de espaldas, la escopeta apuntando hacia ella. Jessica sigue mirando hacia delante. Sus ojos no parpadean. Sus labios están apretados, las aletas de su nariz se dilatan al ritmo de la respiración. Está a pleno sol y el calor que cae sobre ella no parece incomodarla. Le brilla un poco de sudor en la frente, y encima del labio superior. Uno podría pensar que está rabiosa y que se contiene para no gritar.

Franck encuentra una pala y se la pone al hombro. Aihó, aihó, no puede impedir cantar mentalmente al pensar en los enanos de su infancia.

–Vamos. Ya sabes dónde.

Tiene la extraña sensación de que es un lugar familiar y al mismo tiempo completamente separado de lo que ha vivido, del que le llegan retazos de recuerdos confusos, sin significado. Cruzan el campo reseco, bordeando la cuerda de tender, torciendo por el sendero recto que ha tomado tantas veces y solo se acuerda de Rachel corriendo por allí y gritando de miedo. El bosque viene hacia ellos a medida que se acercan y enseguida se encuentran en una sombra más densa que lo que recordaba, en un silencio de emboscada, y Franck sujeta mejor la escopeta y escucha y examina la profusión de bosquecillos y troncos.

Jessica se detiene bruscamente y se vuelve hacia él. Está sin aliento. Su cara brilla de sudor. Mira el cañón que la apunta, la pala sobre el hombro de Franck.

–¿Qué coño hacemos aquí?

–¿Tú qué crees?

Ella se encoge de hombros, torciendo la boca para señalar su ignorancia.

–¿Dónde está Fabien?

–Fabien está muerto, ¿no?

–No juegues con eso. No es el momento.

–Te digo que está muerto. ¿Qué más da dónde esté?

–Quiero saber dónde está enterrado. Quiero recuperar su cuerpo y enterrarlo dignamente. ¿Puedes entender eso con tu mente enferma?

Ella sonríe. Sin ninguna malicia. Una sonrisa feliz. Su cara se ilumina y sus ojos se agrandan y Franck vuelve a ver a la chica resplandeciente que lo había deslumbrado antes de cegarlo y durante diez segundos no está seguro de saber qué está haciendo allí y espera despertarse de esa pesadilla macabra.

–Estás como una cabra –dice ella sacudiendo la cabeza–. Es por ahí.

Vuelve a ponerse en marcha sin preocuparse por si la sigue o no y avanza lo más rápido que le permite la cuerda en sus tobillos. Llegan a la palomera y se detiene al borde del círculo de galerías que parecen el espinazo descarnado de un monstruo muerto.

–Es aquí.

Ella levanta con la punta del zapato el tapiz de agujas de pino y de hojas y la tierra aparece más clara, casi blanca. Franck apoya la escopeta contra una raíz y coge la pistola.

–No te hagas la lista. Te voy a desatar. Te juro que, como la cagues, disparo.

Le cuesta desatar los nudos de sus pies y de sus puños. Va a necesitar las dos manos. O un cuchillo. La cuerda de alpinista cae por fin al suelo. Da tres pasos hacia atrás y le tira la pala.

–Venga.

Jessica mira la pala y no se mueve. Parece que nunca ha visto una y que está pensando cómo se usa. Después empuja suavemente el mango de la herramienta con la punta del pie.

–No.

En el suelo, cerca de Franck, hay una rama caída con un ramillete de agujas y una piña. La coge y le pega a Jessica en la cara y vuelve a pegarle en la espalda, y a ella empieza a sangrarle una herida en mitad de la frente y las fibras de su camiseta se enganchan a garrones secos de ramitas puntiagudas y tira de Jessica, que gira pegando un grito, pierde el equilibrio, casi se cae. Se vuelve a incorporar, la cara ensangrentada, y en medio del rojo sus ojos claros se encienden de terror. Franck vuelve a golpearla en toda la cara y ella retrocede y se tambalea, cae al suelo y brama como una niña injustamente castigada.

Franck tira la rama lejos, las manos pegajosas de resina, y carga la pistola y apunta hacia ella, a su cara cubierta de sangre y miedo. Él tiembla, ve mal porque el sudor le cae sobre los ojos y porque las lágrimas se desbordan sin saber por qué, así que se las seca con el dorso de la mano y levanta el dedo del gatillo porque está a pocos milímetros de destrozarle la cara y el cráneo si le pega un tiro desde tan cerca.

–¡Lo vas a hacer! ¡Lo vas a hacer!

Apenas se oye decir eso en medio del alboroto de gemidos de Jessica y de clamores de odio y de golpeteos de sangre que resuenan en él.

Ella vuelve a ponerse de pie, jadeante. Chasquea la mandíbula, se queda tiesa, los brazos caídos a lo largo del cuerpo como los de un maniquí de escaparate, y luego se levanta la camiseta y se seca la cara y empieza a cavar sin lanzarle ni una mirada a Franck.

El suelo es blando. Jessica lanza las paletadas de arena gris a su espalda. Extrae la capa superficial y los límites de la tumba aparecen: un rectángulo de un metro cincuenta de largo. Vuelve a secarse la cara, resopla, el sudor le empapa la camiseta.

Franck se mantiene a dos metros de ella. Llega a dejar de respirar. Solo sabe que su corazón todavía late porque en el fondo de su garganta, bajo su cráneo ardiente, la sangre corre y golpea.

Ella está metida en el agujero, negra de tierra, hundida hasta las rodillas. Se sienta en el borde y pone la cabeza entre las rodillas un instante.

–No te pares –dice Franck.

Ella hace como si no hubiera oído nada y se seca la cara, el cuello, las manos llenas de ampollas.

Él pasa por detrás y la empuja con una patadita en la espalda. Ya no sabe quién es esa chica mugrienta sentada al borde de una tumba. Ni siquiera sabe si es alguien. El recuerdo de lo que ha sido se ha borrado. Para él, en ese momento, es una criatura sobre la que tiene todo el poder. No disfruta de esa dominación. Ni siquiera tiene la voluntad de vengarse. Jessica es una herramienta viva, útil. Una sola cosa está clara: Fabien está ahí, a pocos centímetros bajo la tierra, en la tierra y lleno ya de tierra.

–Cava.

Ella vuelve a ponerse de pie, agitada por sollozos que la ahogan y la hacen toser. Apoya el pie sobre el filo de la pala y saca un pedazo de tierra más compacto, y después otro, y entonces Franck distingue harapos de tejido azul, pero ella sigue cavando, no se ha dado cuenta de lo que ha sacado a la luz, y un violento efluvio hace retroceder a Franck y el hedor lo cubre antes de desdibujarse y de no ser más, estancado sobre la tumba, que una peste agria que se pega a su paladar. Jessica ha dejado de cavar y sube al borde de la tumba y escupe y vomita.

Franck se acerca y distingue la forma del cuerpo replegado en posición fetal. Percibe una mano desgarrada, los huesos amarillentos cubiertos de una costra marrón. No puede despegar la mirada de esos restos que distingue mal, mezclados todavía con tierra, y dice cosas en voz baja, hermano, ¿lo ves?, he venido. Duda si ver más: las ruinas de la cara, el esqueleto grotescamente vestido con tiras de tela y de piel.

Entonces se incorpora, surgiendo de lo que tal vez no sea más que una pesadilla, y mira a su alrededor sorprendido de ver el bosque inalterado, esa indiferencia de pie salpicada de sol, y en ese momento a su derecha algo se mueve en medio de la palomera, algo profundamente negro que viene a inmovilizarse y ante lo que se da la vuelta, como por vértigo. El perro está ahí, en el centro de la palomera, erguido sobre sus patas, fijando en él su mirada sin fondo. Más grande tal vez de lo que recordaba. Poderoso y musculoso. Su pelaje negro no despide ningún destello, ningún reflejo, la luz llega y muere. Ese perro que vio muerto en el pasillo, el morro reventado por una descarga de escopeta. Le gustaría hablar, que al menos sus palabras rompieran el hechizo, pero su boca y su garganta secas son incapaces de emitir el menor sonido. Recuerda de pronto que tiene un arma en la mano, levanta el brazo y coloca su índice en el gatillo. Ya no tiembla. Debe matar a esa quimera, imagen de todos sus miedos, y se esfuerza por apuntar al perro inmóvil, cuyos flancos se levantan con lentitud accionados por una respiración profunda.

El filo de la pala lo sega bajo las rodillas y le parece que le cortan las piernas. Cae de espaldas en el agujero y se repliega sobre sí mismo para abarcar su dolor con toda su fuerza y las heridas en las que palpa la humedad sangrante y se resiste y se retuerce porque siente debajo el cuerpo destruido de su hermano como una cama de ramas y de piedras. Consigue parar el segundo golpe que Jessica le asesta y tira del mango de la pala para arrancársela. Ella cae sobre él con un grito, pesada, lenta, y deja que su cara se pose sobre la suya y se sorprende de volver a sentir esa suavidad, aturdido de cansancio y de dolor hasta el momento en que siente que la boca de Jessica se abre y sus dientes le agarran la cara y se le clavan en la carne. La coge del pelo con su mano libre, pero no consigue apartarla y la oye gruñir sordamente contra él, su mordedura bloqueada sobre la carne. Desliza la mano hasta el cuello de Jessica, nota bajo los dedos la pulsación de la arteria y hunde el dedo como si pudiera desgarrarla con las manos.

Ella se echa hacia atrás, asfixiada, tosiendo, escupiendo sobre él, la boca llena de sangre, y él la derriba de un puñetazo en la sien. Él sale de la tumba, se arrastra algunos metros y se levanta a cuatro patas, el estómago sacudido por las patadas de una náusea, ese hedor a muerte en la garganta como un jugo que trata de escupir. Cuando se apacigua, se da la vuelta hacia el santuario maléfico y no ve nada más que un círculo de sol en el lugar donde estaba el perro. Un poco más allá, Jessica está tumbada boca abajo, la cara vuelta hacia él, los ojos muy abiertos, exhalando por la boca y haciendo vibrar los labios como una niña enfurruñada.

Franck se apoya en el tronco de un árbol y rebusca en un bolsillo grande de los pantalones y encuentra el teléfono entre los cartuchos de la escopeta. Marca el número, su padre descuelga enseguida, pregunta qué tal. Franck recupera el aliento antes de contestar:

–Estoy aquí. Lo he encontrado. Está aquí, muy cerca. No me quedan fuerzas. Tienes que venir. ¿Y Rachel?

–Está fuera, jugando con el gato. Voy para allá.

Papel certificado por el Forest Stewardship Council®

Título original: *Prendre les loups pour des chiens*
Primera edición: mayo de 2018

Printed in Spain – Impreso en España

ISBN: 978-84-17125-57-8
Depósito legal: B-5.639-2018

Compuesto en M. I. Maquetación, S. L.
Impreso en Unigraf
(Móstoles, Madrid)

RK25578

Penguin
Random House
Grupo Editorial